文春文庫

とっぴんぱらりの風太郎

下

万城目　学

CW01261058

下　もくじ

とっぴんぱらりの風太郎　下

イラスト・中川 学

第七章

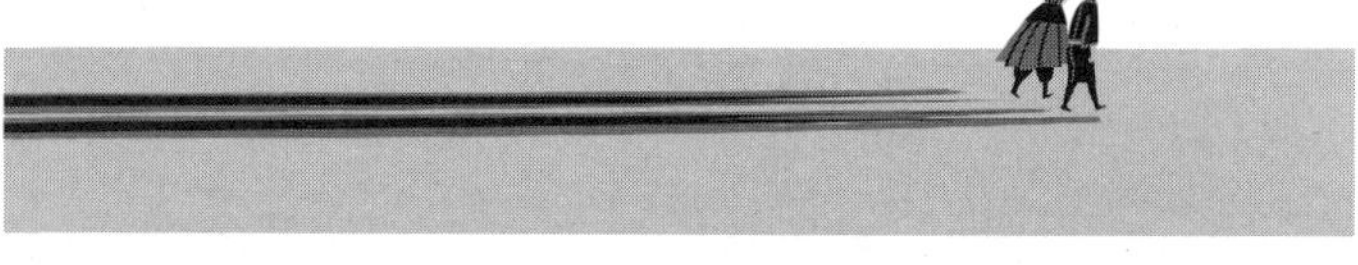

　明け方に陣屋を出て、霧に覆われた道を足軽連中と肩を並べ、ぞろぞろと二の丸の埋め立て場所に向かう。霧の先で犬が吠えている。誰かが後ろであくびをしている。短く屁をこいている。なかなか到着しない堀までの間、毎日のように頭に思い浮かべるのは、よくもまあここまで大きな城を建てたものだなという、称賛よりもほとんど呆れに近い念である。御殿（おんとの）などまだまだ足元にも及ばない、本物の城狂いがかつてこの世に君臨していたのだ。何しろ、これだけ歩いても内堀に到着しない。大坂の町もすっぽりと城の中に入るわけだ。十万人を超えていたという浪人も楽々籠城できよう。その倍に近い敵に囲まれても、びくともしなかったはずだ。

　にもかかわらず、城方は負けた。

あくまで和議という形だが、こうして堀まで埋められたら、もう籠城はできないわけで、負けとしか言いようがない。噂では、城のあるじである太閤秀吉の遺児よりも、ともに暮らす淀殿（よどどの）と呼ばれる母のほうが偉いらしい。大筒の威力にすっかり怖じ気づいて、慌てて和議を結べと言いだしたのも、この生みの母のほうなのだという。大筒など、ただのやかましいだけの虚仮おどしと決めつけていたが、無駄撃ちではなかったのだ。
雑兵たちの多くは、城方の大将である太閤秀吉の子を「腰抜け」に「玉なし」とさんざんにこき下ろしていたが、まあそのとおりだと思う一方で、どうしても俺はねね様のことを頭に浮かべてしまう。きっと、ねね様は和議が成り立ち、「玉なし」の命が救われたことに心から安堵しているだろう。男どもがどれほど口汚く罵ろうとも、子の無事を願う二人の母の想いが勝ったのだ。

正月の間も休むことなく堀の埋め立ては進み、今月じゅうには間違いなく普請も終わるだろう、と頭の侍が見通しを語っていたところへ、いつか来るのではないかと予感していたものが不意に訪れた。俺が二の丸の堀端でもっこを担ぎ、土を運んでいると、蟬がふらりと近づいてきて、

「采女様がお呼びじゃ。今すぐ陣屋に行け」

と忍び言葉を放ち去っていった。

堀に土を運び終えるまで、もっこの重みをいっさい肩に感じなかった。一瞬のぞいた蟬の表情から、少しでも何かを探り出そうとしたが、いつもの不貞不貞しい表情に泥鰌髭が不必要に貼りついていただけだった。

都に現れた百は言った。采女様の命で俺に声をかけた、と。堺の戎屋でも、蟬の口からその名が出た。俺を大坂に呼んだのは采女様だ。だが、肝心の理由がまったくわからない。いくさの間、采女様を一度も見かけることがなかったが、堀の埋め立てが始まっ

てからは三度、その姿を目にする機会があった。いずれも埋め立ての検分に来た御殿の後ろに影のように寄り添い、普請の様子よりも石垣の上の櫓を眺めていた。采女様は三年前よりも、ぐっと老けたように感じられた。俺は顔を伏せて決して目が合わぬようにしたが、「進みが遅いわッ」ところ構わず怒鳴り散らす御殿よりも、黙って背後に控える采女様のほうが、よほどおそろしいものに映った。

　陣屋に戻り、普段雑兵は立ち入ることのできぬ区画へと向かった。入り口には堺で出会った忍びが番兵として立っていて、俺の顔を認めると「あれの二階じゃ」と背後を指差し道を空けた。

　陣屋の角地には二階建ての櫓が組まれ、藤堂家の幟が何本も屋根に翻っていた。お偉方はほとんどが出払っているようで、閑散とした通路を進み、急な勾配のはしご段の前で足を止めた。

「風太郎か」

　すぐさま、階上から声が響いた。

「は」

「上がってこい」

　俺はひとつ唾を呑みこんで、木の板に足をかけた。櫓に上ると、鎧櫃を積んだ上に木盾をのせ、机にしたものがまず目に入った。その向こうに、具足に黒の陣羽織を纏う采女様が立っていた。

「あまり腕は衰えておらんようじゃな。木が軋む音が、ほかの連中より小さいからすぐに忍びとわかる」

無精髭がまばらに生えた口元に薄ら笑みを浮かべ、采女様は俺の足元から頭まで素早く視線を走らせた。

「さすがに死ぬことはないと思ったが、念のために、おぬしはなるべく刀を持たずに済むところに置くよう伝えておいた。どうじゃ、退屈だったか？」

はじめて知る話に内心驚きつつ、「め、滅相もござりませぬ」と俺は頭を振った。あいさつはそれで終わりだった。なぜ、そのように伝えたかの説明もいっさいなく、采女様は机の上に広げられた絵図に目線を落とし、

「これがわかるか」

としわがれた低い声で訊ねた。

「大坂城――、でございまするか」

「そうだ、そちがこの前、堀を埋めていたのはこのあたりだ」

二の丸を囲む堀の西南部分を、采女様は指差した。御殿とともに検分に来たとき、視界に捕らえられた覚えはなかったのに、やはり見つかっていたのである。嫌な具合に背中が汗ばんでくるのを感じながら、「これが本丸で、この小さな四角が天守じゃな」と采女様の指が絵図の中央に移動するのを目で追った。

「この絵図は七年前に作られたものじゃ。城の奥に入った女が十年かけて描き上げた。

だが、七年も経てば異なるところも出てこよう。堀が埋められたのちは、それこそ本丸が最後の砦になるゆえ、城方も新たな普請を加えているはずじゃ。わかるか風太郎、儂はもっとも新しい絵図が欲しい」

「は」

「このまま豊家が滅びて、城が焼け落ちでもしたらその必要もなかっただろうが、生き延びることになった。殿も本丸の絵図を早急に用意せよとご所望じゃ。ゆえに、おぬしを呼んだ」

歯切れよく「は」と返事すべきところだが、うまく声が出なかった。なぜ、城の絵図と俺が関係あるのかわからない。おそらく、十年かけて城の絵図を作った女というのは、常世と交替で大坂城を去った忍びのことだろう。ならば、呼ぶべきは俺ではなく常世のはずだ。じわじわと胸の内に広がっていく不穏な気持ちをまるで見透かしたかのように、

「最近、常世と会ったのはいつだ」

といきなり采女様が問いを放った。

「それは——」

それが要らぬ誤解や不信を招く、無用な間であるとわかっていても、すぐに返答することができなかった。俺は伊賀を放逐された身だ。そこへ常世が接触していたことを伝えていいものなのか。しかも、その根本には、ねね様の意向が加わっている。

「祇園会が最後か」

俺はびくりと身体を震わせて、采女様の目をのぞいた。背中を湿らせる汗が一気に引くくらい、冷たく研ぎ澄まされた眼差しにぶつかったとき、采女様が何もかもを承知していることを了解した。

「さ――、左様でございまする」

「儂らも同じだ」

「え？」

「そちらが祇園会で襲われたことを、あやつめ、儂の仕業と思っているようだ。以来、いっさいの音信を絶つようになりおった。まったく、見当ちがいもはなはだしいわ。あの一件で、どれほど儂らが肝を冷やすことになったか、何もわかっておらぬ――」

少しずつ低くなっていく声色に、采女様の静かな怒気を察し、勝手に身体が強ばるのを感じた。やはり、俺が采女様に抱く感情はただひとつ、「恐怖」のみだった。柘植屋敷での修練のなかで、どれほどの人間が棒きれのように死んでいったかを俺は知っている。采女様が直接、手を下したかどうかは問題ではない。あの柘植屋敷にいた者を、采女様が人間と見なしていなかったことが、俺が抱く怖れの根源にある。己の役に立つ存在か否か、采女様にとってはそれだけが大事なのだ。

「風太郎、この絵図を常世に届けるのだ」

厳かに告げられた声に、俺は弾かれるようにその場に片膝をついた。

「あと十日もすれば、埋め立てもすべて終わろう。殿もそれに合わせ伊賀に帰る。それまでに、新たな本丸の絵図を完成させるよう、常世に命じよ。和議が成り立ってから一度忍びを送ったが、あやつめ、話すら聞こうとしなかったそうじゃ。代わりにそちが話を聞かせるのだ。殿の帰国までに絵図を戻したときは、こたびのことはすべて不問に付す、そう常世に伝えよ。よいな」

采女様の話はそれで終わった。絵図を戻さなかったときのことを、采女様は何も口にしなかった。もちろん、采女様の命に従わない忍びに残された道など、ひとつしかなかった。

畳んだ絵図を懐に入れ、ずしりと重い錘（おもり）を背負わされた気分で、陣屋をあとにした。常世に会うための手段を、采女様は指示しなかった。つまり、己（おの）が才覚で大坂城に潜りこみ、常世との面会を果たせ、ということである。だが、まだいくさが終わってひと月も経っていない本丸に侵入するのは、あまりに危険な試みだった。それに、どれだけ夜更けを選び、無事たどり着いたとしても、どこに常世がいるのかわからない。

普請の現場に戻る気にもなれず、陣屋を出た足で黒弓（くろゆみ）の宿に寄ることにした。城の西側には上町（うえまち）と呼ばれる大きな区画があり、その盛り場近くの宿に黒弓は泊まっていた。いくさの間、このあたりは城の内側に取りこまれていたわけだが、茶屋や妓楼（ぎろう）が何事もないように商いを続け、どこから仕入れたのか鮭などの生魚も食べることができたそうである。さらには、立派な南蛮寺までが建っていた。都では禁教の触れが出され、寺もすべて破却されたが、黒弓によると、キリシタン連中を味方に引きこむ打算もあって、ここではまったくお咎めなしなのだという。

商いを再開した黒弓は、近頃むやみに忙しそうで、二日前に寄ったときも、明日から堺に行くと言っていたが、もう帰ってきているだろうか——、と部屋をのぞくと、確かめるまでもなく、襖を開け放して黒弓が寝転んでいた。

「おい、困ったことになった」

俺は襖を閉め、黒弓の前に腰を下ろし、たった今、采女様から告げられたおおよそのところを教えた。

「いいのかい、そんなこと拙者に話して」

「構わんだろう。お前もほんの一時だったが、伊賀の忍びだったんだ。それに常世に会いにいくんだ。知恵を貸せ」

「悪いけど、男になった常世殿には興味ないよ」

「つれないことを言うな。外見がどう変わろうと、常世は常世だ。それに今はまた女に戻って奥勤めだ。なら、いいだろ?」

俺の無茶な理屈が心に響いたのかどうかは知らぬが、黒弓はむくりと身体を起こすと、腕を組んで天井を眺めた。

「そんなの簡単だよ」

「簡単? 伊賀の御城とは桁違いの守りの厚さだぞ。埋め立ての場所から見ていたらよくわかる。あいつら、本気で守っている」

「別に忍びこむ必要なんかない。正面からいけばいいんだよ」

天井から顔を戻し、黒弓は懐から布に包まれたものを取り出し、俺の前に広げて見せた。

「何だ、これは」

布の中央には、漆塗りの櫛がひとつ置かれている。

「隣の部屋の侍に頼まれたんだ。茶屋の女人に贈り物をしたいから、いいやつを手に入れてくれって。だから、堺に行ったついでに買ってきた」

「ふむ。それでこの櫛と俺の話にどんな関係がある」

「鈍いなあ、風太郎は。今も大坂城の奥には三千人近い女人が勤めているんだ。いくさも終わったばかりだし、こういうのを欲しがる人はきっと大勢いると思う。だから城に櫛の商いに出かけて、そこでついでに常世殿を呼んだらいいのさ」

俺はしばらく黒弓の顔を見つめたのち、「でかした」とその華奢な肩を叩いた。

翌日、俺は黒弓とともに堺に出向き、しこたま櫛を買って帰った。店で常世のためにひとつどうだ、と冗談でけしかけたら、奴め、一瞬本気で選ぶ素振りを見せ、そのあとひどく悲しげな顔になったので、さすがに今のは悪かったかと少し反省した。

＊

屋敷を打ち壊してできた瓦礫や石垣を手当たり次第に堀に放りこんだせいで、常に薄い土埃が舞い散っている堀端を、黒弓と前後になって長持ちを担ぎながら本丸に向かった。

長持ちが六つ連なる先頭には、清兵衛（せいべえ）という名のじいさまが歩いている。城の奥向きの仕事を二十年近く続けている古参の商人で、いくさの間に知り合ったと黒弓が言っていた。いったいいくら握らせて同行を認めさせたのか訊ねたら、

「一日だけなら、荷物持ちを手伝えば連れていってやると言ってくれた」

と黒弓は答えた。そんな虫のいい話があるか、と俺が鼻で笑ったら、「いくさを耐えた者同士の連帯の情は、風太郎になんかわからない」とやけに強い調子で返してきたので、まあ金がかからないに越したことはないと、それきり俺も話題にするのをやめた。

清兵衛が御用札を掲げていても、まず本丸へと入る桜門（さくらもん）ですべての荷を改めさせられた。さらには途中の番所で一度、表御殿（ごてん）の脇で一度、それからようやく奥御殿へと連なる鉄（くろがね）御門を潜り、さらに二度の荷改めを経て、実に本丸に足を踏み入れてから一刻近くの時間をかけて、目指す奥御殿の台所の玄関に到着した。

途中、長持ちの後ろを担ぎながら、俺はひと言も声を発しなかった。次々と目の前に現れる門やら建物やらの、そのとてつもない偉容にひたすら圧倒されていたからである。とりわけ鉄御門を抜けた途端、巨大な山脈のように屋根が連なる奥御殿を足元に侍（はべ）らせ、その向こうに五重の天守が現れたときには、思わず足が止まり、長持ちの前を持つ黒弓が「うわ」とのけぞっていた。

今はない伊賀の御城の天守が白壁だったのに対し、大坂城のそれは黒い板壁に覆われている。すべて黒漆で塗り固めているらしい。いったい、あれだけの漆を用意するにはどれほどの金が必要だったことか、と呆れながら見上げていると、清兵衛が大筒の玉が天守の根元あたりに当たったせいで、少し傾いているといった話を始めたが、果たしてどちらに傾いているのか、じっくり眺めてもよくわからなかった。

　台所の玄関口にはほかの商人の姿もちらほら見受けられたが、さすが二十年も顔を出しているだけあって、清兵衛が来たと知れると、女たちが続々と奥から姿を現した。板間の上に緋色の毛氈を敷き、長持ちの荷物をすべて並べたときには、すでに女中たちで押すな押すなの大騒ぎだ。そこへ清兵衛が朗々とした声で、端からひとつひとつ品を紹介していく。反物であったり、香であったり、茶碗であったり、匂い袋であったり、椿油であったり、中には煙管や煙草もあり、清兵衛が「これはお袋さまには内緒ぞ」とささやくと、どっと女たちから笑いが湧き起こった。どうやら、この城でいちばん偉い女人のことを言ったようだ。

　二間に渡って敷かれた毛氈の品をすべて紹介し終えると、いかにもこの中の長といった様子の年増の女が、そのうち十ばかりを先に取り分けた。それが済むと、毛氈の前に囓りつくように控えていた女たちが、いっせいに品を指差し、「これ、おくれッ」の大合唱となった。大きな梁が頭上を渡る高い天井に歓声が響き渡り、俺と黒弓はその迫力に気圧されながら、清兵衛の後ろに控えていた。あっという間に品は売り切れ、現れたときと同じ勢いで女中たちは去っていった。供の者が毛氈を丸める横で、「この者たちが、用があるそうで」と清兵衛がその場に残っていた先ほどの長らしき女に声をかけた。すぐさま黒弓が進み出て、なめらかな口上で挨拶を述べたのち、常世様はおられませぬか、と頭を低くして訊ねた。

「常世殿に何用じゃ」

黒弓は用意した桐の箱を差し出し、「頼まれておりましたものが御用意できましたので」と蓋を開け、中にそれらしく詰め合わせておいた櫛を見せた。しかし、女は「そんなもの聞いておらぬ」とにべもない返事を寄越してくる。では、と櫛をいくつか入れた別の袋を「お納めくださいませ――、すべて堺でいちばんの漆細工のものでございまする」と手渡すと、「ふむ」と女は中身をちらりと改め、表情も変えずに袖に落とした。だが、それはそれ、これはこれ、と言わんばかりに、黒弓の話には首を縦に振らない。まあまあ、そうおっしゃらず、来たことだけでもお伝えくだされ、と黒弓がしつこく食い下がるが、女も相当に頑固である。いい加減、相手の心証を害することを嫌ったか、清兵衛が「はじめて来ていきなりというのも難しいかもしれんのう」とやんわり「引け」の合図を送ってきた。

すべては黒弓任せで、俺はただじりじりとしながら横でやり取りを聞くほかなかったが、いっこうに揺るがぬ女の態度に、これは駄目だとあきらめかけたとき、黒弓が懐から布に包まれた細長いものを取り出した。

「実は、これの話でございまして」

およそ一尺の長さの包みを訝しげに受け取った女だったが、顔の前で開いた途端、こちらが驚くぐらい表情が一変した。「お、お待ちを」と口調まで別人のものになって、慌てて奥に姿を消した。女が持ち去った布の中身は、俺の立ち位置からは見えなかった。清兵衛も「何を渡したのじゃ」と不思議そうに訊ねたが、黒弓はにこにこ笑うばかりで何も答えなかった。

ほどなく女が帰ってきて、

「ご案内いたしますので、お上がりを」

とわざわざ膝をつき、神妙な態度で申し出た。そのまま俺と黒弓は、普段は商人との商談に用いるらしき、台所脇の小部屋へと連れていかれた。襖を閉める際にも、

「どうか――、どうか、上様のためにお力をお貸しくださいませ」

と女は額を床にすりつけんばかりに頭を下げてから去っていった。

女の足音が消えてから、俺と黒弓は顔を見合わせた。

「何か、ひどく勘違いしてるぞ」

「うん、そんな感じだね」

「さっき、何を渡したんだ？　そろそろ、中身を教えろ」

「風太郎にも一度、見せたことがあるやつだよ。念のために持ってきておいてよかった」

見せたことがある？　何だ、それ？　と問い返したとき、静かに床板を踏む音が襖の前で止まった。

すうと開いた襖の向こうから、常世の顔が現れた。

「やはり、おぬしたちか」

先ほどの女よりひと目見て位が上とわかる上等な着物を纏い、常世は俺と黒弓の正面に膝を折って腰を下ろした。高台院(こうだいいん)屋敷で出会ったときと異なり、いかにも大坂城の奥に勤めているという貫禄が漂っている。柘植屋敷でも、気がついたときには女の格好で暮らすようになっていた常世である。祇園会のときは男に戻っていたが、やはりこの装いのほうがこちらも落ち着くと思いながら、

「さっきの女、上様にお力をとか何とか、必死に訴えていたぞ」

と声をひそめたら、

「近江からひそかに呼び寄せた、穴太衆(あのうしゅう)の使いだと言っておいた。本丸の備えの相談に来たとでも思ったのだろう」

と紅を引いた唇をほとんど動かさず、常世はその理由を告げた。穴太衆と言ったら、御殿も城を築くたびに呼び寄せる、石を組ませたら本邦一と言われる連中である。

「こんなところまで、何の用で来た。おぬしらがあやしまれたら、儂の立場も危うくなるのだぞ」

刺々しい気配を隠そうともせず、忍び言葉を放ち常世は膝の上に手を添えた。所作こ

そは麗しい女のそれでも、視線はどこまでも険しい忍びのものである。祇園会のときより、明らかに頰のあたりが瘦せて見えた。ただでさえ白い肌に、さらに蒼みが加わっている。

「仕方あるまい。こうでもしないとお前に会えぬ。お前に会えぬと俺の手落ちになる」

と俺も忍び言葉で返す。

「誰に頼まれてきた」

「わかっているだろう、采女様だ」

常世は眉間にかすかにしわを寄せ、探るような眼差しを向けた。

「おぬし――、伊賀の忍びに戻ったのか」

「うむ。たぶん……、そのはずだ。はっきりとしたことを言われたわけではないが」

「黒弓もか？」

「いや、こいつは関係ない。いくさの間も、ずっと城に閉じ込められていたからな」

俺は脇に置いた桐の箱を開け、「これは土産だ」と櫛を取り出し、常世の前に置いた。箱の底に敷いた布を取り去り、二重になった底の板を外すと、陣屋の櫓にて采女様から託された本丸の絵図が姿を現した。

「これも土産だ」

俺は常世の膝の上に絵図を放ると、采女様に言われたとおりの内容を伝えた。常世は畳んだ絵図を手元で少し広げ、中身に視線を落としながら、いっさい表情を変えること

なく俺の言葉を聞いた。返事を聞かせろ、と促す俺に、

「出来上がったら、御殿の陣に届ける」

と拍子抜けするほどあっさり、常世は了承の意を示した。

「何だよ、そんな素直に話を聞くなら、最初からウンと言っておけ。采女様が送った使いとも、まともに話そうとしなかったらしいじゃないか。機嫌でも悪かったのか？　そんなことしても、采女様に無駄に疑われるだけだろうが」

常世は無言のまま桐箱を膝の前に持ってくると、底面に絵図を置き、細工を戻してから櫛を納め、蓋を閉めた。その蓋の上に、懐から取り出した細長い布を置いた。先ほど、黒弓が女中に渡したものである。

「これは何のつもりだ」

黒弓に顔を向け、常世は静かに声を発した。

俺はそろりと手を伸ばし、重ねられていた布の端をつまんだ。中から出てきたのは、一本の煙管だった。

「何だ、これ」

思わず声が口から漏れる。

「覚えていない？　祇園会のときに、ひさご様からもらった煙管だよ」

「ああ、それで——」

俺も見たことがあると言っていたのか、と了解したはいいが、どうしてこれを見た途

端、女は気色を一変させる必要があったのか。

「もしも、うまくいかなかった場合は、これで常世殿に取り次いでもらえると思ってね」

「なぜ、そう思った」

声の調子をまったく変えず、常世は問いかけた。

それは——、と黒弓はうかがうように常世の顔に視線を置き、次に俺を経由してから、最後は桐箱の煙管に落ち着いた。

「実は風太郎から、ひさご様が『物忌み(ものい)の君』と呼ばれていることを聞いていたんだ。都にいたとき、そんなふうに言われている若い公家がいるのかどうか、それとなくまわりに訊ねてみたけど、誰も知らなかった。でも、こっちに来て、たまたまその呼び名を聞いてしまったんだよね」

「こっちって——、大坂でか?」

「そう、商人との話のなかに、ひょいと出てきたんだ。だから、これを持ってきたら、常世殿にも会えると思った。だって、ひさご様は——」

肝心なところに差しかかろうとしたとき、「カンッ」と耳が痛むほどの甲高い音が部屋に響いた。

「そこまでだ」

常世が煙管を手に持ち、それで桐の蓋を思いきり叩いたのだった。

先端の金具が、白々とした桐の木目の上で鈍く光っていた。陣中で煙草売りが扱っている煙管とは比べものにならぬ出来と、ひと目でわかる代物だった。金具にも、浮かしの紋様が彫られている。ふとその形に注意が引かれそうになるのを、

「なぜ、おぬしが采女様に呼ばれたかわかるか?」

という忍び言葉がぐいと引き戻した。

「いきなり――、何の話だ?」

「あの陣のなかで、おぬしだけが知っているからだ」

「俺だけ? 何を?」

常世は答えなかった。長い睫毛（まつげ）の下から、切れ長の目に鋭い光をたたえ、俺の顔を見つめていた。ドンとひとつ御殿の外で陣太鼓が鳴った。さらにドンと来て、次第に間隔を短くしながら、十ほど打って音は止まった。

「ついてこい」

桐箱を脇に抱え、いきなり常世が立ち上がった。

「なぜ、おぬしが采女様に呼ばれたか、理由を教えてやろう」

ど、どういうことだ、と俺が返す間もなく、常世は襖を開け、外に出た。そのまま、廊下を進むのを俺と黒弓が慌てて追う。

廊下の途中から、常世は庭に出た。奴は履物があるが、俺と黒弓はもちろん足袋（たび）のままである。砂利と土の冷え具合に顔をしかめながら、庭をずんずん突っ切ったところで、

常世が「止まれ」と手を挙げた。

常世がその場に膝をついた。黒弓とともに、自然と俺もそれに倣う。

目の前にはちょうど建物と建物をつなぐ橋廊が渡っていた。足が冷たい、痛い、と心でつぶやきながら待っていると、しばらくして人の気配が伝わってきた。

板が軋む音とともに、廊下の角から現れた人物を見たとき、俺は「え」と間抜けな声を上げてしまった。

なぜか、ひさご様がいた。

もちろん、白粉は塗っていない。因心居士が化けて俺のあばらやに訪れたときの面差しのまま、立派な公家の格好をして、後ろに数人を引き連れ、ゆっくりと歩いてくる。

何かとんでもないものが押し寄せてくる予感に、「お、おい」とほとんど震える声で常世を呼んだとき、奴の声が耳に滑りこんだ。

不意に煙管の金具が脳裏に浮かんだ。どうして今まで気づかなかったのだろう。金具に彫られた紋様は、御殿の陣から毎日のように眺めた城壁に翻っていた、桐をあしらった豊臣家の家紋そのものだった。

まったく言葉を発することができぬ俺に、声が届かなかったと思ったのか、常世が首をねじりもう一度、同じ言葉を繰り返した。

すなわち、橋廊に近づいてくる、馴染みある巨体の持ち主が、かの太閤秀吉の子であり、この大坂城のあるじである、豊臣秀頼公だと告げたのである。

*

陣屋に戻っても、采女様の元には向かわず、兵舎に入って寝転んだ。ようやく、頭を覆っていた熱が冷め、本丸を出たときよりも、ずいぶん気持ちも落ち着いてきた。

今となって振り返るに、ねね様に話を持ちかけられたときから、そこかしこにひさご様の正体を仄(ほの)めかすかけらは散らばっていた。ねね様直々の命であったこと、大坂からわざわざ常世が引っ張り出されてきたこと、もしもあの場で話を断っていたら俺が消されていたこと――、たかが都に住む若い公家ひとりを相手に、豊臣家がここまで肩入れする理由などあるはずがない。祇園会で方広寺の文句を言った途端、常世の叱責を食らうはずである。なぜなら、あの寺はひさご様本人が建てたものだったのだから――。

常世によると、四年前、ひさご様は大御所に挨拶するために大坂城を出て二条城を訪れたそうだ。すなわち、生まれてこのかた一度しか京の町を歩いたことがない、正真正銘の「物忌みの君」だったわけである。このとき、ひさご様の後ろに立ち、その身を警固したのが伊賀の御殿だったという。たった四年で、立場は変わるものである。常世の苦しみの元もそこにある。

埋め立ての普請から帰った連中が足を踏み鳴らし、やかましく兵舎に入ってきた。陣笠を放り投げ、勢いよく具足を脱ぐと、「飯だ、飯だ」とすぐさま外に戻っていくのを聞きながら、じっと暗い天井を見つめた。食欲はまったく湧いてこなかった。ただ、本丸で聞いた常世の言葉を、何度も耳の奥で反芻した。

すべては用意された筋書きだった。

悲しいまでに俺は、采女様の手のひらの上で踊らされていたのだ。

そのことを、ひさご様との再会ののち、ふたたび戻った台所脇の小部屋にて常世から聞かされたとき、俺は「そんなわけない」と言下に否定した。過去に己が向かい合った選択の場面を思い返しても、それらがどれも仕組まれたものとは到底考えられなかったからである。しかし、常世はどこまでも淡々と、定められたとおりに物事が進んでいたことを告げ、事実でもって俺を突き放した。すなわち、本来奴が知るはずのない、一年前、ひょうたんを詰めた袋を担ぎ、黒弓が吉田山のあばらやを訪れたときからの話を正確に語り、張り巡らされた操りの糸が、その後ゆっくりと、かつ周到に、その網を狭めていったことを冷酷に伝えたのである。

もっとも、種明かしを聞いたあとでは、一度くらいは疑いを持つべきだった、と思わないでもない。萬屋の人間に「たまたま」町で遭遇した黒弓が、俺のあばらやの場所を教えられ、ひょうたんの袋を持ってくる。それがきっかけで、俺は「たまたま」瓢六で働くことになり、瓢六のおやじから使いの仕事を頼まれるうち、高台寺にて常世に出会った。さらには、「たまたま」使いで向かった高台院屋敷で、ねね様から祇園会の話を持ちかけられた――。

常世によると、高台寺で互いを遠目に認めたのは本当の偶然だったそうだが、常にぴたりとそばに寄り添う萬屋の影に、瓢六のおやじがかつて忍びだったと知ってからも、何ら疑念を抱かなかったのは、どこまでも俺のお目出度さが為せる業だったろう。

そもそも、俺は伊賀から放逐された身だ。それを義左衛門ひとりの判断で、伊賀の忍びそのものでもある萬屋の仕事に戻せるはずがない。そこに采女様の無言の許諾があったことは明らかなのに、俺を「不憫に思うた」という義左衛門の言葉にころりと丸めこまれてしまった。

「すべては上様を祇園会にお連れするためだった」

話の途中、何度も常世はその言葉を繰り返した。俺が瓢六に雇われたのも、あやしまれることなく高台院屋敷に出入りできるようにするためだった。白昼堂々、ねね様に俺を直接紹介し、ひさご様の警固として祇園会に同行させる了承を得ることが狙いだったのだ。

「なぜ――、俺だったんだ」

「都合がよかったのだ。忍びの腕を持っているが、もはや伊賀とは何の関係もない。どこでどう死のうとも、誰も迷惑を被らない。そんな男が都でひとりふらふらしている。利用しない手はない」

「フン、使い勝手のいい捨て駒だったというわけか」

「儂も含め、そういうことだ」

常世は表情ひとつ変えず、俺の精一杯の皮肉を受け止めた。

「だが、そんなことは柘植屋敷にいた頃から、わかりきっていたはずだ」

俺は口の端に浮かべていた笑みを消し、常世の目を正面に捉えた。まっすぐ向けられた眼差しの奥で、ひどく昏い光がちりちりと瞬いていた。きっと、同じ光を常世も俺の眼に見ているのだろうと思いながら、

「俺はそうであっても、こいつはちがうだろ」

と隣に座る黒弓をあごで示した。小部屋に戻ってからというもの、俺と常世が忍び言葉を交わす横で、黒弓はじっと天井を見上げていた。

「念のため、あとひとりいたほうがよいと考え、儂が釆女様に諮ったのじゃ。おぬしにもうひとり呼ぶよう持ちかけたら、黒弓を誘うだろう、とわかっていた」

「ほほう、するとお前は何もかもお見通しだったわけだ。そうだよな、あのとき俺が黒弓を誘わなかったら、俺もお前も、祇園社で野垂れ死んでいた。もちろん、ひさご様も」

今度の皮肉は効いたようで、常世は唇を嚙み、うつむいた。長い睫毛が頬に淡い影を落とす。これまでの言から、常世が祇園社での襲撃を予想していなかったことは明らかだった。もしも、あの大勢に囲まれることを知っていたなら、黒弓ひとりで「念のため」になるわけがない。

「教えろ、常世。そもそも、あの祇園会は何だったんだ？　なぜ、ひさご様はたったひとりで都に来た。なぜ、俺たちは襲われたんだ？」

面を伏せたまま、しばらく動かなかった常世の口元から、抑えた声が聞こえてきた。それが忍び言葉でなかったのは、黒弓にも聞かせるためだったのだろう。黒弓も祇園社で命を懸けてひさご様を守ろうとした。聞く資格があると認められたのだ。

もっとも、常世から伝えられた事のきっかけは、呆気ないほど単純なものだった。ひさご様が一度でいいから祇園会をその目で見たい、気ままに都大路をその足で歩きたい、という子どものような願いをしたためた文を、高台寺へ運ぶ贈り物の中に潜ませた。それを読んだねね様が、その願いを隠密裏に叶えてあげようとした——、ただ、それだけの話だった。

常世の役目は、文を携え、大坂と京を往復することだった。その役を命じたのはねね様本人である。ある日、ねね様は大坂からの贈り物のつき添いとして、高台寺を訪れていた常世を部屋に呼んだ。その場で、ねね様は常世にひさご様の文の中身を知らせた。なぜ、これまでほとんど言葉もかけられたこともない己に、かような大事を教えるのかと驚く常世に、ねね様は「和泉殿にこれを」と書状を差し出した。和泉殿とは伊賀の御殿のことである。常世が何者であるか、ねね様はすべて知っていたのだ。ねね様は、ひさご様を祇園会に招くために、和泉殿の協力を請いたいと告げ、常世は預かった書状を伊賀に送った。

「ち、ちょっと待て。じゃあ、御殿はあの祇園会のことをはじめから知っていたのか?」

「そうじゃ」

俺はしばし呆気に取られたのち、

「そ、それで返事は何と――」

と唾を呑みこみ、続きを促した。

「祇園会では必ず上様をお守りすべし。ただし、決して藤堂家の関与を知られぬこと」

その言葉に、頭を薄ぼんやりと覆っていた霧が、急速に晴れていくのを感じた。なぜ、俺が選ばれたのか？　俺より腕のいい、信頼できる忍びがほかにいくらでもいたはずなのに、と腑に落ちずにいたものがすとんと落ち着いた。俺に黒弓に常世。何がどうなろうと、決して藤堂家に累が及ぶことがない者ばかりだ。俺も黒弓も、何ひとつ状況を理解せぬまま祇園会に参加した。男に戻った常世に至っては、この世に存在しない人間も同じである。

「話は完全に伏せられたまま進んでいた。高台院様が屋敷でこの件を伝えたのは左門だけ。知る人間が限りなく少ないほうが、上様の安全を守れると高台院様はお考えじゃった。上様にも出発の前日まで、あえてお伝えしなかったくらいじゃ」

「なのに、襲われた」

それまでずっと沈黙を守っていた黒弓がぽつりとつぶやいた。常世は眼差しを険しくして、膝の上に重ねた手に視線を落とした。

「なるほど、それで釆女様を疑ったわけか」

驚きと不審とが混じり合った表情で、常世は視線を持ち上げた。

「采女様からそう聞かされたのだ。だが、常世よ。采女様が本当に手を下したなら、ひさご様を逃がすようなへまはすまい。間違いなく、俺たち全員が殺されている」

あの場に現れた残菊たちは、狙うべき相手さえわかっていなかった。そんな間抜けな準備を許す采女様ではない。そもそも、御殿自ら、ひさご様を必ず守るべしと命じているのだ。それに真っ向から背くとは、忍びとしても考えられぬ。

「それより、俺たちを襲った月次組の後ろには所司代がいるのだぞ。疑うなら、そっちが先だろう」

「所司代？　何の話だ」

「おいおい、知らないのか？　お前がどれほど話を伏せたつもりでいても、そこらじゅう筒抜けだったということだ」

決して皮肉のつもりではなかったが、これがいちばんこたえたのか、常世はそれきり言葉を発しなくなってしまった。夕餉の準備が始まったのだろう、部屋の外を行き来する足音が繁く聞こえてきた。

「もしも、あの襲撃が成功していたら、このいくさ自体がなかったのかな――」

誰に聞かせるでもなく黒弓が静かに語ったのが妙に印象に残った。結局、なぜ俺たちが襲われたのか、誰にもわからないのだ。「送ろう」と常世が立ち上がった。

玄関口にて草鞋を履いている間に、

「さっき、どうして俺が采女様に呼ばれたのか教えてやると言っていたが――。あれ、どういう意味だ？」

と忍び言葉で問いかけた。

「わからんか。おぬしが御殿の陣で、上様の御顔を知っている唯一の人間だからだ。きっと、このいくさで城が落ちたときに役に立つと見越して呼んだのだろう」

「俺だけ？　黒弓も知っているぞ」

「先ほどおぬしは、いくさの間は黒弓も城の内にいたと申したばかりじゃろうが。それで、代わりにおぬしが吉田山から引っ張ってこられたのではないのか？」

簡潔な指摘に声も出なかった。そうか、そういうことだったのか。ここでもまた、俺は黒弓のとばっちりを食らっていたのだ――。

「そちたち、ご苦労じゃった」

あえて周囲に聞こえるよう凜（りん）とした声を発し、艶やかな着物の裾を引きずり奥へ去っていく、常世の華奢な後ろ姿をまぶたに浮かべていたら、夕餉を終えた連中が続々と兵舎に戻ってきた。酒瓶を中央にして車座を作り、さっそく賭け事が始まる。俺は起き上がると、建屋を出て厠に向かった。小便をしながら、屋根のない厠の空を見上げると、少し欠けた満月が浮かんでいた。まるで鹿革を縫い合わせた鞠のようだな、と澄んだ夜を照らす明かりに連想したとき、

「また、やろうぞ」

という決して聞こえることのないひさご様の声が蘇った。

大坂城の本丸にて、ひさご様は橋廊の下で控える俺たちに、あっさり気がついた。

「百に、千」

後ろに従う者たちが聞いても意味がわからぬよう、わざと歌うようにつぶやいた。ひさご様にとって、俺はいまだ百成（ひゃくなり）であり、黒弓は千成（せんなり）だった。さらに、ひさご様は両手で胸のへんに円を描き、それを蹴る真似をして、

「また、やろうぞ」

と声は出さず、口の動きだけで告げ、にやりと笑って大勢とともに去っていった。

しばらくの間、身体が痺れて動けなかった。

「どちらに真に仕えるべきか、ときどき、儂はわからなくなる」

前に控える常世から聞こえた苦しげなつぶやきが、厠の中で腰を振り、尿を切る最中、鞠を蹴ったときの、あのくぐもった音と混じり合いながら、いつまでも耳の底でこだました。

*

采女様への報告はおそろしいほど淡々と進んだ。

常世が絵図の作成を了承したことを伝える間、采女様は火鉢に手をあて、俺の言葉を聞いているのか聞いていないのかわからぬくらい、いっさい動くことなく、指の先を眺

めていた。

俺が話を終えると、采女様はわずかに顔を傾け、視線を寄越し、どうやって本丸に入ったのかと問うた。奥向きの商人の従者に加わったことを告げると、本丸の様子を二、三、訊ねてきた。警固の厳しさのほかには、ほとんどいくさの雰囲気は感じ取れなかった旨答えると、

「まあ、そうじゃろうな」

といかにも馬鹿にしたように鼻で笑い、火鉢にかざした手をさすった。

朝から大坂に来ていちばんと言っていいくらいの冷えこみが訪れていた。この地ではめずらしいという雪もちらちらと舞っている。普段は偉いどころが集まって話し合いを持つ場所なのだろう。幕が張られ、床几がいくつも並べられた隅に采女様は座っていた。采女様の足の間には、従者に持ってこさせた火鉢が控えている。幕の内には、俺と采女様しかいない。

「あと少しで埋め立ての普請も終わろう。これでやっと伊賀に戻れるわ」

火鉢に刺してあった鉄箸を手に取り、采女様はほうっと白い息を吐き出した。

「このあと、そちはどうするのじゃ。また、京に戻るのか？」

箸で炭の位置を変えながら、采女様はふらりと俺に話を向けた。それがいかに自然な口ぶりから発せられた問いかけであっても、幕の内に入ったときから同じ、片膝をついた姿勢のまま、俺は背中のあたりが凝固し、急に息苦しくなるのを感じた。

京を離れてから、すでにふた月が経つ。その間、俺はずっと藤堂家のために働いてきた。そもそも、俺を大坂に呼んだのは采女様である。俺に己の行動を決める権限など何ひとつなく、采女様もそんなものが俺にあろうとは、ゆめゆめ思っていまい。にもかかわらず放たれた問いの真意を、俺はつかみかねた。

「せ、拙者はこたびのことで伊賀の忍びに戻ったものかと……。それゆえに、これからも采女様について――」

「何を言っている」

無遠慮に言葉を遮る低い声に、俺は「は」とさらに窮屈に頭を垂れた。

「そちを忍びに戻すことなど、あるはずなかろう。忘れたか、おぬしは伊賀上野(いがうえの)の城の堀に沈み、死んだ身なのだ。もしも、おぬしが伊賀に戻ったなら、死んだと御殿に説明した儂が嘘をついたことになるではないか」

俺はほとんど息を止め、草鞋の鼻緒の上にかすかに積もった雪を見つめた。不機嫌そうな色を隠そうともしない采女様の声が、ひどくぼんやりと響いて聞こえた。

「まあ、あの屋敷の出来損ないの割には、役に立ったほうかもしれぬ。祇園会のとき、万一のことになっていたら、このいくさそのものがなくなるところじゃったからな――」

ひさご様にかすかに触れる話題に、俺は思わず顔を上げた。ひさご様に再会したことは、まだ采女様に告げなかった。どう切り出したらよいかわからなかったこともある。

そもそも訊かれなかったからということもある。だが、何よりも、ひさご様の正体を知らぬことにしたほうが身のためだと強くささやく心の声があった。

「そちを大坂まで呼び出した用も、和議が成ったおかげで消えてしもうたわ。もっとも、代わりに常世が命拾いしたゆえ、無駄というわけではなかったかもしれぬが――。いや、待て。あやつも柘植屋敷だったか。フン、ならば出来損ない同士、助け合っただけのことか」

火鉢に箸を突き刺し、采女様はひどく物憂げな口ぶりとともに、右手を軽く振った。去れ、という合図に、「あ、あの、采女様」と考えるよりも先に声が出ていた。

「何だ」

「せ、拙者はなぜここに、大坂に呼ばれたのでございましょう」

自分でも驚くくらいに、口が一気に問いを発していた。采女様と言葉を交わす機会は、きっとこれが最後になる予感がした。なぜ、俺は今この大坂にいるのか？　何百もの人間の死を目の当たりにし、この手でも殺した。いったい、何のためだったのか――？どうしても、采女様から直接、その理由が語られるのを聞きたかった。

ほう、と采女様は唇の端に薄い笑みを浮かべ、顔を向けた。

「そうか、知りたいか」

片膝に肘をのせ、半身を乗り出すようにして、采女様はやけにうれしそうに俺の顔をのぞいた。

「首じゃよ」

右の手のひらを水平にして、それを己の首筋にあてた。

「落城したときに、いちばん大事になるであろう首のことが知りたかったのじゃ。常世とも音信が取れなかったゆえ、そちを呼んだ。だが、今となっては、いくらでも常世に訊けば済む。それに本丸には、新たに何人か潜りこませたからな——」

そこで言葉をいったん区切り、采女様はゆっくり首筋の手を下ろした。

「わかるか、儂の話が」

俺は強くかぶりを振った。決して表情を読まれまいと意識すればするほど、頬の肉がこわばった。しかし、それがかえって要領を得ていない、という印象を与えたようで、采女様は「そうだ、わからんでよい」と満足げな笑みとともにうなずき、

「そちはもう用なしじゃ。御殿が陣を払ったのちは、この大坂に留まるも、京に戻るも、好きにするがよい」

と身体の向きを戻した。すでにその横顔のどこにも笑みの気配は残っていなかった。

俺は頭を下げ、幕の外へ退散した。頭を手で払うと、雪片がかさりと肩にぶつかってから落ちていった。指に残った湿っぽい雪を口に含み、背中を丸め、俺はとぼとぼと陣屋をあとにした。

それから六日後、埋め立ての普請は終了し、御殿とともに、藤堂勢は伊賀に戻ることが知らされた。堀からの帰り道、雑兵連中が今宵は上町に繰り出して楽しもうぞ、とう

れしそうに騒ぐのを横目に、俺はまっすぐ陣屋に戻った。

兵舎の戸口の脇に蝉がひとりで立っていた。

「何をしている」

奴の前で足を止めると、

「おぬしを待っていたわ」

と蝉はつまらなそうに吐き捨て、ついて来いとあごで誘うと、返事も聞かずにさっさと歩きだした。

仕方がないので奴に従って、引き返すように陣屋を出た。周囲に巡らされた木柵の前で蝉は立ち止まり、使われずに放り出されたままの丸太に腰を下ろした。

「ほれ」

いきなり巾着袋を放り投げてきたので、慌てて受け取った。

「金だ。おぬしの分を預かっておいた」

「采女様か」

蝉は黙ってうなずいた。袋の口を開け、中身をのぞきながら、

「お前は御殿と伊賀に帰るのか?」

と訊ねると、「そうなる」と蝉は俺を見上げ、

「そっちはどうする」

と泥鰌髭をつまんだ。

「俺は――、取りあえず都に戻る」

「残念だったか？」

「残念？」

「おぬし、忍びに戻りたかったのじゃろう」

ああ――、と小さく声が漏れた。

「わからん」

俺は蝉と一間ばかり距離を取って、丸太に腰を下ろした。

「長い間、自分が伊賀に戻りたいと願っていたのか、それともどこかであきらめていたのか――、いや、そもそも戻りたいと本当に思っていたのかすら、ようわからんようになってしもうた」

それが俺の正直な気持ちだった。すぐさま、けなす言葉が返ってくるかと思ったが、蝉は俺の顔をちらりと見遣ったきり、何も言わずに尻で丸太を回すように揺らした。はじめのうちは我慢していたが、用意していないほうに、急に尻が持っていかれるのが不快で、そのうち丸太が動きだすと、俺は足に力を入れて踏ん張るようになった。それに気づいた蝉が、さらに力をこめる。互いの力が拮抗して、丸太が妙な具合に細かく揺れる。

「そう言えば、惣構えに攻め入ったとき、どうせ茶番のいくさだとか何とか言っていたが、あれは何の話だったんだ？」

ああ、あれか、と蟬は尻の動きを止め、

「御殿がしくじりを誤魔化すため、格好だけでも攻めているふりを他の大名連中に見せつけようとしたのじゃよ。だが、思いのほか深入りしすぎて百人も死んでもうた。百人も死んだら、もう茶番とは言えぬ」

と自嘲の笑いを漏らした。

しくじりとは何のことかと訊ねると、蟬は「これは聞いた話じゃが」と前置きしたうえで、真田丸をはじめとした敵方への総攻撃は、もともとは御殿が大御所に具申した策らしい、城の守将のひとりを寝返らせたゆえ、その者に城壁を内側から破らせ、一気に攻め入るという策で、藤堂家がその先陣を切るという話でまとまっていたそうだ――、と声を潜め語り始めた。

「だが、しくじったのじゃ。裏切るはずの守将が城方に文を見つけられ、あっさり殺されてしもうた。策が破れたと知って、御殿は兵を動かさなんだ。だが、それがうまく伝わらなんだ。しかも、事前の取り決めでは、藤堂家が動いたらそれを見て他の大名も動く、という約束じゃったのに、誰も守らなんだ。おぬしも見たじゃろう。夜が明ける前から、てんで勝手に動き始めておった。どいつもこいつも、自分の手柄しか考えておらんかったのじゃ。奴ら、勝手に攻めて、勝手に千も、二千も死んでおいて、あとになって御殿が一兵も損なわなかったことを揃って責めてきたのじゃ。それでやむをえず、翌日藤堂家だけで、無理矢理突撃した――」

突然、蝉は言葉を止め黙りこんだ。「どうした？」と顔を向けると、一瞬、言い澱むよど表情を見せたのち、

「それに乗じて、儂らが寝返りの策を失敗させた仲間の首を取りにいかされた。御殿から、策をしくじったことを、采女様は散々に叱られたそうじゃ。おぬしならわかるじゃろう。それを許す采女様ではない」

とひどく暗い声で続けた。惣構えに攻め入った帰り、腰に袋をくくりつけ窮屈そうに走っていた蝉の後ろ姿が脳裏に蘇った。

どこかで寺の鐘がごおんと鳴った。それを追いかけるように、別の場所からもごおんと聞こえてきた。

「そうだ――、お前もあれから結構出世したんじゃないのか？　どうなんだよ、小姓勤めは」

重い空気を取っ払おうと、よかれと思い、話題を変えたつもりが、蝉はこれ見よがしに舌打ちして、

「この阿呆め。儂はとうに小姓ではないわ」

と唾を吐き捨てた。

「え？　何でだ？」

「儂のことを素破上がりといつも馬鹿にする小姓がいて、最初は黙って聞いていたが、あまりにうるさいので一度痛めつけてやった。そうしたら次の日、仲間の侍を呼んで、

儂を闇討ちしようとしやがった」

「どうしたんだよ、それで」

「二人の侍は腕を落とした」

「小姓は？」

「殺したわ」

ははあ、と俺は急に薄暗くなってきた空を仰いだ。いくら相手から仕掛けられた喧嘩とはいえ、仲間を殺しては小姓は続けられまい。

「じゃあ、お前は今、伊賀で何をやっているんだ？」

「門番」

蟬はぽつりとつぶやいた。

両膝に肘をのせ、指で泥鰌髭をもてあそびながら、力なくため息をついた。

「どれだけ御殿のために命を張ろうとも、誰も儂らの働きになど目を向けぬ。割に合わぬ役目じゃ。おぬしはよいときに出ていったのかもしれぬ。もう、伊賀は忍びの国ではない。忍びよりずっと役に立たぬ侍のほうが、よほど偉い国になってしもうた」

ともすれば刻一刻迫る夜の気配に溶けてしまいそうな蟬のかすれた声を、俺は黙って聞いた。もちろん、俺に言葉を返す資格など何もなかった。いったんは止まった尻の下の丸太が、ふたたび動き始めた。決して心地よくはなかったが、俺もともに尻を揺らし、その後訪れた長く、さびしい沈黙につき合った。

＊

御殿が軍勢を引き連れ、伊賀に帰国してからも、俺はしばらく黒弓の宿に転がりこみ、何をするでもなく過ごし、二月に入ってようやく都に戻った。

大坂では、無用にでかいものばかり目にしたからか、吉田山に到着したとき、悲しいくらいに己のあばらやがみすぼらしく映った。ここに住みついて以来、これほど長い間、留守にするのははじめてのことだった。どうなっているかと心配しながら戸を開けたが、少しこもった匂いがするほかには、まったくといっていいほど変化がなかった。土間の端に埋めていた金も盗まれておらず、俺は少し拍子抜けしながら、冷えきった床板に荷物を置き、明るいうちにとさっそく薪を割り、下の井戸まで水を汲みに三度、四度と往復した。

いくさの間、建前の上では命を懸けているということもあり、飯はすべて米が出た。普段、伊賀で百姓をやっている連中などは、「ずっとこのまま喧嘩を続けてくれんかのう」と半ば本気で言っていたが、毎度人に飯を作ってもらうというのは楽なものだったな、と改めて思い返しながら、ひさびさにひとりで雑炊を作った。

食事の間、窓枠に背中を向けるようにして胡坐(あぐら)をかいた。あばらやに帰還してから、俺はまともに窓のあたりに視線を向けていない。確かに心のどこかで、少し期待していたところがあった。窓枠に吊したまま放ってきたひょうたんが、留守の間に、どこかにた消え去ってくれはしないかと。だが、戸を開けて中をのぞくなり、窓枠からぶらさがったひょうたんが視界に入りこんできた。それきり、俺は決してひょうたんに目を向けぬまま、夕餉の準備に入った。

雑炊には米をたっぷり入れた。俺もいくさの飯に慣れ、すっかりぜいたくになってしまった。米をすりながら、それとなく窓枠に視線を向けた。黒ずんだ壁板の手前で、まだ真新しさの残るひょうたんが白々とした肌をさらしていた。竈(かまど)に残った炭がかさりと崩れる音に、正面に視線を戻す。残りの雑炊をのどに流しこみ器を置いたとき、ふと背後に気配を感じ、首をねじった。

「ぎゃっ」

空になった器を蹴り、俺は裸足のまま土間に跳び退(すさ)った。

俺の真後ろ、ほとんど身体が触れんばかりの位置に、ひさご様が座っていた。

「ずいぶん、長い留守だったのう、風太郎」

声を失っている俺の顔を楽しそうに眺め、ひさご様は胸を反らし、重々しく声を発した。装いは公家のそれで、深い紫の直衣(のうし)に烏帽子(えぼし)を被っている。どれほど姿勢よく威儀を正していようと、まったくあばらやとの調和が取れていない。

「い、因心居士か?」

「そうだ」

「その格好はよせ」

「なぜ」

「話しにくいわ」

フヘッヘッへ、と肩を揺すって笑い、「やはり、この男、武家より公家の装いのほうが似合う」と、因心居士は頭から烏帽子を外し脇に置いた。上体が少し屈んだ拍子に、背後の窓枠がちらりとのぞいた。もちろん、と言うべきか、窓枠からひょうたんの姿は消えていた。

「帰ってきたばかりで、さっそく急かすのも無粋というものじゃが、なにぶん時間がないもんでな。おぬし、これから何をすべきか、むろん覚えているじゃろうな？」

烏帽子のてっぺんを撫でながら、因心居士は静かな声で訊ねた。

「さあね、こっちはそれどころじゃなかったからな。お前のわけのわからん用事のことなど、すっかり忘れてもうたわ」

「そうか。なら、また儂の中に招いて、思い出させてやろうかのう。一年でも、十年でも、好きなだけいてよいぞ」

俺は舌打ちして、床板にひっくり返った器を拾った。

「フン、本阿弥光悦のところに行けばいいんだろ」

「そうじゃ」

満足そうな声を背中に聞きながら、俺は桶に器を置き、水を注いだ。改めて、ひさご様の格好はよくないと思った。言葉を返すことが、何か悪いことをしているかのように思えてくる。

「それにしても、まったく、危ないところじゃったわ。こたびのいくさでこの男が死んでいたら、すべてがご破算になっていたのだからな」

その言葉に、俺は思わず甕から二杯目の水を移す手を止めた。そうだ、このもののけひょうたんは、はじめてひさご様の格好で登場したときから、「儂の運はこの男にかかっている」と言っていたではないか。さらには、高台院屋敷に忍びこんだ際、出来上がったひょうたんをひさご様の元に届ける旨を、ねね様に伝えさせたではないか。狙いは片割れの果心居士のはずなのに、どうして大坂城のあるじにこうもからむ必要があるのか——？

俺は土間まで飛んでいた箸を拾い上げ、桶に放り投げた。少しずつ、薄らとではあるが、因心居士が描いている道筋が見えてきた気がした。

「もしも——、もしも、ひさご様がいくさで死んでいたらどうなっていたのだ？」

「そうじゃな……、おそらく果心居士はこの世から消えていただろうな。あやつがいなければ、儂も元ある姿に戻ることはできぬ。儂の目論見はすべて水泡に帰すことになる」

「それは城が燃えて、果心居士もいっしょに灰になっていたかもしれぬ、という意味か？」

烏帽子を手に取り、ふたたび頭に持っていこうとする途中で、因心居士はにやりと笑った。

「ほほう、おぬしも、なかなか小賢しい問いをするようになったものじゃのう」

「前に言っていたよな。むかしはひょうたんが二つ揃って宝物として大事にされていたって。たとえ一つであっても、お前は社に祀られたのだ。ならば片割れのほうだって、その後はきっと宝物として扱われていたはずだ」

頭に載せた烏帽子の位置を整えながら、因心居士はまだにやにやしている。

「ふむ――、それで？」

「どういう道筋を経たのかは知らぬが、今の片割れの持ち主がひさご様なのだ。ならば城が燃えたら、果心居士もついでに燃えてしまう。そりゃ、まずいわけだ」

烏帽子の位置を慎重に定めると、「ほほ、やるではないか、風太郎」と因心居士は右手で膝を軽く打った。

「確かに、あの城はこの男の持ち物じゃからな。ならば、あの城にあるものはすべて、この男のものと言えるやもしれぬ。だが、城が燃えるかどうかは関係ない。この男が死ぬようなことになれば、どのみち、果心居士は生きてはいられまい」

「なぜだ？　お前みたいに、好き勝手に化けて出られるなら、いくらでも人を使って城の外に逃げられるだろうに。むかしは実際にあちこちで騒ぎを起こしていたんだろ？伊賀の片田舎にまで、その評判は鳴り渡っておったわ」

「それが出来たら、儂もここまで気を揉むことはない。今のあやつは動けぬのじゃ」

「動けない？　何百年も生きすぎて、足腰が立たんようになったか」

「封じられたのだ。おかげで、ひょうたんの外には一歩も出られぬようになってもうた。以来、あやつは三十年近く、あの城でただのひょうたんをやっておる」

はじめて因心居士が大坂城に片割れがいることをはっきり認めたことに、静かな興奮を覚えつつ、俺は問いを畳みかけた。

「封じる？　果心居士をか？　でも、とんでもない幻術使いだったんだろ？」

「どこまでも愚かな奴じゃった。調子に乗って、己の秘密をぺらぺらと話してしもうた。それでまんまと封じこめられたのだ。さんざん人間をからかって遊んでいたバチが当ったということじゃろうな」

一心同体だったはずの片割れに対し、ずいぶん手厳しい言葉をぶつけたのち、因心居士は静かに嘆息した。

「風太郎よ、儂を光悦のところへ運べ。おぬしと話していたら、いよいよ時間がないように思えてきたわ」

「そんなに焦ることはないだろう。いくさは終わったのだ。二の丸も三の丸も堀を埋められ、あの城は裸同然だ。もういくさにはならんよ。とてもじゃないが勝てやしないからな」

「さあ、それはどうかのう。こちらが思いもせんことを平気でやり始めるのが、人というものじゃ。この都のなかだけでも、これまでどれだけの公家や武家どもが、勝てもせぬいくさを自ら仕掛けて、無為に露と消えていったことか――。そうそう、おぬしが留守の間、よく様子を見にきている者がいたな。あれは瓢六にいた者じゃな。色の黒い女じゃ」

おそらく、芥下のことであろう。

俺はバツの悪い思いを隠すように、因心居士に背を向けた。芥下には当分会えない。俺はわけもなく甕に手を突っこみ、掬い取った冷たい水をぶつけるようにして口のまわりを洗った。

「さてさて――、光悦が儂をどう粧うか、楽しみじゃわい。金に糸目はつけるな。もちろん、払いは高台院じゃ。心配ない。高台院が断ることはない。何せ、儂らに負い目があるからな」

肩口で唇を拭い、「何だよ負い目って？　それに儂らって？」と振り返ったときには、板間から巨体が消えていた。窓枠からぶら下がったひょうたんが、すっかり暗くなったあばらやに淡い光を放っているのを確かめてから、桶に浸けた器を拾い、ため息とともに水を切った。

翌日、さっそく本阿弥屋敷に向かった。ああも好き勝手に現れたり消えたりするもののけ野郎とは、一刻も早く離れたかった。屋敷の門を潜ると、下男らしき老人が薪を割っていた。あるじはいるかと訊ねると、工房に出ているが、そのうち帰ってくると返事が来た。すっかり葉を落とした庭の楓を眺めながら、母屋の外で半刻ほど待つと、門から見覚えある猫背の男がふらりと入ってきた。

俺の姿に気づいた光悦は、門の下で急に足を止め、しばらく目を細めていたが、「ああ」とくぐもった声を漏らし、歩みを再開した。

「ずいぶん、顔が変わったな。元から、あまりよくない顔とは思っていたが、急に変わったからわからんかったわ」

何を言っているのかわからず、俺が言葉を返せずにいると、

「フン――、おぬし、人を殺めてきたな。さては、いくさに出ていたか。そうか、おぬしは忍びだったものな」

と骨張った指であごをさすりながら、俺の前で立ち止まった。さらには、

「なるほど、童も殺したかもしれん。ひどいもんじゃな」

とどこまでも平坦な声で続けた。

かわす間もなく、一刀のもと両断された気がした。「入れ」と短く伝え、光悦が母屋に消えたのちも、その場から動くことができなかった。

*

光悦はひょうたんを眺めている。

俺は縁側から庭を眺めている。

庭では鶏が三羽、こっこっことせわしげに首を振りながら歩いている。

どこでも好きなところに座れと言われたが、何しろ相手は得体が知れない男だ。いつでも逃げられるよう縁側に場所を取ったはいいが、そのぶん寒い。だが、光悦は最初から障子を開け放したまま、風が入ってこようともいっさい構うことなく、板間の真ん中で胡坐をかき、手渡したひょうたんを凝視している。

ほう、立つのか、という声に振り返ると、光悦はひょうたんを床に置き、少し下がったところで腕を組んでいた。

高さ八寸ほどの、因心居士のひょうたんは太りすぎず、もちろん痩せすぎず、その立ち姿は実に見栄えがよい。殺伐としたあばらやではなく、ゆったりとした広さの板間の上では、またちがった趣（おもむき）を放ち、光悦とともについ見入っていると、

「それで、いくさはどうだった」

といきなり問いを放たれた。

俺は無言で顔を戻した。縁側から突きだした足の先を眺め、ああ、帰りに新しいのを買うか、と足袋の先に空いた穴に手を伸ばそうとしたとき、

「将軍家から、今日も刀がぎょうさん持ちこまれてきたわ」

と誰に聞かせるでもない口調で光悦が声を発した。相手が将軍家だというのに、ひどく面倒そうなその響きに、思わず「それは修理か」と訊ね返した。

「修理は刀鍛冶（かたなかじ）の仕事じゃ。確かに研ぐこともあるが、儂の仕事は目利きじゃ」

俺はふたたび首をねじり、ひょうたんの正面で胡坐をかいている光悦を見遣った。い

ったい、目利きとは何なのか。そんなよくわからぬ仕事で食っていけるのか、と訝しむ俺の気持ちが伝わったのか、

「刀を鑑定して、ひと振りひと振りに折り紙をつける。いくさが終わったばかりじゃ。褒美に使うのだろうな」

と続けるのを聞いて、ようやく少しだけ腑に落ちた。刀にお墨付きを与えることを生業（なりわい）としているらしい。しかし、それならそれで、なぜねね様がこの男を紹介したのかがわからない。

ひょうたんを手元に戻し、光悦は「袋を」と俺に目線を向けた。俺は尻の脇に置いていた袋を拾い、腰を上げた。そこへ座れ、とあごで示されたとおり、光悦の正面に座り、袋を差し出した。

「妙なひょうたんじゃな。なかなか、見えぬわ」

わずかに首を傾げた姿勢で、光悦は袋を受け取った。

「おぬしのように、遠くからでも嫌なものがすぐに見えるときもある。見えぬときも、人であれ、ものであれ、時間をかけたらだいたい何かがわかってくるものじゃ。だが、このひょうたんはいっこうに見えぬ。いや、見えるには見えるが、何じゃ、このぽかんとした真っ暗なところは――」

母屋の外で出会ったときから気味の悪いことを言う男だったが、今度も劣らず気味が悪い。まさか、ひょうたんまで、眺めただけで人外のものと見破ったわけではあるまい。

だが、俺をひと目で忍びと言い当てた男である。ひょっとするとひょっとするかもしれぬ、とどう返事をすべきか逡巡しているところへ、

「それで、これをどうしてほしい」

とひょうたんを顔の前に持ち上げ、光悦が訊ねてきた。

「存分に粧ってくれ。金に糸目はつけぬ」

金のところに特に力をこめて告げたつもりだったが、光悦は反応を示すことなく、

「絵付けはどうする？」

とくびれの部分を骨張った指で挟み、下からのぞきこんだ。

「すべて任せる」

わかった、と光悦はあっさりうなずいた。

「おぬしは、絵も描くのか？」

「儂はただの目利きじゃぞ。描くわけなかろう」

「じゃあ――、何をする？」

「もっと大きな絵を描く。漆を使うか、銀を使うか、金を使うか、絵付けをするか、ならばどの絵師に任せ、どのような図案にするか、それを決めるのが儂じゃ」

そんなことも知らんで来たのか、と言わんばかりの冷たい一瞥を放ち、光悦は袋の口を開きひょうたんを収めた。

「出来上がったものは、高台院様に届けるのか？」

「いや——、届けぬ」

「ならば、どこへ届ける」

余計なことを訊くなと睨みつけたが、光悦はどこ吹く風といった様子で、手際よく袋の口を紐で縛り上げた。

「教えられぬか。まあ、忍びに訊いても詮なきことだな」

こんな居心地の悪い場所からは、一刻も早く退散しよう、と俺はひょうたんの出来上がりを訊ねた。

「とにかく、将軍家からの仕事がたんとある。連中め、百もの刀を預けていきおった。いくさに勝っても、与える土地がないゆえ、刀や金でなだめるしかないのじゃ。おぬしのひょうたんはそのあとになる。ものは小さいが、おそらく漆を使うゆえ、乾くのに時間がかかろう。そうじゃな——、三カ月は見たほうがよいな」

五月に入ったあたりということか。構わぬかという声に、問題ない、そのあたりにまた取りにくる、とうなずいて俺は腰を上げた。

「風太郎よ」

この屋敷に入ってはじめて、光悦が俺の名を呼んだ。

「何だ」

「何をしたら——、それほど暗いものが積み重なる」

帯の位置を直す手を止め、俺は光悦の顔を見下ろした。

「俺は、いくさになど行っていない」

「いくさの話ではない。おぬしがはじめて屋敷に来たとき、儂は幽霊でも見ているのかと思うた。まだ右府や太閤がこの都にいた頃は、ときどきおぬしのような者も見かけることがあった。だが、それは二十年も、三十年もむかしの話じゃ」

今も何かを勝手に見ているのか、俺の顔を見上げ、光悦は切れ長の目を細め、口元を妙な具合に歪(ゆが)めた。

「死というものは、影になって絡みつく。別にそれが悪いと言わぬ。どう生きようとも、その者の勝手じゃ。それに年を取れば、誰もが嫌というほど引きずるようになる。だが風太郎よ、おぬしのはめっぽう暗い。その若さで暗すぎる」

「何を言っているのか、さっぱりわからん。気味の悪い辻占なら、よそでやってくれ」

猫背の上にのった光悦の血色の悪い顔を、俺はどこまでも乾いた気持ちで眺めた。先に視線を外したのは光悦だった。

「気の毒な男じゃな」

言葉を返さず、縁側に出た。板を踏む音に驚き、鶏が浮き足だって逃げていった。ひょうたんのことは任せておけ、という声が背中に届いたが、俺は振り返らずに屋敷をあとにした。

そのまま吉田山に戻る気にもなれず、鴨川べりに座りこみ、時間を潰した。川に近づくと、いよいよ底冷えの気配が増すゆえ、河原で呑気に腰を下ろしている者などひとりもいない。足袋の先の穴をいじりながら、薄汚れた雲が覆う空を見上げた。橋のたもとに出ていた屋台であたたかいうどんを一杯かきこんでから、吉田山に向かった。途中、井戸の前を通ったとき、桶を手にこちらに歩いてくる下のばあさんの姿が見えた。

「どこに行っとったんじゃッ」

俺の顔を認めるなり、甲高い声を上げ、ばあさんは走り寄ってきた。

大坂へ荷物を運ぶ仕事にずっとかかりきりだった、と適当に理由を告げると、

「やはり、いくさに行っておったのか。お前さんのような頼りないのが、行くところではなかろうに。この身の程しらずがッ」

といきなり叱りつけてきた。それからしばらく、一方的に説教を垂れたのち、

「そうそう、ひょうたんのことじゃ」

と気も済んだところで、ばあさんのほうから話題を変えてきた。

「おかげで、また小遣いを稼がせてもろうたわい」

一本だけ残った歯を豪快にむき出しにして、ばあさんはイヒヒと笑った。何だ、小遣いって、と訊ねると、水車小屋のひょうたんの中身を一個一個吐き出させ、さらに乾燥させる仕事を、ひ孫といっしょに手伝ったのだという。どこのどいつだ、そんな勝手なことをやったのは、と慌てて問うと、

「何を言っとる」

とばあさんは目を剝いて、俺の胸を枯れ枝のような細い指で小突いた。

「甕の水をあんなに腐らせておいて、よう言えたもんじゃな。ひょうたんを引き上げるときは、鼻がもげるかと思うたわ。お前さんからも、駄賃をもろうてもいいくらいじゃ」

「その駄賃は誰がくれたのだ？」

「お前さんが働いていたひょうたん屋のおなごじゃよ。はじめから、店に卸すために、あのひょうたんを育てておったんじゃろ？　いつ行っても、お前さんが留守ゆえ、先に引き取らせてもらう、と言っておったわ」

そうか、芥下か。

軽く舌打ちしたついでに、因心居士の言葉を思い出した。何度かあばらやをのぞいていた、という用はこれだったのか。しかし、瓢六はもう畳んだはずである。あるじ自身も伊賀に帰ってしまった。今さらひょうたんを仕入れてどうするつもりか。

釈然としない気持ちを抑えつつ、それはずいぶん手間をかけさせたの、と取りあえずばあさんには礼を伝え、あばらやに戻った。

因心居士がいなくなったあばらやは、心なしか少し明るくなったような気がした。もっとも、それは日一日と春が近づきつつあるからかもしれなかったが。

それから毎日、ごろごろと寝転んで過ごした。

何もやる気が起こらなかった。因心居士がいなくなったら、おかしなことも起こらなくなった。気がついたら、いつの間にか三月になっていた。井戸に水を汲みに行く途中、あと二、三日でつぼみが開きそうな桜を見つけ、ひょうたんの種を植えたのは、もう一年前のことなのだ、と時の流れの速さにどこか呆気に取られた気分になりながら坂道を下った。

大坂から帰って以来、同じ夢をよく見る。

夢の中で、俺は人を殺している。誰を殺したのかは知らないが、己が人を殺したことはわかっている。だが、途中でこれは夢だと気づく。何とか意識を引き戻し、このいたたまれぬ重苦しい軋みから逃れようともがく。

やがて、夢から覚める。刻一刻と崩れ、溶けていく夢の余韻のなかで、誰も殺していなかったことを知り、俺は心から安堵する。汗ばんだ拳を開放する。だが、意識が戻るにつれ、代わって記憶が蘇る。そこで俺は、夢の中でだけ人を殺していなかった、という無様な事実に行き着くのだ。

「童も殺したかもしれん。ひどいもんじゃな」

最後は決まって、光悦の無表情な声が耳の奥で響く。

俺は強く目を瞑る。

右手が刀の感触を呼び起こさぬよう、手のひらを冷たい床板に押しつける。俺はただ、米の飯が食えたらそれでよい。いくさで得た金はさっさと米に変えて、糞に変えてしまえ。念仏のように米、米、米と頭の中でつぶやきながら、俺はまた深く長い夜の底へと落ちていく――。

ひょうたんを育て、荷運びを手伝ったことへの瓢六からの報酬、義左衛門からの餞別、さらには采女様から渡された金と、食うには当分困らぬだけを貯めていたはずなのに、米ばかりを食べていたら、三月も半ばが近づき、いよいよ金がなくなった。

*

春の訪れとともに、土の底から山菜がそこかしこに顔を出す。またぞろ力仕事を探すか、とぼんやりと考えながら山を歩き回り、小さな籠いっぱいに山菜を採り終えて戻ると、あばらやの脇に男が立っていた。

俺の姿に気がつくと、男は泥鰌髭をいじり、残ったほうの片手で正確に斧を振り下ろし、切り株の上に立てた薪をぱこんと真っ二つに割った。

どう見ても蝉だった。

しかし、奴は伊賀で退屈な門番の役目を日々勤めているはずだ。

ひょっとして因心居士ではないか、と疑ったが判断がつかない。試しに、

「どうした、今日は髭の具合が少し元気ないのではないか？」

と先に話しかけてみたら、蝉は「何？」と慌てて斧を放し、もう片方の手も髭に持っていった。

「左右の長さが、ちぐはぐだからかな？」

と適当に続けたら、真剣な顔で両の髭を伸ばし、長さを比べている。間違いなく、本

人である。

「何で、伊賀にいるはずのお前がいる」

「風太郎、おぬしに仕事を持ってきたわ」

まだ髭に両手を残したまま、蟬が妙に偉そうな声を発した。

「仕事？　まさか、忍びの話じゃないだろうな」

「おぬしへの用など、それ以外あるまい」

「冗談だろ。断る」

まあ、聞けよ、とようやく髭から手を離し、蟬は切り株から斧をどけ、腰を下ろした。

「簡単な仕事だ。しかも、金はうんと弾む」

金という言葉に、聞き流すはずだった耳がつい引き戻された。山菜をあばらやに持ち運ぼうとした足が勝手に止まり、俺は心で舌打ちしながら、それとなく蟬に身体の正面を戻した。

「ふうむ、これがおぬしの住みかか」

じろじろとあばらやを見回したのち、

「聞いたか？　大坂方が兵を催（もよお）して、京伏見を焼き払わんと攻め上ってくるそうじゃ」

といきなり蟬は低い声を放った。

「何？　い、いつだよ、それ？」

唐突な話に、思わず声がひっくり返った。

「なるほど――、普通はそうなるわな」

やけににやにやしながら、蟬は満足そうにうなずいた。

「嘘じゃよ、風太郎。誰も攻めてはこぬ」

ケッケッケと蟬が下卑た笑い声を上げた。

「な、何のつもりだ。ふざけるなッ」

「これが言っていた仕事じゃよ。都じゅうにこの流言を広めよとの采女様の命じゃ。心配するな。今度は、村は焼かん」

喉の奥あたりにまだ笑いを溜めこみながら、蟬は俺の顔を見上げた。

「今も、大坂には浪人連中が何万と居残ったままじゃからな。こんな噂が流れたら、上を下への大騒ぎになるじゃろうて」

「どうしてそんな――、都をわざわざ混乱させて何になる？」

「わからんか。関東はこのまま大人しく幕引きにするつもりはない、ということじゃよ。とにかくもう一度、いくさをする口実が欲しいのじゃ」

口元からすうと笑みを消し、何としても大坂から喧嘩を仕掛けてきたという態を作りたいのだ、と続ける蟬の声を聞きながら、頰のあたりが自然とこわばっていくのを感じた。もしも、また一度、いくさになったなら、到底大坂方は持ちこたえられまい。何しろ、本丸を除き、あの城には堀がないのだ。

「なぜ……、俺に声をかける」

「簡単な仕事じゃ。素直にひと稼ぎすればよい」

「采女様か」

「いや、今度は義左衛門じゃ。二日前に儂も到着したばかりで、まだ地理がさっぱりわからん。昨日、こっちの連中に会ったとき、東西南北、阿呆のように通りの名前があってうんざりする、と愚痴を言ったら、案内に風太郎を使えばよい、どうせ暇にしておるじゃろう、と義左衛門がおぬしの名を挙げたわけじゃ」

阿呆、毎日忙しいわ、と舌打ちして、俺はいかにも田舎くさい色合いの奴の着物を見下ろした。

「よく采女様も、今さら道も知らぬお前を京に送ったもんだ」

「それだけ人手が足らんのだ。いくさのあと、大坂にだいぶ置いてきたからな。義左衛門も今は都で使える人数は十もおらぬと言っておった。おかげで俺はつまらぬ仕事を放って、都に出ることができたわけだが」

口元に自嘲めいた笑みを浮かべ、蟬は切り株から腰を上げた。

「返事は今日でなくともよい。風太郎殿も、いろいろとお忙しいそうだからな」

大坂城のひさご様をふたたび窮地に追いこむような真似に手を貸せるはずがなかった。それに忍びの仕事はもう御免である。言下に断りを入れようと口を開いたとき、

「そうじゃ――。おぬし、祇園坊舎（ぎおんぼうしゃ）というところを知っているか？」

と蟬が急に話題を変えてきた。

「何だよ、いきなり」

「伊賀にいたときから、噂に聞いておったのじゃ。それはもう天女のような別嬪が揃っていて、うまい酒をしこたま飲めるらしいぞ。まあ、おぬしのような貧乏人には無縁のところじゃろうが、名前くらいは聞いたことがあろう?」

聞いたことがあるどころではない。祇園坊舎といったら、祇園会の際、ひさご様とともに、さんざん蹴鞠に励んだ場所である。

「そこがどうしたのだ?」

「今から遊びにいかぬか? 金のことなら気にするな。ここにたんまり預かってきておる」

いかにも悪そうな笑みを浮かべ、蟬は腹のあたりを叩いて見せた。おそらく、蟬が言っている坊舎は、三味線の楽しげな調べが聞こえていた、常世ににべもなく入ることを撥ねつけられたほうのことだろう。なるほど、あそこならのぞくくらいはよいかもしれぬ、とほんの少し心が引かれていると、

「いつまでぼうっとそこに立っているつもりじゃ。その山菜を洗うのか、儂についてくるのか、さっさと決めろ」

と俺が脇に抱える籠を指差し、蟬が面倒そうに声を上げた。

山菜は板間に置き、出かけることにした。

祇園会以来、はじめての祇園社である。境内の桜はまさに満開を迎え、あちこちに張

られた幔幕から響く酒宴の笑い声が実に楽しそうである。警戒しながら社の鳥居をくぐったものの、陽気さが溢れる人混みに紛れているうちに、どうしたって気が緩んでくる。

「お、ここじゃ、ここじゃ」

松林の手前に梅の坊と竹の坊、二つの坊舎が道を挟んで見えてくると、両者のちがいを説明するまでもなく、三味線の調べが漏れ聞こえてくる「梅」のほうに蝉は迷うことなく入っていった。

座敷に通されるなり、

「イチはいるか？　イチを呼んでもらえるかのう」

と蝉は勢いこんで案内役の男に告げた。

「何だよ、イチって」

奴の耳のそばでささやくと、

「ここでいちばんの上郎(じょうろう)じゃ。わざわざ来たからには、やはりいちばんを拝んでおかなければな」

とにやりと笑った。

よくそこまで調べてきたものだと俺が呆れているところへ、「左様でございますか、イチでございますか……」と湿っぽい声が聞こえてきた。

「申し訳ございませぬ。イチはただいま、別の座敷に呼ばれているところでございまして——」

「金なら、あるぞ」

フンと鼻を鳴らし、蟬は懐から取り出したものを投げつけた。

小判だった。

生まれてはじめて見る小判の輝きに目を奪われる間もなく、「ははッ」とほとんど覆い被さるようにして、男はそれを収めた。

「し、しばし、お待ちを――」

大慌てで襖を閉めて立ち去る男を見送りながら、ふたたび蟬が鼻を鳴らした。

「見たか？　儂がイチの名を出したときの目を。田舎者が何をぬかすと言っておったわ」

見るからに田舎くさいその髭と着物のせいだろ、と返したかったが黙っておくことにした。何せ、俺は一銭も持ち合わせていない。ここは蟬の横で大人しくしておくべきである。

ほどなく、先ほどの男とは明らかに異なる足音が聞こえてきた。蟬が言っていた上郎であろうか。さすが廊下の板を踏むところからしてちがう、実に静かな足音である。いや、ひょっとすると下手な忍びよりも音がせんかもしれぬ、と思ったとき、襖がすっと開いた。

「イチでございます」

まばゆいばかりに艶やかな着物を纏った女が、手をつき頭を垂れていた。ふわりといい香りが部屋に舞いこんできて、ごくりと唾をひとつ呑みこんだとき、女がゆっくりと顔を上げた。

女と視線が合った瞬間、「え」と勝手に声が漏れた。

「あら風、おひさしぶり。また蟬にだまされて、のこのこやってきたの？」

鮮やかに紅を引いた唇の片方を嫌な具合にねじ上げ、百がにたりと笑った。

＊

蟬と百がひそひそと、これから大勢を呼んで騒ぐ段取りをつけている傍らで、俺は腕を組み、じっと仏頂面を守っていた。酒でよいか、何を食べる、と訊かれても、いっさい返事をしなかった。

心の底から、うんざり来ていた。

はじめから俺に与えられた選択の余地など、これっぽっちもなかったのだ。まったくどこまで俺はお目出度い奴なのか。黒弓の文に釣られ、堺まで出かけた失敗を、また懲りもせずに繰り返した。相変わらず学習せぬ俺も悪いが、毎度引っかけてくるこの連中も相当たちが悪い。だが、それが伊賀の忍びのやり方だと言われたらそれまでである。文句を口にするだけ無駄ゆえに、そのぶん鬱憤が腹に溜まる。いよいよ顔の表情が冴えなくなる。

「まさか、儂が本当に都がはじめてと思うたか」

と蟬が隣でほくそ笑むのを聞いたとき、ついに堪忍袋の緒が切れ、俺は憤然と立ち上がった。

「おっとまだ帰るなよ。おぬしにはこれから儂の従者を演じてもらうのだからな」

「ふざけるなッ。お前につき合う義理など、微塵もないわ」

「儂とおぬしは大坂から来た商人ということにする。頃合いを見計らって、大坂で京を焼き討ちにするという噂を聞いた、と話を持っていくから、うまく合わせるのだぞ」

「知るか、俺は帰る」

一歩踏み出した途端、蟬がぐいと着物の裾をつかんだ。

「おいおい、冷たいことを言うな。都で使える人数が足らんと教えたばかりだろう。それにおぬしはいったん座敷に腰を下ろしたのだ。もしも、このまま出ていくなら、さっきの小判の半分の金を置いていけ」

「そ、そんな無茶な話があるか。俺は何も食ってないぞ」

俺が唾を飛ばして反論しようとするところへ、

「あら風、知らないの？　こういうところは、別に何も食べなくても金を払うのよ。ほら、そんなふうに突っ立ってないで、あきらめて素直に楽しんでいったら？」

と横から百が呑気な声を挟んでくる。

「うるさいッ。だいたい、何でお前がここにいる。女房衆の役目はどうした？」

「おお、こわいこわい――。もちろん、女房衆のほうはお休み。ほかの女たちはとうに伊賀に帰ったけど、采女様の命で私だけ都に残ることになった。ここで毎日三味線を弾いて、お酒をついで、唄って、踊って……、それで酔っぱらった大名家の侍たちが、何をしゃべるかを聞いて告げ口するのが今の仕事」

百は両手を頭のあたりに持ってくると、それをひらひらさせて、「ぎおんぼうしゃのうめのぼう、はるのよのゆめのごとしぃ」と短く節をつけて唄った。

俺は舌打ちして、どかりと腰を下ろした。何が忍びより静かに廊下を歩くだ。何が「イチでございます」だ。そんなの忍びなのだから当たり前、名前も何のひねりもありゃしない。

「おい、風太郎。そろそろ呼んだ女たちが来るぞ。心配するな、今日は儂のおごりだ。たんと食って、たんと飲んで帰れ」

馴れ馴れしく肩を叩いてくる奴の手を乱暴に払う。百が立ち上がり、隣の部屋との仕切りになっていた襖を開け放ち、壁際に立てかけられた三味線を手に取った。べん、と弦を弾き、少し首を傾(かし)げながら音を調整する。そこへ次から次へと派手な着物を纏った女たちが登場し、さっそく酒宴が始まった。調子のよい三味線が奏でられ、女たちはころころ笑いながら踊る。蟬は演技なのか本気なのか、いたく上機嫌で泥鰌髭をしごき、ウヘウヘと品のない声を上げている。その横で、俺はひたすら運ばれてきた飯を口に詰めこんだ。重箱に収められた料理は、どれも言葉を失うくらい美味なものばかりで、酒もしみじみうまく、気がついたときには、百の唄声に合わせ、身体が左右に揺れていた。

途中から三味線を別の女に譲り、百も踊りを披露したが、他の女とさして変わらぬ装いであっても、その立ち姿はひと目見ただけで明らかに際立っていた。「ここでいちばんの上郎じゃ」と蟬は言っていたが、案外本当のところなのかもしれぬ。白粉を塗った首筋から漂う色香といい、腰を落としたときの、きゅうとひねられた膝の具合といい、澄んだ唄声といい、まったく鼻持ちならぬ、いい女っぷりだった。

場が盛り上がってくると、蟬はさらに人を呼ぶよう伝えた。ほどなく太鼓を持った男が現れ、笛を吹く男とともに部屋の隅に陣取った。新たに加わった女たちとともに、蟬も自ら立ち上がって踊り始め、何とも癖のある振りつけでもって、やんやと場の喝采を浴びていた。仕切りを外し二部屋を用意したが、今やそれすら狭いくらいで、全員が唄い踊り、つまりは俺も最後には踊りの輪に加わったのだった。

それだけに、輪の中心で騒いでいた蟬が、

「おい、風や――、まったく都はのどかでよいのう。昨日までいた大坂とはえらいちがいじゃ」

と呼びかけてくるまで、何が目的でこうも馬鹿騒ぎを繰り広げていたのかを完全に失念していた。知らぬうちに三味線に戻っていた百が音を下げる。それに合わせ、笛と太鼓も自然おとなしくなり、蟬の声がはっきりと部屋に響いた。

「風よ、果たしてあれはまことの話じゃったのかのう?」

声は酔人のそれでも、その目は刺すような鋭さで、こちらに向けられている。仕方な

く、

「はて、何のことでございましょう、蟬――様」

と俺も嫌々ながら僕を演じ、つき合った。

「あれじゃ、大坂の浪人連中が都に攻め入って火を放つという噂じゃ」

「ははあ、そのことで――」

「確かに二の丸のそこかしこで何か準備をしている様子じゃったが、まさか本当に攻め入ってくることはあるまいて」

そこまで蟬が話したところで、「そ、それはまことでございますか?」と太鼓を叩いていた男がバチを止め、まんまと食いついてきた。

「いやいや、おやじ殿。あくまで噂じゃよ」

ひょこひょことした足取りで踊りながら、蟬がわざとらしい笑い声を上げた。

「い、いえ、噂でもお教えくださいませ」

「こりゃこりゃ、太鼓を止めるではない。皆も踊りを止めるではないぞ」

慌てて男がバチの動きを再開する。蟬は片足を上げて陽気に踊り続けながら、

「実はな――、昨日、大坂を発つときに、城の近くで顔見知りに出くわしたのじゃ。そこで儂が、先ほどからやけに甲冑姿を見かけるが、何じゃこの連中は? まるでいくさの準備ではないか、と訊ねてみたら、京に攻め入って、町を焼き払う準備をしているらしい――、こう言うわけだ」

といかにも内緒話であるというように声を作った。

「そ、それはいつ攻め入るというお話で?」

太鼓のおやじが蒼白な顔で訊ねる。

「確か十四日と言っていたような……。ええと、あさってか? いやいや、おやじ殿、儂は眉唾の話だと思うぞ。その男とは、よく商いをする仲なのだが、何かと言えば空言ばかり並べ、払いをのらりくらりとかわす御仁じゃからな。どうせこれもいつもの冗談じゃ――」

そこで蟬がいきなり足をもつれさせ、こてんと畳に転んだ。

「だ、大丈夫でございますか、蟬様」

すぐさま俺が駆け寄る。

「むむ、すっかり飲み過ぎたようじゃ。風よ、厠に連れて行ってくれぬか。皆は踊り続けるがよい。今、儂が口にしたことは他言せぬよう頼むぞ。無用の心配はかけとうないからのう。だいたい、都を焼き尽くそうなどという罰当たりなことは、神仏が許すまいて――。おおっ、漏れる漏れる」

ほれほれ急ぎましょう、と蟬に肩を貸し、俺はそそくさと部屋を出た。俺たちが廊下を進んでもしばらく唄声が漏れていたが、途中で足を止め様子をうかがっていると、襖が開いたのか、急に音が大きくなり、廊下を慌ただしく踏む音が聞こえてきた。さっそく、どこかに告げにいったのだろう。「上出来じゃ、上出来じゃ」クヘへと蟬がぐもった笑い声を漏らした。

蟬とともに厠で用を足し、部屋に戻ると、明らかに人が減っていた。太鼓のおやじはもちろん、女たちも三、四人が姿を消している。

「今宵はおかげさまでなかなかの賑わいでございまして、別の部屋に挨拶にうかがった者がちらほらおりまする。ご無礼、お許しくださいませ」

と百が殊勝な顔つきで説明するのを、「構わぬ、構わぬ」と蟬は鷹揚な態度で手を振った。

「もう、やりたいことは全部やったゆえ、儂は満足じゃ。いやはや、楽しかった」

そのままゆるゆると半刻近く過ごしてから、俺たちは座敷を出た。もちろん蟬は、「先ほどの焼き討ちの話、決して人に告げるでないぞ」と見送りの女たちに念押しをすることを忘れない。勘定の際、さらに二枚、三枚と小判を支払い、蟬は上機嫌で坊舎をあとにした。

すっかり夜に沈んだ建屋の外まで、百がひとりついてきた。

「あんたたちみたいな野暮天どものために唄って踊って――、ああ、阿呆らし」

と先ほどまでの愛想のよさはどこへやら、さんざんに毒づいているのを聞きながら、これから百は、蟬が告げた内容を、来る客来る客にまき散らすのが仕事になるのだろう、とまだ少し酒が回っている頭で考えた。

「そう言えば、おぬしらとこんなふうに騒いだのは、柘植屋敷が燃えた日以来じゃな」

「ん、何のことだ？」

二つの坊舎に挟まれた辻に出たところで、蟬が妙なことを言いだした。

「何だ、覚えていないのか？」

「覚えているって何を」

「あの日、御殿から酒が送られてきて、めずらしく大人どもが騒いでおったろうが。上野から酒を運んできた侍が、おぬしらも飲んでええぞ、と内緒で酒の残りとまんじゅうをくれて、それを皆で分けたではないか。大人は酔いつぶれて見回りもないと教えてもろうたから、儂らは酒を、餓鬼たちはまんじゅうを食らって、皆で大騒ぎしたろう」

あの柘植屋敷で、大人たちの目を逃れそんな大それたことをしたなら、覚えていないはずがない。しかし、なぜか、まったく記憶に残っていない。俺の茫洋とした表情を見て取ったのか、

「煙を吸いすぎて、おぬし、ここが悪くなったのではないか？　まあ、むかしから悪いままだが」

と蟬が己の頭を指差して見せた。

「そのこと、あとで見分に来た侍たちに言ったか？」

「阿呆、勝手に酒を飲んでいたなど、言うわけなかろう。おそらく火事のとき、酔いつぶれて動けなかった者も大勢おったはずじゃ。もしも、次の日に火事が起きていたなら、もう少しは生き残ったじゃろうに——。のう、百市」

蝉が百に視線を向けたのに合わせ、俺も首をねじった。

百は少し離れた場所に立って、じっと俺たちを見つめていた。月明かりを白粉が受けているせいか、妙にその顔が蒼褪めて映った。

「全部忘れた――。あんなところの話」

と冷たい声を放ち、百は踵を返した。そのままあいさつもなしに玄関に戻る後ろ姿に、

「火事の話になると、いつもああだ。まあ、死にかけたのだ。仕方ないわな」と蝉がつまらなそうにつぶやいた。そんなやわな女だったろうか、逆にそんな辛気臭さを鼻で笑いそうな奴だと思っていたが、と少し意外の感に打たれながら、結い上げた髪が玄関の提灯の明かりと重なり、影になって揺れるのを見送った。

「さて、宿に戻るか。明日も朝からあちこちに顔を出さねばならぬからな。そうじゃ、宿の連中にも、寝る前に吹きこんでおかねばいかんな」

と蝉が先に歩き始めたとき、玄関から大柄な男が姿を見せ、それに話しかけられたのか百が足を止めた。二人がこちらをちらりと振り返ったのは、俺たちのことを話題にしているからか。

大柄な男はどうも坊主頭のようで、提灯の光を受け、側面のあたりがやけに照り輝いている。男は二度、三度、百に軽くうなずき、連れでもいるのか、今度は玄関に向かって何事か声をかけた。

用が終わったとばかりに、百が玄関に消えた。それと入れちがうようにして、ふらり

と建屋から現れた人影を見たとき、俺ははじめ女が出てきたのかと思った。

しかし、軒先から吊り下げられた提灯の明かりが黒の長羽織を浮かび上がらせ、さらにその横顔を照らしだしたとき、心臓が音を鳴らすのではないかというくらい、どきりと胸の内側を打った。

「おうい、そこのお二方」

坊主頭が明らかに俺たちに向かって手を振った。やはりこんなところに来るべきではなかった、と思った。「ん、何じゃ」という蟬の声を後ろに聞きながら、俺は坊主頭を引き連れ、ゆっくりと近づいてくる長羽織を正面に迎えた。

「先ほど、おもしろい話を聞いた。大坂の連中が焼き討ちにくるとか何とか。それはおぬしらの話か？」

かすかに笑みを湛えた声とは裏腹に、俺の前で立ち止まった残菊の切れ長な目は、もちろん何ひとつ笑っていなかった。

＊

目の前の連中について、蟬に知らせる余裕はなかった。

それよりも、相手が俺に気がついているのか、それを見極(みきわ)めるのが先だった。

残菊の隣に立つ頭を剃り上げた大男にも見覚えがある。目のまわりに赤い隈取りを施し、鼻息荒く俺と常世を追いかけて殺そうとした奴だ。薄闇に浮かぶ俵顔に、さすがに今は化粧をしている気配はうかがえないが、残菊のほうは、その顔が妙に蒼っぽく見えるということは薄ら白粉でも塗っているのかもしれない。

「おぬしらのせいで、女どもが、ずいぶんこわがっておった。都が焼き討ちされるとはまことでございますかッ——、と真剣な顔で訊いてきおった。ちょうど今、玄関のところで、その話を聞かせてくれた御仁が出ていったと知って、つい声をかけてしまったわけだ」

と残菊はいたって軽やかな口調で俺に話しかけてくる。坊主頭のほうも、こちらを警戒させぬためか、ほんの少し口元に笑みを漂わせている。大丈夫だ、気づかれていない。改めて、白粉をたっぷりと塗りこませた常世の慎重さに救われた、と胸をなで下ろすが、まだ安心はできない。蟬である。

どうか妙なやる気を起こすなよ、という俺の願いも空しく、

「オヤ、どうなされた」

と背後から戻ってくる足音が聞こえた。

急いで振り返り、

「こいつら忍びだぞ。所司代の息もかかっている」

と忍び言葉で告げた。蟬は一瞬、俺と視線を交わしたが、まったく表情を変えず、今度は坊主頭が「焼き討ちの話のことじゃが、それはまことか?」と訊ねるのに対し、

「ハイ、そうなんでございます」

と俺の隣で足を止め、大きく首を縦に振った。

俺が目を剝き、どれほど睨みつけても素知らぬ顔で、蟬は得々と「昨日、大坂で――」と先ほど踊りながら披露した話をふたたび語り始めた。しかも、大げさに話に新たな尾ひれまでつけ加えていた。

途中で、はたと気がついた。

この男――、わざとやってやがる。

相手が忍びと知って、どう出るか試しているのだ。要は挑発しているのである。俺が教えたばっかりに、奴の出来の悪い頭のどこかにぽっと火が点ったのだ。その証に、残菊と坊主頭を見比べる目には、いかにも餓鬼じみた愉悦の光が瞬いているではないか。

冗談ではなかった。商人を演じてきたばかりゆえ、俺も蟬も何ら打物を持ち合わせていない。まさしく裸で刃の前に立つようなものである。

「――かように、たかが大坂で聞いた噂話を、酔いに任せてしゃべってしまいました次第。いやはや、面目ない。どうか、お気になさりませんよう」

愛想笑いを浮かべ、蟬はいかにもへつらうように頭を低く下げた。

腕を組み、相づちは坊主頭に任せ、無言で話を聞いていた残菊がゆっくりと口を開いた。

「なるほど――、では、おぬしらは商いで大坂から都に来たわけだな」

「左様でございます」

「何の商いだ」

「組み紐でございます」

「売り物の組み紐を、今見せてもらえるか」

「申し訳ございませぬ。あいにく、荷はすべて宿に置いてきてしまいまして」

「京を出たのちは、どこへ行く」

「近江のほうへ参りまする」

「いくさが終わって、商いのほうはどのような具合だ？」

「ハイ、年明けの頃はまだ滞っておりましたが、おかげさまで最近はほとんどいくさの前と変わりないあたりまで戻って参りました。ここに来て具足を修理、新調するお侍も多く、組み紐もなかなかの売れ行きでございまして」

とどこまでも愛想を崩さず、蟬は滑らかに出鱈目を繰り出す。

フッと残菊が笑った。

「もうよい」

組んでいた腕を下ろし、ゆっくりと一歩前に足を踏み出した。

「茶番は終わりだ。おぬしらは何者だ？　誰の命でそのような飛語をまき散らしている？」

急にぞんざいな口調に変わった残菊の問いかけに、「はて」と泥鰌髭をつまみ、蟬はどこまでも商人の風情を崩さず首を傾げた。

「飛語とは何のことで？」

「言ったはずだ、茶番は終わりだと。どこの大名に雇われた？　素直に教えたら、命だけは見逃してやってもよい」

「何やら、とんだ勘違いをなされているようで。儂らは見てのとおり、ただのチンケな旅商人でございまする」

右の泥鰌髭を、ゆっくりと鼻の下から先端へと二本の指でつまみ、「おそろしや、おそろしや」と蟬はわざとらしく身を震わせた。しかし、それが逆に癇に障ったか、坊主頭が鼻から荒々しい息を吐き、刀の柄に手を置いて、これ見よがしな威嚇を示してきた。

「ささ、参りましょう」

控えめに発したその声とは裏腹に、俺は蟬の裾を強く引いた。明らかに蟬は相手に一線を越えさせようとしている。無論、とんでもない間違いである。相手は残菊だ。遊びでは済まない。

「明日も朝から早いゆえ、そろそろ――」

もう一度、さらに強く裾を引いた。一刻も早く、この場所から立ち去るべきだった。しかし、蟬はぴくりとも動かない。仕方がない、こんな阿呆は放ってさっさとひとり逃げよう、と裾を離したとき、

「待て、誰が勝手に帰ってよいと言った」

と坊主頭が殺気だった胴間声を放った。それに対し、

「うるさい、蛸坊主」

ところまでのいかにも相手におもねった卑屈な態度から一変、嘲笑うかのような口調で蟬が声を放った。

「何じゃとッ」

坊主頭が大股で詰め寄り、いきなり蟬の胸ぐらをつかんだ。蛸というのが何なのか俺にはわからなかったが、ずいぶん怒っているところから見て、よほど具合の悪いものにちがいない。

「こ、こちらが甘く出ていたら、つけ上がりおってッ」

坊主頭が刀を抜かなかったのは、坊舎の玄関を出たばかりの場所ということもあるし、何より蟬が丸腰だったからだろう。まったく抵抗のそぶりを見せぬ蟬の襟元を、両手で締めつけるようにして男は唾を飛ばした。

「おい、汚い手で触るなよ」

踵が浮くぐらい持ち上げられても、蟬は平然と言葉を返した。いつもの無用に相手を苛つかせる傲慢な口ぶりが完全に戻っていた。だが、どことなく、くぐもった響きがあるように感じたとき、

「離れろッ、琵琶」

と残菊が押し殺した声を発した。

激高した勢いで蟬の身体を完全に持ち上げようとする、「琵琶」と呼ばれた坊主頭の

動きが急に止まった。そうだ、そんな名前で祇園会のとき呼ばれていた、と思い返す間もなく、低いうなり声とともに、琵琶は膝をつき、いきなり地面に倒れこんだ。

「心配するな、ただの痺れ薬だ。一刻もしたら元に戻るわ」

首のあたりを押さえ、激しく痙攣（けいれん）している大男を見下ろし、蟬が冷たく告げた。

「針か」

駆け寄るでもなく、声をかけるでもなく、まるで他人の顔つきで残菊は琵琶の身体をのぞきこんだ。

「目は狙わなんだ、感謝しろよ」

今度は左の泥鰌髭をもったいつけるようにして撫で上げ、「まだ、何かあるか？」と蟬はあごで訊ねた。

「なるほど、その髭に毒針を仕こませ、口で飛ばしたわけだな」

ほほう、蟬が感心したように声を上げた。

「目慧（めざと）いな」

その言葉にひとり驚いたのは俺である。まさか、そんな目的があって髭をいじっていたとは夢にも思わなんだ。

「どうだ？　おぬしも味わってみるか」

「それ以上調子に乗るなよ――、素破（すっぱ）ふぜいが」

「ほう、乗ったらどうなる？」

せせら笑いながら、蟬が髭から手を離したとき、すうと残菊の顔から表情が消えた。いっさい気負いを感じさせず、いかにも自然な風に残菊は一歩、二歩と進んだ。玄関から、酔っぱらいが大声で歌いながら飛び出してきた。ずいぶん出来上がっているようで、肩を組みながら歩こうとするが、片方が足をもつれさせると、二人揃って地面にわあわあ言いながらひっくり返った。

残菊が互いの間合いに入ってきても、蟬は動かなかった。へらへらと薄ら笑いを浮かべてさえいた。相手を見くびっているのか、それとも最後まで出方を見極めようとしているのか。地面に寝転び騒ぐ酔漢二人を見て、見送りの女たちが手を叩き、けたたましい笑い声を上げた。これでは、忍び言葉は届くまい。

「気をつけろ、逆手がくるぞッ」

仕方なく、せいいっぱい抑えた声で蟬に伝えた。

残菊がぴたりと歩を止めた。

長羽織の端がめくれ、まさに右手を脇差しの柄にかけようとする姿勢のまま、ゆっくりと俺に顔を向けた。

「そうか」

その切れ長の目から放たれた視線が、舐めるように俺の足下から這い上ってきて、顔の真ん中で焦点を定めた。

「声に聞き覚えがあると思ったら、あのときの男か」

残菊は笑った。

歯を剝き出しにして、まさに破顔と言っていいほど表情を崩し、しかし、いっさい声を出さずに笑った。

「やっと見つけたぞ――、風太郎」

空耳かと思った。だが、残菊は間違いなく俺の名を呼び、さらには、

「常世は息災にしているか？」

と歌うようにささやいた。

俺は一歩後退った。

ほんの先ほどまで酔いが残っていたとは思えぬほど、頰から耳へ、さらには頭の後ろへ、そこから背中へと、冷たくぞっとするものが、嫌なぬめりを残し膚を走っていった。

「あれまあ――」

ひどく調子の外れた声が、横手から割りこんできた。

「こちらにもひとり倒れておりますぞえ。おやおや、ずいぶん大きなお侍なこと」

女たちが琵琶を見つけ、「大丈夫でございますか」と小走りで寄ってくる。行くぞ、と蟬が低い声とともに、俺の脇腹を小突いた。

「おい長羽織――、今度会ったときは、最後まで相手をしてやる」

どこまでも横柄に言い残し、蟬は松林の道へと消えていった。そのあとを追って走りだそうとして、一度だけ振り返った。まだかすかに痙攣を続けている琵琶の横で、残菊

がじっと俺を見つめていた。

「覚えたぞ」

目玉だけをこちらに向け、乾いた声で残菊は告げた。慌てて顔を戻し、俺は走った。まるで祇園会のときそのままに、今度はひさご様ではなく、外股で先を行く蟬の影を追って、松林を駆けた。

四条大橋のたもとで、蟬と別れた。その際、

「あの長羽織は何者だ」

と当然、蟬は訊ねてきた。俺は祇園会での出来事を正直に伝えた。ただし話の前後――、ねね様からの依頼だったという部分を、単なる常世からの頼まれ事に変え、ひさご様もあくまで公家の御曹司として紹介し、その正体が大坂の采女様から呼ばれた理由だったことは伏せた。

蟬はふうむと泥鰌髭をつまみ、深刻そうな表情で耳を傾けていたが、話が終わりしばらく経って、

「ひさごって名の公家がいるんじゃな」

とぼそりとつぶやいた。それが奴の感想のすべてだった。いや、もちろん嘘の名だぞ、と教えるべきか迷ったが、面倒なので黙っておいた。

「産寧坂（さんねいざか）の義左衛門のところへ行け。儂の手伝いをしたと言ったら、金を貰えるはずじゃ。義左衛門もおぬしとひさしぶりに話したいと言っていたからな」

と蟬は言い残し、「明日は寺を回って、めいっぱい噂をまいてくるわ」と相変わらずの外股歩きで橋を渡っていった。

＊

蟬のロクでもない訪問から十日が経ち、ようやく重い腰を上げ、産寧坂へ向かうことを決めた。

何もかも采女様の思うままに動かされていたことを知った今、その先棒を担いでいた義左衛門に会うのは、当然気が進まない。そのくせ、とうとう金がすっからかんになったことを言い訳に、こうしてのこのこと出向いている。まったく俺には、進歩というものが見られない。

産寧坂に到着すると、驚いたことに店が再開されていた。

軒先にはひょうたんが吊り下げられ、座敷のへりに置かれた大きな盥にも、ひょうたんがしこたま放りこまれている。その横には、達者な字で「清水名物音羽延命水」としたためた札が立っていた。

以前、店の奥にあった飾り棚はなく、飾りひょうたんもない。ただ、盥の中にだけ、二十ほどのひょうたんがある。そう言えば、義左衛門は大坂方が負けると見越して、店を畳むと決めたわけだが、まだ豊家は健在である。それゆえ再開することにしたのだろうか、と盥のひょうたんをひとつ手に取った。たっぷりと中に水が入っている重みを確かめていると、俺を店の人間と思ったか、参拝の親父連中ががやがやとやってきて、「延命水、おくれ」と口々に言いだした。

関係ないと逃げようとしたが、「いくらなんじゃ」と俺が手にしていたひょうたんを奪い取り、断りもなくぐびぐびと中身を飲み始めた。土間の奥を呼ぶ余裕すらなかった。どこの田舎者の一団なのか、次々と盥からひょうたんをつかみ、「これで長生きじゃあ」などと言ってげへげへと笑い合っている。

「まとめていくらじゃ」

縁側に並んだ、飲み終えたひょうたんは全部で六つだった。仕方がないので、瓢六がいた頃の値を言って金を貰っておいた。

男たちが立ち去り、ひょうたんに残った水を振って捨てていると、やっと奥から芥下が現れた。

「何をしている」

土間で立ち止まり、開口するなり咎めるような声を放ってきた。

「おぬしが飲んだのか」

盥の横に並べた空のひょうたんに気づき、いよいよその声が険しくなる。

「ち、ちがうわ。誰もいなかったから、俺が代わりに相手をしてやったのだ」

依然、疑わしそうな眼差しを送ってくる芥下に、俺は憤然として預かった金を畳に叩きつけた。

「義左衛門様はいるか」

芥下は銭を拾うと、枚数を確かめ、無言で懐から取り出した袋に収めた。どうやら、俺の言い値で正しかったらしい。

「今は留守じゃ」

「いつ頃、帰ってくる」

「半刻もすれば、顔を見せるじゃろう」

土間に立ったまま、芥下は面倒そうに答えた。しばらく会わぬ間に、少し痩せたか、目が大きくなった気がする。土間にいると余計に白目が映えて、そのぶん嫌な具合に睨みつけられているようで、とても居心地が悪い。

「じゃあ、そのあたりにまた来る」

俺が早々に暇を告げようとすると、

「待て」

と鋭く呼び止められた。

「これから儂は水を汲んでくる。その間、留守番をせい。そのうち帰ってくるじゃろう」

表に出た芥下の両手には、すでに桶が提げられていた。そのまま俺の返事も聞かず、芥下は清水への坂を上っていった。どこか跳ねるような身のこなしで石段を上る小柄な後ろ姿をしばらく眺めたのち、仕方がないので店番についた。

先ほど一気に売れたせいか、客足はぱたりと途絶えた。一度、三人連れのばあさまたちが足を止めたが、俺の顔を見て、

「もう一軒下のほうが、効き目がありそうじゃったぞ」

と内緒話のつもりなのだろうが、筒抜けの声で相談しながら坂を下りていった。

ひとつも売れぬまま四半時が経ったとき、店の奥から物音が聞こえた。はて、誰かいたのか、と首をねじると、のっそりと義左衛門が土間に出てきた。

「おや、風太郎ではないか、そこで何をしている？」

おや、と思ったのはこちらも同じだが、慌てて腰を上げ、芥下に言われ店番をしている旨を伝えた。

「なぜ、儂のところに顔を出さずにそんなことをしている」

「い、いえ、その――、芥下の奴が義左衛門様は出かけていると」

ははん、とうなずいて、義左衛門は土間から上がり、俺とひょうたんの盥を挟むようにして腰を下ろした。

「儂はずっと奥におったわい。相談事の最中じゃったから、気を遣って、出かけていることにしたのだろうな」

「ひょっとして――、相手は蟬でございますか」

「いや、あやつはもう伊賀に戻っておる。最近はこうして集まっても、金をどう工面するか、その話ばかりじゃ。もはや、忍びではなく、完全に商人の仕事ばかりじゃ」

義左衛門はククと低い声で笑うと、ぶ厚い肉がのった丸い肩を揺すった。

「それにしても、大騒ぎじゃったのう」

「大騒ぎ……、でございますか？」

「ひょっとして、知らんのか」

はあ、と曖昧にうなずく俺の顔を、なぜか呆れたように義左衛門は眺め回した。

「おぬしと蟬がまき散らした噂のことじゃ」

それの手伝いの金を貰いにきたとはいきなりは言えず、「はあ」とまたも歯切れ悪く相づちを打つ俺に、「まったく、呑気な男じゃな」と義左衛門は軽く舌打ちした。

「あのあと、都じゅうが大混乱になったのだぞ。荷物を公家の屋敷に放りこむ者が現れ、それを見て騒ぎがさらに大きくなり、最後にはとうとう東寺のあたりに、大坂から攻め上がる連中を迎え撃つのだと言って、兵まで出たくらいじゃ」

「まさか」

「まさかではない。そんなことも知らずに過ごしておいて、金だけ取りにきたか。相も変わらず、図々しい男じゃのう」

「い、いや、そういうわけでは――」

「わかっとるわ。そうでもないと、おぬしが顔を出すはずないからな」

義左衛門は懐から丁銀を取り出し、「ほれ」と盥の後ろにすっと置いた。「忝のうございまする」と素早く拾い上げ、懐にしまいこんだ。

「蟬はさぞ得意げでありましたでしょう」

「逆じゃ。荒れて大変じゃった。うるさいから早う伊賀に帰れ、とやっとのことで追い出したくらいじゃ」

「荒れる？　なぜでございまする？」

「月次組じゃよ」

「え？」

「おぬし、坊舎で連中にばったり出会ったのだろう」

蟬から聞いたのだろうか。坊舎の玄関の提灯に照らされた、残菊と琵琶の顔が思い浮かび、急に落ち着かぬ気分になってきた。

「奴らが乗ってきたのだ」

「乗ってきた……、何にでございまする？」

「儂らの噂にじゃよ。連中もあちこちで吹聴し始めたのだ。それこそ町の辻々で、誰憚ることなく堂々とな。連中、下っ端まで集めると百人近くいるらしい。そやつらが明日大坂方が攻めてくる、と好き放題にまき散らしたおかげで、都じゅうが大騒ぎになったわけじゃ。蟬は手柄を盗まれたと、それはもうおかんむりじゃ」

「な、なぜ、月次組がそのようなことを？」

「以前、おぬしに教えたことがあったろう。月次組のうしろには所司代がおると。噂が広まることが、所司代にとっても都合がよかったということじゃよ」

数人連れの参拝客が軒先で足を止めようとしたのを見て、義左衛門は張りのある声で、

「清水名物延命水、いらんかね、いらんかね」と呼びこんだ。しかし、すげなく通り過ぎられ、

「もっとも、兵を繰り出すまで騒ぎが大きくなるとは、さすがに所司代も誤算じゃったろうが」

とふたたび低い声に戻って、二度、三度と景気づけに手を叩いた。明らかにひょうたんを売ろうとしている義左衛門に、店を再開したのかとだけ、先に訊ねておこうとしたとき、

「また祇園社で出くわすとは風太郎よ、おぬし、よほど月次組とは悪縁があるようじゃな。だが、祇園会のときとちがって、目的が同じだったゆえ、今度は面倒なことにならずに済んだわけじゃ」

と苦笑混じりの声が聞こえてきた。

俺は義左衛門の横顔を凝視した。

「知って――おられたのですか」

「祇園会のことか?」

ちらりと俺の顔を見遣ったのち、また二度、表に向かって手を叩いた。

「少なくとも――、おぬしに月次組のことを訊かれたときには知っておったな。おぬしも、いつまた連中と出くわすかわからんからな。万一のことが起こらんように伝えたの

じゃ」

「常世も所司代の件は知らなかった、と申しておりました」

「ほう、常世に会ったのか」

「はい、大坂で」

そうか、とうなずいて、義左衛門はでっぷりと突きだした腹の前で両手を合わせ、ぶ厚い肉のついた手のひらを揉んだ。

「おぬし、いくさに出ておったのだな」

俺は無言でうなずいた。

「嫌なもんじゃろう、いくさは」

どこか遠くへ問いかけるような声だった。俺はもう一度、うなずいた。

「采女様には会うたか」

「陣屋で二度ほど」

「では、なぜおぬしが大坂まで呼ばれたか、もう知っておるわけだな？」

ひさご様の首が出たときに確かめるため、と口にすることはすなわち、ひさご様が誰かを知っていると義左衛門に告げることを意味していた。どう答えるべきか言葉に詰まっていると、それを無言の肯定と捉えたのか、

「なら、儂に対し、さぞ腹を立てておるじゃろうな」

と義左衛門は手を揉む動きを止め、軒先を通り過ぎる若い女の後ろ姿を、目を細めな

から追った。

「吉田山で静かに暮らしていたおぬしを無理矢理、外に引っ張り出して、あちこち連れ回した挙げ句が、忍びには戻れぬまま、こうして元の木阿弥じゃ」

「い、いえ、決してそのような――」

「じゃがな、言い訳ではないが、儂は采女様がおぬしを忍びに戻すつもりだと思っていたのじゃ。だから、采女様の命じるとおりに、おぬしを吉田山から呼び寄せ、ここで働かせ、高台院様の屋敷に入りこむ手配をつけさせた」

「義左衛門様、俺は怒っておりませぬ」

「そうか？　儂はまだ怒っているぞ」

「え？」

「孫兵衛じゃ」

義左衛門は盥の中から、ひょうたんをひとつ手に取った。

「孫兵衛とは、儂がまだ忍びだった頃から、長らくいっしょにやってきた。腕の立つ、いい忍びじゃった。商いの才もあって、儂も安心して堺を任せることができた。とうに忍びは引退しておったのに、ひさびさのいくさゆえ、若い連中に教えねばならぬ、などと格好のいいことを言って、自ら戻ったのじゃよ。それなのに――、あんな真面目な男を殺してはいかんよ」

もはや少しずつ朧になりつつある孫兵衛の顔を、思い返そうとする横で、ひょうたんの栓を抜き、義左衛門は中身を一気にのどに流しこんだ。

「ひとつ飲めば何年、命が延びるんじゃったかの？」

「三年、でございまする」

「孫兵衛にも飲ませてやればよかった。ならば、あんな無茶な最期を迎えずに済んだはずじゃ」

すべて飲み干し、ふうと口元を拭い、

「みんなさっさと死んでいく。儂だけが、まだ生き残っている。風太郎、おぬしは長生きせえよ」

と義左衛門は往来に顔を戻し、「清水名物延命水、ひとつ飲めば、寿命が三年延びる也」と空のひょうたんを振って、威勢良く声を上げた。

＊

おぬしもひとつ飲めと促され、俺は盥からひょうたんを拾い上げた。やけに固く詰まっている栓を引っぱりながら、これからまたいくさになりますでしょうか、と問いかけると、

「なるじゃろうなあ」

と義左衛門は難しい顔になって腕を組んだ。

「おぬしらが祇園会に行ったときから、それだけをやりたかったのじゃから」

栓を抜く手を止め、どういうことかと眉をひそめる俺に、義左衛門は「ややこしい話じゃ」と言って、見事に二重になったあごの肉をしごいた。

「そもそも、あの祇園会の件、なぜ高台院様は常世に声をかけたかわかるか？」

「それは――、御殿の協力を得たいから、と常世が申しておりましたが」

「そうじゃ。高台院様と御殿は、太閤がまだ信長の下で働いていた頃からの、長い長い付き合いじゃ。おぬしも聞いたことがあろう。それまでまともなあるじに巡り会えなんだ御殿が、太閤の弟君にお仕えするようになって、一気に御武運が開けたのだ。こうして今は刃を交える間柄となっても、豊家にはひとかたならぬ恩がある。さすがの御殿も、高台院様には頭が上がらぬ。そこを突いて、高台院様が試したのじゃ」

「試した？　御殿をでございますか？」

いや、と義左衛門はゆっくりと首を横に振った。

「そのもっと向こうのものじゃ」

「向こう……、といいますと？」

「大御所じゃ」

「お、大御所？　あの大御所でございますか？」

話がとんでもない広がりを見せ始め、俺はひょうたんを持っていることも忘れ、間抜けなほど裏返った声を発してしまった。

「これほどの大事、御殿ひとりで判断できるものではない。何しろ、『玉』が大坂からやってくるのだ。高台院様からの文を受け取った御殿は、すぐさま駿府の大御所に早馬を飛ばした。そうなることをすべて見越して、高台院様は常世に文を託したのだ。一から十まで、公にできぬことばかりじゃ。そのなかで大御所から内々のお墨付きを得るには、確かにこの方法しかなかったかもしれぬ。高台院様に頭が上がらぬ御殿は、自然、大御所に口添えするような形になる。まったく、おそろしい御方じゃよ、高台院様は」

「で、では——、御殿が、常世にお守りせよと命じたのは」

「そう、それが大御所の返事じゃ」

しばし、呆然として義左衛門のたるんだあごの肉を見つめた。大坂であの巨大ないくさを指揮した人物から、直接の命令を受け己が動いていたということが、まったくしっくりとこない。

「もっとも、儂もあとになって知らされたことばかりじゃ。おぬしを高台院様のもとに送ったことにしても、常世が貴人を祇園会に案内するゆえ、その付き添いとしか聞かされておらなんだ。それが、祇園会が終わって三日が経ったときじゃ。今になって思い返すと、きっと大坂に無事戻った常世から知らせが届いたのだろうな。上野の御城に呼ばれ、これより都に向かい月次組について調べよ、と采女様から急な命を受けた。そのときはじめて、祇園会での事の次第を聞かされた。そりゃあ、魂消たぞ。あの秀頼公が、お忍びで祇園会を見物じゃ……。言いだすほうも、やるほうも、襲うほうも、皆気でもちごうたかと思うた」

ひさびさに耳にした、ひさご様のむき出しの名前に、耳を直接叩かれたように、意識が跳ね上がった。義左衛門の素直な感想は、ひさご様と歩いたあの祇園会がいかに尋常ではなかったかを改めて伝えていたが、いよいよもってわからなくなるのは、なぜ俺たちが残菊に襲われなければならなかったのか、ということである。

大御所の直接の指示があったのなら、今回の蟬の件と同じく、祇園会でも月次組とは目的を同じにしていたはずだ。大御所の命に従い、手足のように動くのが、そもそもの所司代の役目であるのだから。

「采女様も完全に油断していたのだ。何しろ、大御所が問題ないと言ったのだ。所司代にも、当然その話は通じておったはずじゃ」

「さ、されど、月次組のうしろには――」

「そうじゃ、だからややこしい話と言っておる」

義左衛門は鼻をくすんと鳴らして、丸く盛り上がった腹を大儀そうにさすった。

「つまり、大御所が罠を仕掛けて、ひさご――、いえ、玉をおびき出した、ということでございますか？」

ちがうな、と腹をぽんと叩き、義左衛門はあっさりと俺の疑念を否定した。

「さすがに大御所ともあろう御方が、そんな下衆なだまし討ちはすまい。どれほど、飛んで火に入る夏の虫だったとしても、だ。むしろ逆で、大御所は何としても玉に生きていてほしかったはずじゃ。いくさになったゆえ、結局は不問になったそうだが、祇園会の首尾を知った大御所はそれはもう怒り狂ったという話じゃ」

あんな大勢で襲っておいて、生き残ることを願っていたとは何のつもりなのか？　ますます大御所の意図がつかめぬ、という俺の疑問に満ち満ちた顔を眺め、

「風太郎よ——、なぜ大御所が高台院様の頼みを引き受けたかわかるか？　いや、問いの形を変えよう。なぜ、大御所は祇園会で玉を殺そうとしなかったのか？」

と義左衛門はいよいよ低い声になって問いかけた。

「それは……、やはり、高台院様のお力でしょうか」

「それもある。だが、もっと大きな狙いのために殺さなかったのだ」

「大きな狙い——、でございますか」

「いくさで殺すためじゃよ」

いとも簡単な口ぶりで義左衛門が答えたとき、「まさか」と声が漏れたついでに、まだ栓を抜かぬままのひょうたんが、うっかり手のひらから転げ落ちた。

「大坂城を大勢で取り囲み、誰もがわかる形で豊家を滅ぼす。それが回り回って、徳川の地位を不滅のものにする。世に広く、次の天下が徳川のものになったのだと知らしめることができる——、そう大御所は考えたのじゃ」

畳にゆるい弧を描いて止まったひょうたんを目で追い、義左衛門は「化け物の考えることじゃよ」とぼそりとつぶやいた。

「もちろん、その意図を理解できぬ者どももいる。特に今の将軍、つまり大御所の息子

じゃな。その将軍のまわりは、大御所とはちがう考えじゃった。もしも、祇園会で玉を殺したなら、いくさを起こすことなく、徳川家にとって最大の禍根を始末することができる、こんな都合のよい話はない——、そう考えたわけだ。その一派が、所司代に命じたのだ。もちろん、所司代には、本来の大御所の命も届いておる。しかし、普段から大坂の圧力を肌で感じている所司代じゃ。いくさを起こさずに済むやり方に心惹かれたのも仕方あるまい」

「そ、それで月次組が——」

「まったく、うまい方便を思いついたもんじゃ。大御所の命に面と向かって逆らうわけではなく、あくまでかぶき者との喧嘩のついでに、玉が死んだことにしてしまおうという腹だったわけじゃ」

祇園会にて、境内の石灯籠の陰に隠れたかぶき者たちが姿を現す場面が、派手な着物の色合いとともにはっきりと脳裏に蘇った。あのとき、残菊は俺たちが何者か承知していなかった。それでも、いちばん偉いのはどいつだ、としょっぱなから訊いてきた。俺たちも偶然、かぶき者を装っていたゆえ、もしも、あの場所で全員が朽ち果てていたなら、本当のかぶき者同士の刃傷沙汰として片づけられていたということか。

ようやく、またいくさが起きるのか、という問いかけに、「それだけをやりたかったのじゃから」と義左衛門が答えた意味合いがすとんと了解できた。城の堀をいくら埋めようと、何の意味もない。あの城を豊臣の名とともに焼き払ってこそ、大御所の目的は達せられるのである。

「わかったじゃろう——。どこまでも、ややこしい話じゃ。儂もいくさの前に、采女様からこれを聞かされたときはゾッとしたわい。もしも、あのときおぬしらが玉を守らなかったら、藤堂家はもうこの世になかったかもしれぬのだからな。だまし討ちで、太閤の子を殺したことが知れたら、いくさは起こらずとも、徳川の評判はそれこそ地に落ちる。そんなことになってみよ。すべてを藤堂家のせいにして、責任を押しつけるなんてことは、いくらでも起こり得た話じゃ」

畳に転がったひょうたんを拾い上げ、硬質で滑らかな表面を撫でながら、人通りをぼんやりと眺めた。あまりに大きな話を前に、まったくそこに現実の印象をつかみ取ることができなかった。ただ、ひさご様と豊臣家の命がいっそう風前の灯火と化していることだけはわかった。

黙りこむ俺の横で、義左衛門が気を取り直すように手を叩いた。するとすぐさま、

「ハア、のどが渇いたわい。おい、二つくれ」

と武家の二人連れがひょいと軒先に顔を出し、盥のひょうたんを指差した。手渡したものを息もつかずに飲み干し、二人があっという間に立ち去ってから、ようやく売れたわい、と義左衛門は軽いため息をついて、空になったひょうたんを盥の後ろに置いた。

「あの——、この店のことでございますが、また商いをやり直すので？」

ああ、と立ち上がったついでに、義左衛門は窮屈そうに腰帯の位置をずらし、

「芥下が店を続けたいと言っておるが、まだわからんのう。ずっと閉めているのもかえって怪しまれるゆえ、大坂のことが落ち着くまで、あやつに少しやらせて様子を見ているところじゃ」

と言って土間に下りると、「厠に行ってくる」と現れたときと同じように、のっそりと奥へと消えていった。

ふたたび、ひとりに戻り、ようやく飲めるとひょうたんの栓を抜いたら、今度は芥下が桶を両手に提げ、ふらつきながら石段を下りてきた。奴の前で呑気に飲んでいたら、それこそ何を言われるかわからぬ。仕方なく栓を詰め、ひょうたんをそっと盥の中に戻した。

「二個、売れたぞ」

桶を土間に置き、ふうと息をついた芥下は、ちらりと視線を寄越し、はん、と興味なさそうに声を発すると、袖で額の汗を拭いた。

「義左衛門様は来たか？」

「ああ、もう話は済んだ。今は厠に行っとるわ。ちらりと聞いたのだが、お前、この店をやりたいと言っているそうじゃないか」

芥下は黙って土間から手を伸ばし、盥の後ろに置いた空のひょうたんを取り上げた。先ほど売れた六つのひょうたんと合わせて、その飲み口を布で拭い、さっそく手桶に沈めて水を飲ませた。

「われは――、忍びに戻るのか」

手元の桶を見つめながら、芥下は突然忍び言葉で話しかけてきた。

忍びとして育てられたと義左衛門から聞いていたものの、はじめて目の当たりにする
その技に面食らいつつ、

「いや、戻らん」

と俺も忍び言葉に変えて返した。

「采女様は知っているよな。はっきり用なしと采女様に言われたのだ。死人は生き返らん、とな」

言葉の意味がわからなかったのだろう、訝しげに眉を寄せる芥下に、

「忍びには金輪際戻れんということだよ」

と己に言い聞かせるように念を押した。

「では、これからも都で暮らすのか」

「まあ、そうなるな」

「何の仕事をする」

「そうじゃなあ、しばらくはどこか寺か屋敷かで普請の仕事を手伝おうかのう」

「一緒にやらんか」

「何？」

「一緒にここをやらんか、と言っておる」

「ここって――、ひょうたん屋のことか？」

水を入れたひょうたんに栓を詰め、それをひとつずつ畳の上に並べながら、芥下はやけにぎこちない様子でうなずいた。

「力仕事ができる者がほしいのじゃ」

「そんなもの、義左衛門様に頼め。そもそも、ここは萬屋だろうが」

「大坂のことが落ち着いたら、萬屋は江戸に移る。儂は江戸なんぞに行きとうない、ここで店を続けたい、そう申したら、なら試しにひとりでやってみろと義左衛門様が言うてくれた。もしも、うまくいきそうなら、この店は売らずに置いていく、ただし助けるための金は一銭も出さぬ、とな。だから、こうして水を売って少しずつ貯めておる」

先ほど武家が払った金のことを思い出し、盥の横に置いた。二つ売れて、たったの銭二枚である。

「こんな安いものを売っていても、いつになっても貯まらんだろう……。後ろに並んでいたお高い飾りびょうたんは、どこへいった？」

「全部、瓢六が始末した」

「そうだ、俺が種出しをした水車小屋のひょうたんはどうした？」

「われが捨てたままじゃったから、儂が全部引き取ったわ。乾かして裏の納屋にしまっておる。形のいいやつは、金が出来たら飾りびょうたんにしてもらうつもりじゃ」

「なぜ、ひょうたんをそのまま売らぬ。今ならまだ、都にいる雑兵どもが買うぞ。前のあるじもそれでがっぽり儲けたのだ。お前もそばで見ていただろう」

納屋にあるやつを全部袋に詰めて、大名屋敷を練り歩いたらよいではないか、と続けようとしたとき、

「儂はいくさなどで儲けぬ」

といきなり忍び言葉をやめ、吐き捨てるような強い調子で芥下は言葉を放った。

俺はハッとして、声を呑みこんだ。

土間から向けられた、そのまま膚に突き刺さりそうな視線を受け止めることができず、俺は顔を伏せると、取り繕うように盥を芥下のほうに押し出した。

「われは頭は足りんが、ひょうたんの扱いは知っとる。帳面づけも何もできんが、力仕事だけは頼りになる。金はあまり出せぬが――、どうじゃ」

と人にものを頼んでいるとは思えぬ無愛想な口調で、芥下は俺が押したあとを引き継ぐように、盥のへりに手をかけた。

「俺には――、無理だ」

「金か」

「いや、そうじゃない」

「仕事の目処（めど）は何もないと言ったばかりじゃろうが」

「俺は、お前とは働けぬ」

引き寄せた盥の中にひょうたんを戻そうとする手を止め、芥下が面を上げた。大きく

開かれた眼から放たれた視線にぶつかるなり、芥下は乱暴な手つきでひょうたんを盥に突っこんだ。それきり、決して俺を見ようとしなかった。この口下手な女が、わざわざ誘ってくれたにもかかわらず、ちゃんと正面から返すことができぬ己がつくづく情けなく感じられた。

長い沈黙が続いたのち、

「もうよい」

と芥下がかすれた声でつぶやいた。

「帰れ。われの顔なんぞ、二度と見とうない」

いよいよ親指の半分くらいが出るようになった、足袋の指先の穴に触れるのをやめ、俺はのろのろと腰を上げた。土間に置いていた草鞋に足を入れ、その背後を抜けて表に出るまで、芥下は一度も盥から顔を上げなかった。

戸口で振り返ったとき、表情のない横顔が依然、盥を見下ろしていた。相変わらず色黒な膚が、そのまま土間の薄暗い影に溶けてしまいそうだった。

「邪魔したな」

と声をかけ往来に出たが、二軒、三軒隣まで石段を下ったところで足を止めた。しばらく、己が踏む影を見つめたのち、踵を返し、店の戸口にふたたび戻った。

「おい、芥下」

土間に足を踏み入れ、忍び言葉で呼びかけた。

「何じゃ」

まったく同じ姿勢で盥のひょうたんに向かっていた芥下が、忍び言葉で返した。

「俺は大坂にいくさに行っておった」

「知っとる」

「俺は――、殺したのだ」

ひょうたんの位置を並べ直していた、芥下の手の動きが止まった。

「大坂で村を焼いた。そのとき、逃げ遅れた親子を殺した。父親と、四つかそこらの小さな女の童だった。そのままいくらでも逃がしてやることができたのに、二人とも俺が殺した」

ゆっくりと芥下は身体の正面を向けた。さらに険しさを増した眼差しが、その小柄な身体から注がれていても、

「関ヶ原のときのお前を、俺は殺したのだ。だから、俺はお前とは働けぬ」

と目をそらさず、最後まで伝えた。

さぞ罵詈雑言（ばりぞうごん）が押し寄せるだろうと思いきや、芥下は何も音を発さず突っ立っていた。白目が異様なくらい鮮やかに光を放ち、土間の薄暗さを逆に伝えていた。確かにこんな辛気臭い、手前勝手な話をいきなり聞かされても、何も返しようがないだろう。「すまん。余計なことを言った」と帰ろうとしたとき、はん、と咳払いのような、鼻で笑ったような声が土間に響いた。

「それが忍びじゃろう」

忍び言葉ではない、こちらがどきりとするくらい、はっきりとした口ぶりで言い放ち、芥下は驚く俺の視線を断ち切るように、盥に身体を戻した。腰を少し落とし、元あった場所へとぐいと盥を押し出した。

「なら、誰かを救えばよい」

「何？」

「関ヶ原のとき、家を焼かれ、親を殺された儂を助けてくれたのは義左衛門様じゃ。そのまま伊賀に連れ帰り、儂を育ててくれた」

忍びに助けられたとは言っていたが、それが義左衛門本人とは知らなかった。芥下は草履を脱ぎ、畳に上がると軒先に進んだ。俺も釣られるように表に出る。斜めに差しこむ陽の光を横顔に受け、縁側に立った芥下はわずかに目を細めた。

「あのとき、儂の家を焼いたのは、伊賀の忍びじゃった」

「え？」

「それを命じたのは義左衛門様じゃ。だから、儂の親を殺したのは義左衛門様じゃ。だが、儂を救ったのも義左衛門様じゃ」

往来の人通りが途切れた合間に、どこまでも淡々とした調子で放ち、芥下は静かに俺を見下ろした。

「ならば、風太郎もいつか誰かを救えばよい」

軒先から吊り下げられたひょうたんに軽く触れ、風が響くような声とともに、その丸々とした横っ腹を押した。

＊

忘れた頃になるといつも決まって顔を出すあの男のことゆえ、そろそろ現れるかと思っていたら、案の定、俺が井戸端で汗まみれの身体を水で流しているところへ、

「やあ、風太郎。今の季節がいちばん都は過ごしやすいね」

とのどかな声を発しながら、黒弓が坂道を上ってきた。

もういい加減暑かろうに、いつもの赤い南蛮合羽を纏い、

「あれ、仕事上がりかい？」

と訊ねる黒弓に、

「そうだ、朝からずっと田植え前の準備を手伝っていた」

と答え、俺は下帯一本の格好で着物を肩にかけ、あばらやに戻った。

四月に入ってからというもの、俺は村の田んぼで働いている。飯が出る約束で、草を抜き、土を掘り返し、水路の杭を打ち直し、猪を防ぐための柵を立て、要は何でも言われた用事をこなしている。普請の仕事で口を糊（のり）しようと思っていたら、まったく誘い手が見つからず途方に暮れていたところへ、村の世話役が「暇なら、うちで働け」と声をかけてくれたのだ。

「大坂からずっと歩き通しだったから、さすがに疲れた。今夜は泊まらせておくれよ」

あばらやに到着するなり、黒弓はさっそく面倒なことを言ってきた。

「断る。お前の歯ぎしりを朝まで耐えるなんてまっぴら御免だ」

と着物に手を通しながら、即座に突っぱねる。

「相変わらず冷たいね。せっかく、風太郎に届け物があって、はるばる持ってきてやったのに」

「俺に届け物？」

さっさと赤合羽を脱いで板間に上がった黒弓は、これだよ、と懐から布に包まれたものを取り出した。

「開けてみなよ」

帯を腰に巻きつけている俺に、黒弓は手のひらに収まるほどの包みを差し出した。受け取ると、小さいくせに意外なほど重い。布の端を指でつまみ、中身を確かめる。

「何だ、こりゃ」

出てきたものは、二寸ばかりに切り取った細い竹筒だった。とはいえ、ただの竹がこんなに重いはずもないので、中に何か詰めているのだろう。筒の両側は土で固められている。爪でほじるが、びくともしない。

「竹流しだよ」

なぜかひどく得意げな声で黒弓が言った。

「何だ、竹流しって」

「え、知らないの？」

知らん、と答えた俺の手元から布ごと竹筒を奪い取り、黒弓はいきなり板間のへりにその端を打ちつけた。詰めてあった土がぽろぽろと落ちる。床板に広げた布の上で竹筒を振ると、土くれがいくらかこぼれたあとに、いかにも重そうな音を響かせ、中身が転がり出た。

帯を締め直す手を止め、俺は絶句した。

みすぼらしいあばらやに、まったく似つかわしくない輝きが無造作に放たれていた。息を止めて腰を落とし、布の上の固まりをおそるおそる手に取ってみる。ぐるりと指で回し、窓の近くでかざした。間違いない。黄金だった。

「な、何でこんなもの――」

「常世殿からだよ。大坂城にはこれがわんさとあるって噂だったけど、まさか本当に見ることができるなんて思わなかった」

「ど、どうして、常世が俺に？」

「よく言うよ。自分から寄越せって言っておいて」

「俺が？　冗談はよせ。黄金の話など、したこともないわ」

「昨日、拙者の宿に常世殿がいきなり来て、遅くなったが約束の金だ、二人分だ、と言ってこれを二つ置いていったんだ。そのとき教えてもらったよ。祇園会で襲われている最中に、約束の十倍の金を寄越すよう風太郎に言われたって。まったく、あんな場面で、よく人の足下を見られるもんだね。京の商人も真っ青だ」

黒弓の言葉に、祇園会での常世とのやり取りがぼんやりと蘇る。確かに連中に追いかけられているとき、そんなことを言った気がする。しかし、そのあと常世を見捨てて逃げようとしたほうをはっきりと覚えているため、当然ながらその主張が生きているなんて思いもしなかった。

「なるほど、常世も律儀な奴よのう」

バツの悪い思いを隠すように、俺はそそくさと黄金を竹に戻し、布でぐるぐると巻いて懐に収めた。「ちなみに、これひとつでどれくらい値打ちがあるんだ?」と訊ねてみたら、「そうだね、丁銀に両替したら」と黒弓はとんでもない数を口にした。そらで計算してみたが、毎日米を食ってもゆうに二年、いや三年はもつ額である。

ここしばらく、ひどい目にばかり遭っていたが、ついによい流れがやってきたようだった。「でかした」と黒弓の肩を何度も叩いた。

「ああ、ひさしぶりに米が食べたい――」

金があるという安心は、何と気を楽にすることだろう。すっかり締まりのなくなった口元から、頭に浮かべたものがそのまま声になって飛び出してくる。

「今夜はうまいものでも食べようよ」

「おお、よいなよいな」

「じゃあ、祇園坊舎に行かない？　蹴鞠のほうじゃなくて、三味線が楽しそうに鳴っていたほう。拙者、あれから一度のぞいてみたいと思っていたんだ」

途端、浮かれた心が一気に萎んで、代わりに蟬や百や残菊といった、呼びもしない顔がぞろぞろと脳裏に浮かんできた。

「梅の坊なら、やめておいたほうがいい。いろいろと会いたくない奴に出会う」

「月次組のこと？　さすがにそれはないよ。茶屋なんて、都にはいくらでもあるんだから」

いや、それがあるのだ、と俺は苦い気持ちを蘇らせながら、先日の蟬の一件を伝えた。黒弓は「へえ、蟬と行くなんて、めずらしい組み合わせもあったもんだね」とはじめは陽気に合いの手を入れてきたが、百が登場したところで「うえ」と妙な声を上げ、股間のあたりをもぞもぞとまさぐり、残菊と琵琶が現れたくだりになると、妙な南蛮語を口走って空を仰いだ。

「わかった、祇園坊舎はやめよう。せっかく、ひさご様からいただいた黄金なのに、死んだら元も子もないからね」

「何だよ、ひさご様からいただいたって」

「あれ？　さっき、話さなかった？　本丸で拙者たちと会ったあとに、祇園会のときの礼を伝えるよう、ひさご様が直々に常世殿に命じたんだってさ」

黒弓の言葉に、懐の竹筒が突如ずしりと重みを増したように感じられた。蟬に従って流言を広め、確実にひさご様を危地に追いやる手伝いをしておいて、こうしてぬけぬけと金を貰っているのである。

「いくさにならなければよいがのう……」

すでに義左衛門から、大御所の腹づもりは聞いてしまっている。それでも、少しでも後ろめたい気持ちを取り払いたくて、黒弓に語りかけるも、

「いくさなら、もう始まっているよ」

とにべもない返事を奴は口にした。

「どうしてわかる？　兵が出ているわけでもあるまいに」

「何、言ってんの。とうに御殿は伊賀を出て、今は淀に陣を張っているぞ」

「淀に？　嘘だろ？」

「さっき大坂からの道中で、御殿の陣をこの目で見てきたんだから間違いない。淀の村の人たちは、三日前に到着したって言ってた」

呆然と黒弓の顔を見つめ、次いでうなり声を上げて、俺は板間に大の字に寝転んだ。懐の竹流しがあばらを伝って脇にずり落ち、ごとりと重い音を立てた。

黒弓もため息をついて、同じ格好で隣に寝転ぶ。

「そう言えば、梅の坊で残菊にいきなり風太郎って名を呼ばれた。あの野郎、常世の名まで知っていやがった。どうして……、いや、どうやって知った？」

「それって、風太郎の顔を見てかい？」

「いや、はじめは俺の顔を見ても気づかなかった。蝉に逆手のことを教えてやったのを聞いて、思い出したように見えたな。お前も気をつけろよ」

「拙者は大丈夫だよ」

「なぜ、わかる?」

「だって、残菊は拙者の名は知らないもの。そもそも残菊は、単に祇園会のときに互いの名を呼んだのを聞いて、それを覚えていただけじゃないのかな」

「何を言っている。忘れたのか。あの日は一日じゅう、呼び名は千成、百成、十成で通しただろうが」

「覚えているかなあ――。残菊に火薬玉を放り投げて逃げたときのこと。あのとき拙者、うっかり風太郎と常世殿の名をそのまま呼んでしまったんだよね」

何? と俺は上体を起こし、隣で呑気に頭の後ろに手を組み寝転がっている黒弓を見下ろした。

「しまったと思ったけど、火薬玉の爆発も派手だったし、まさか聞こえるはずないと思っていた。でも、やっぱり、甘かったかあ――」

ぬけぬけと語る奴の間抜け面を、俺は啞然として見つめた。こちらも逃げるのに必死で、煙幕の向こうからどう呼ばれたかなど、まるで覚えていなかったが、一拍置いてむらむらと怒りが湧いてきた。

「あ、甘かったかじゃないわ、この阿呆ッ。ちくしょう、またお前か。どうして、お前はいつもそう余計なことばかりするッ」

「仕方ないだろ。こっちも風太郎たちを助けようという一心で、呼び名まで頭が回らなかったんだから。だいたい、大げさなんだよ。別にここが襲われたわけじゃないんだろ？ ということは、残菊も風太郎という名以外は知らない。なら、町でばったり出くわさない限り、何も起こらない。別に今までと変わらないってことじゃないか」

俺はううむとうなり、黙りこんだ。うまく丸めこまれているだけのようにも思えるし、その言に一理あるようにも思える。とにかく、残菊の奴とは二度と会わないように気をつけるしかない。これからは町で長羽織の男を見かけるたびに肝を冷やすことになりそうだ、と憂鬱な気分に浸りながら、ふたたび床に寝転がった。

「そう言えば、お前はまだ大坂で商いをしているのか？」

「最近は堺にいるけど、ここに来てまた火薬が売れ始めたから、最後のひと儲けに励むつもり」

「前から訊きたかったのだが、お前はそんなに金を稼いで何に使っているんだ？」

「別に――、何も。使うのはせいぜい宿代くらいかな」

「なら、これまで蓄えた分はどうしている？ 屋敷を構えるでもない。人を雇うでもない。そこに加えて、今度は竹流しだ。そんなに貯めてどうする？ 南蛮船でも買うつもりか？」

俺の問いかけに、黒弓はしばしの沈黙を経たのち、「南蛮船かあ――。考えたことなかったけど、それもいいねえ」とつぶやいた。

「何だよ、単に稼ぐのが好きなだけなのか。それでうまくいくなんて、まったく嫌味な野郎だ」

「目的ならもちろんあるよ」

「だから、何のためなんだ？」

「買い戻すためだよ」

「買い戻す？　何を？」

「拙者を」

すぐに次の言葉が続くと思いきや、これがなかなか聞こえてこない。それでもしばらく待ってみたが、うんともすんともないので、まさかそのまま寝ていやしないだろうな、と横を確かめたら、黒弖は頭の下に手を敷いた姿勢のまま、じっと天井を見つめていた。

「おい、どうした、急に黙りこんで。何を買い戻すんだよ」

「だから、拙者だよ」

「何を言ってんだ、お前？」

「拙者、奴隷なんだ。ポルトガル人の」

すぐには耳から入りこんできた言葉の意味を汲むことができなかった。俺は身体を起こし、しげしげと黒弖の顔をのぞきこんだ。

「お前が奴隷だと？」

依然、天井の一点に視線を置き、黒弓は口の動きだけで「そう」と答えた。

「でも……、こうして好き勝手に歩いているじゃないか。どこが、奴隷なんだよ」

「それは逃げたからだよ。呂宋(るそん)でポルトガル船から逃げ出して、代わりに支那の船を乗り継いで長崎に来たんだ。でも、天川(あまかわ)に戻ったら、今も奴隷のままさ」

「何で……、何でお前がそんな南蛮人の奴隷にならなくちゃいけないんだ」

「父が商いでしくじったからだよ。ずっと用心棒をしておけばよかったのに、ひとりで商いをやりたいと言い出して、簡単にだまされて、ポルトガル人から借りた金だけが残った。拙者が十のときだったよ。家の者は皆、奴隷になった。別に天川じゃ、めずらしくも何ともない話だよ。日本人の奴隷なんて、それこそいくらでもいるからね。女は畑を耕して、男は城壁やら、建物の普請の手伝いをさせられるんだ。でも、拙者は親から忍びの技を教えこまれていたから、陸(おか)じゃなく船で働くことができた——」

　まるで他人の話を伝えているかのように、黒弓はそれからの出来事を淡々と語った。

黒弓がこの国に来るのを決めたのは、父親が病に倒れ、この世を去ったからだった。かつて、父の一族が伊賀で商いをしていた、と死の間際に教えられたことを思い出し、長崎に到着したその足で父の故郷を目指したのである。ひょっとしたら、自分たちを奴隷から引き戻すための金を工面できるかもしれない、と期待したらしい。しかし、一族はとうに離散し、伊賀に頼りになる者は誰も残っていなかった。奴の父親は采女様と偶然旧知の仲でもあったわけだが、まさか采女様が金を貸してくれるはずもない。挙げ句が俺と出会い、すべては奴自身のせいなのだが、伊賀も追い出され、その後は俺もよく知る話となったわけである。

「風太郎と伊賀を出て、都で別れたあと、一度、長崎から天川に戻ったんだ。そのとき、こっそり母上に会いにいった。拙者は母上に約束したんだ。ポルトガルの連中から母上を買い戻せるくらい金を貯めて、また戻ってくる――、って」

そこで言葉を句切り、ようやく黒弓は天井から顔を向け、視線を寄越した。まるで別人のように強い光を宿した瞳を前に、俺はわけもなくうろたえ、逃げるように替わって天井を仰いだ。

「だから……、ずっと商いに励んでいたのか」

「まず母上を買い戻す。次に畑と家。もちろん、拙者自身も。自分で自分を買い戻すって、何だか変な感じだけど」

「それで――、もう必要な分は貯まったのか？」

「母上のほうは大丈夫。ただ、拙者は途中で逃げ出したぶん、だいぶふっかけられると思うから、あと少し欲しい。ひさご様には申し訳ないけど、これが最後の稼ぎどきと堺で火薬をしこたま仕入れたよ」

黒弓は身体を起すと、「嫌だなあ、こんなこと話すつもりなんてなかったのに」と鼻をくすんと鳴らした。俺も天井から顔を戻し、黒弓と向かい合うように胡坐をかいた。懐に手を入れ、腹の帯の上らへんにずしりとうずくまっている竹流しをつかみ取り、

た黒弓が、

「ほらよ」と奴の股間のあたりに放り投げた。う、と短くうめいて、股間を押さえつけ

「何だよ、これ」

と驚いた声を上げた。

「お前にやる」

何言ってるんだよ、と黒弓は慌てて竹流しを投げて返した。

「俺が持っていても、どうせ食い物になって、糞になるだけだ。お前が使えばいい」

「食べて糞するから、人間は生きられるんだろ。それで上等、構わないじゃないか」

「別にお前にくれてやるんじゃない。天川にいるお袋様にだ」

「親の面倒は子が見るものなんだから、余計なお世話だよ」

何のかんのと理由をつけて、黒弓も決して受け取ろうとしない。

「そうか、わかった」

押しつけ合い続けるのも根気がいる。何より照れがある。何もなかった態（てい）を装い、俺は竹流しを懐に戻した。

「じゃあ――、今夜は泊まっていけ」

「いいの？　さっきは歯ぎしりはお断りだってさんざんな言いようだったじゃないか」

「別に一日くらい寝られなくても、構わん。それで飯はどうする？　最近は、仕事が終わったあとに、下のばあさんのところで飯を食わせてもらっているんだが、お前も来る

か？　大勢で飯を食うから、餓鬼どもがうるさいが、にぎやかで楽しいぞ。米は絶対に出ないがな」

「いきなり拙者が行ってもいいものかな」

「何か飯になるものを持っていったらいいだろう」

「じゃあ、魚でも買いに行こうか」

「それがいい。あのばあさん、むかしは武家屋敷で飯炊きをしていたらしく、煮付けがうまいんだ。そうだ、酒もついでに買うか。ばあさん、酒好きだっていつか言ってたから、たっぷり持っていってやろう」

　さっそく買い出しに向かうことになり、二人であばらやを出発した。吉田山を下りる途中、たとえば南蛮語で父と母は何と呼ぶのだと訊ねると、「パーイとマーイだね」とすぐさま返ってきた。不意に、大坂でのいくさで、死ぬ間際「おっかあ」と呼んでいた連中のことを思い出した。もしも南蛮人がいくさで死ぬときは、同じように「マーイ」と口にするのだろうか。死ぬのはもちろんお断りだが、そうやって死に際に呼ぶ相手がいるというのはうらやましいことなのかもしれぬ——、と柄でもないことを考えながら、俺は黒弓の背中を追ってゆるい坂道を下った。

*

吉田山の麓（ふもと）で日々、野良仕事にいそしむだけの俺の耳にも、刻一刻と迫りくるいくさの気配は確実に伝わってきた。休憩に入り、畦に腰を下ろしながら村の連中が口々に語るのは、どこぞの大名が軍勢を率いて新たに都に入った、といった類の話ばかりだったからである。

ふたたびいくさが始まるのはもはや時間の問題だった。今のところ、徳川の軍勢が大坂へと攻め入る気配はないが、大御所と将軍の二人が東から到着するのを待っているのは、誰の目にも明らかだった。頭が揃ったところで、冬のいくさのときと同じく、一気に大坂城を目指し押し進む腹なのだろう。

朝から水路に腰まで浸かり、底を浚って回った日のことである。ついに二条城に大御所が入ったという知らせが届いた。仕事を終え、泥だらけの身体を井戸の水で洗いながら、ひさしぶりにあのもののけひょうたんのことを思い出した。本阿弥光悦は出来上がりを五月に入った頃と告げていたが、五月まであと十日以上もある。よしんば仕上がったひょうたんを受け取ったとしても、まさかいくさの真っ最中に、相手の果心居士がいるという大坂城にのこのこ出向けるはずがない。

もっとも、あの因心居士のことだ。平気で「城に忍びこめ」くらいふっかけてきそうである。暗闇に閉じこめるいつもの手を使われたら、俺も抵抗の仕様がない。つまり、いくさが終わって落ち着くまで因心居士は放っておくのが吉である。ひさご様のこともあり、あまり考えたくない話だが、もしもいくさで城が焼け落ち、ついでに果心居士も灰になってしまったときは、運がなかったとあきらめてもらうしかない。いや、そのときはいっそ、最後まで光悦のところに取りにいかなければいいのか——、などと算段をつけながら、桶一杯の水を頭からかぶって顔を拭った。

朝から素っ裸で仕事を続けたせいで、さすがに身体が冷えている。着物からのぞく腕をさすりながらあばらやの前に戻ったとき、かすかにいつもと気配が異なるように感じられた。だが、水に浸かりすぎて風邪でも引いたかと気にもかけずに、戸口の筵に手をかけた。

突然、筵の向こうから野太い叫び声とともに大男が飛び出してきた。

よける間もなかった。重い蹴りの一撃を真正面から受け、俺は筵ごと吹っ飛んだ。背中から地面に倒れこむと同時に、とにかく逃げようと跳ね起きたが、いつの間に背後に回られていたのか、別の男に脇腹を蹴り上げられた。

咳きこみながら少しでも離れようとするも、二の手、三の手が四方からやってきた。的確に腕をやられ、背中をやられ、俺はいとも容易く地面に突っ伏した。誰かが頭の上に足を置き、俺の顔を砂利にめりこませた。片目から見た斜めに歪んだ視界に、五人の男の足が見えた。片側だけでこれなら、十人に囲まれているということか。

今度は髪をつかまれ、ぐいとあごを上げさせられた。左の目を開けると、まぶたから砂利がぱらぱらと落ちた。正面に黒い長羽織の裾が見えた。もはや確かな予感を従えつつ、俺は視線を持ち上げた。

「風太郎」

案の定、残菊が薄ら笑いを浮かべ、俺を見下ろしていた。

「また、会えたな」

返事をする間もなく引き起こされ、そのまま傀儡（くぐつ）のように、背後から羽交い締めにされた。足もとに視線を落とすと、後ろに立つ男の毛むくじゃらの太い臑が見えた。筵の向こうから、いきなり蹴りを繰り出してきた足だと気づいたとき、

「面を上げろ」

と後ろから不機嫌そうな声が聞こえた。何とか首を回し背後を確かめると、ずいぶんと上の位置に、琵琶と呼ばれていた大男の顔が浮かんでいた。

「前だ」

血走った眼に促され、俺は残菊に顔を戻した。

「何の、用だ」

声を出すだけで、あばらが鋭く痛んだ。

「おぬしに訊きたいことがあってな」

「訊きたいことがあるなら、もう少し静かに来い」

「伊賀の忍びは逃げ足が速いようだから、念には念を入れた」

「お、俺は忍びではないぞ」

紅を引いた残菊の口元から、フッと吐息のような笑い声が漏れた。

「風太郎――、ずいぶん怯えておるようだな。何やら、顔色が悪いぞ」

当たり前だろッ、と怒鳴り返してやりたかったが、残菊の背後に立つ、野良着を纏った明らかに忍びとわかる連中の目つきの悪さに俺は口を噤んだ。数えたところ、残菊と琵琶のほかに七人。祇園会のときに琵琶と組んで斬りかかってきた、骨張った顔の男も残菊の真後ろに控えている。まったく、俺のような半端者ひとりのために、ずいぶんな頭数を用意したものだ。

「常世はどこにいる」

「さあ——、そんな奴は知らぬ」

残菊の後ろから、骨張った顔がずかずかと近づいてきて、いきなり一発、二発とものも言わずに殴ってきた。「待て、柳竹」と残菊が妙にやさしい声で諭す。そんな名前だったと思い出しながら、俺は口の中の血を集めて唾とともに吐き捨てた。

「もう一度、訊く。答えなかったときは、殺す」

同じくやさしげな調子で、残菊は話しかけてきた。その気味の悪い声色がかえって、その言葉が本気のものであることを、刀をこれ見よがしに突きつけるより、まっすぐ伝えていた。

「どうして……、ここがわかった」

「ああ——、百市という女に訊いたのだ」

思わぬ名前が出てきて、俺は目を剝いた。こちらの反応を楽しむように、残菊は十分に間を取ったのち、

「坊舎の玄関で、琵琶が女に声をかけたとき、おぬしらのことをまるで馴染みの客のようにぞんざいに話すのが妙に耳に残っていてな。だが、あとで坊舎の者に訊いても、おぬしらははじめての客だったという。なら、仲間と疑うのが自然というものだろう」

とねっとりとした口調で続けた。

くそッ、と心のなかで舌打ちした。しくじったのは百だった。いや、そもそものきっかけは蟬が揉め事になるのを承知で残菊にからもうとしたからだ――、と今さら並べた恨み言も、

「あの女、あっさり吐いたぞ。おぬしのことも、ここのことも。もうひとりの髭の男が藤堂屋敷に出入りしていることもな。名前は蟬左右衛門とか言ったか？　もっとも、伊賀者が藤堂家に仕えるのは、当たり前と言えば当たり前だが」

という声に瞬時に吹き飛ばされた。

百に売られた、というのがすぐには呑みこめなかった。いくら性悪な女とはいえ、そうも簡単に仲間を売る奴だっただろうか。それに藤堂家について吐いたということは、己の素性を明かしたも同然である。そんなことをしたら、奴自身がこれから生きていけまい。

「なら……、別に俺に訊かなくても、全部その女に訊けばよかろう」

「もちろん、訊いたさ。だが、女の言ったことが本当である証はない。藤堂家にいる髭のほうには、手を出しづらい。だから、おぬしに訊いて確かめるのだ。まあ、少なくと

も、おぬしがここにいることは間違いなかったわけだが」

百が口を割ったということに、いまだ半信半疑の気持ちを拭えず、残菊の表情から真偽のほどを読み取ろうとする俺を嘲笑うかのように、

「まだ、女が吐いたことが信じられぬか。伊賀では、あの女と古い仲だったそうではないか。『風には、意地を張らずさっさと話すように伝えて』と女も言っておったぞ」

と俺の心を読み切った言葉が耳を突いた。

俺を風と呼ぶのは、この世で百しかいない。もはや疑いようがなかった。百の口から直接告げられ、残菊はここにいるのだ。

「これが最後だ。常世はどこにいる?」

一歩、足を踏み出し、残菊は長羽織からのぞく脇差しの柄にゆっくりと手をかけた。背後から羽交い締めにする腕にいっそう力が加わり、肩が外れるくらいぎりぎりと締めつけてくる。

「なぜ……、そんなに常世に会いたい」

「あの祇園会の一件で、儂はずいぶん顔に泥を塗られた。奴を血祭りに上げねば、儂の立場がない。あれから奴を探して、ずっと都を歩き回っていたのだ。それでようやく、坊舎でおぬしを見つけた」

それまで口元に浮かべていた穏やかな笑みが、すうと消えた。

「常世は——、どこだ?」

俺は残菊の目をのぞいた。

何の色も、何の言葉もない、ただ乾ききった暗い光だけが、奥でちりちりと蠢いていた。

答えなければ、即座に死が訪れるであろうことを、なぜか匂いで感じ取ることができた。

俺は目をつぶった。何かが胸の内側から剝がれ、呆気なく奈落へと沈んでいくのを感じながら、

「大坂――だ」

と萎れた声で告げた。

「大坂のどこだ」

「城だ。城にいる」

「城のどこにいる」

「本丸で働いている。そこから先は知らん。あとは女に訊け」

「なるほど。女が言ったことと同じだ。大坂城の本丸にまで、忍びを入れていたとは、さすが藤堂家だな。いくら都を歩いても、会わぬはずだ」

と満足そうにうなずき、残菊は脇差しの柄頭をぽん、ぽんと二度叩いた。

「だが、これ以上、女に訊くのは無理というものだ。訊きたくても、もう百市とやらはこの世にはおらんからな」

「な——」

撥ねるように目を開き、俺は絶句しつつ相手に焦点を戻した。

「何だと？」

当たり前だろう、と残菊はにたりと笑った。

「儂らとて、藤堂家と事を構えるつもりはない。女から儂らのことを報告されると、いろいろと厄介なことになる。だから、訊くだけ訊いて殺した。今朝がた、四条の河原に女の死体が上がったと騒ぎになっているのを聞かなかったか？　まあ、このような鄙びた場所に住んでいたら、伝わってこぬか——。心配するな。情死ということにして、男の死体も見繕って、揃えて置いてやったわ」

残菊はフフフッと笑い、横に控える柳竹に顔を向けた。

「これは大坂まで出かけることになりそうだな」

柳竹は無言でそれまで握り続けていた左手を開いた。指が三本、失われていた。祇園会のときに、常世に刀で払われたものだ。憎悪で濁った目で俺を見つめ、柳竹は歯を剝いた。

「よう教えてくれた、風太郎。これで百市も、少しは浮かばれるというものだ。どこまでも往生際の悪い女でな。忍びのくせに何度も命乞いして、腕を斬り落とされてからも、まだ泣きながら続けておったわ。まったく、不様な死にようだった」

鼻じわを寄せ、いかにも蔑む声で、残菊が「醜い女だったのう」と続けたとき、俺は雄叫びとともに、琵琶の臑を思いきり踵で蹴った。「ギャッ」という声とともに両肩を固める腕が緩むと同時に、琵琶の締めから抜け出し、目の前の残菊につかみかかった。

その身体に触れようとした寸前で、いきなり視界が暗黒に覆われた。伸ばした手の先には何の感触も得られず、代わりに首の後ろに骨が砕けそうな重い一撃が落ちてきた。足を払われたのか、地面の感覚が消え、今度は頭から地面に打ちつけられた。間髪を入れず、腹に何度も蹴りが襲ってきて、咳きこむことさえできぬほど息が詰まったとき、頭を覆っていたものが取り払われた。

「行儀の悪い男だな」

残菊が脱いだ長羽織を手に、冷たい眼差しで見下ろしていた。取り囲んでいる連中から、さらに二度、三度と顔を蹴られた。動けなくなったところで、またもや琵琶に引きずり上げられ、先ほどまでと同じ体勢でふたたび残菊と対峙した。もう、口の中の血を吐き出す力もなかった。

「そろそろお別れだ、風太郎。とはいえ、百市が先に向かっている。あの世でも、さほどさびしくはあるまい」

「殺す……のか」

残菊は無言で、長羽織を柳竹に預けた。

「や――、約束がちがう……だろ」

まともに動かぬ口をやっと広げ、俺は腫れたまぶた越しに残菊を睨みつけた。

「言っただろう、藤堂家に知られるとまずいと。何しろ、これから連中の大事な忍びをひとり、大坂まで始末しにいくのだ。蝉左右衛門とやらとまだつながりがあるおぬしを、このまま生かしておくわけにはいかぬ。悪く思うな――」

言葉の途中で、残菊は右手を脇差しに添えた。

何も、見えなかった。

ただ、とてつもなく熱いものが線の動きで胸元を走る感覚だけが伝わった。

次の瞬間、視界が赤く染まった。それが己の胸から噴き上がった血だと気がついたときには、身体を支えていた琵琶の腕の圧が消え、ぐらりと頭が揺れた。

「さらばだ、風太郎」

早くも霞み始めた視界の向こうで、残菊の歌うような声が聞こえた。奴をつかもうと宙に手を伸ばしたが、もちろん何の手応えもなく、外側から中心へと、黒い小さな紋が視界を埋め尽くしていくのを眺めながら、膝をつき、ねじれるように地面にどうと転がった。

＊

目を開けると、百の顔にぶつかった。

なぜ奴がここにいるのか。

ああ、そうか。ここはあの世か。ひと足先に着いたから、こうしてお出迎えに来たと

いうわけだ――、と泥のように何かが重く混ざり合う頭でぼんやりと考えていると、

「おい、風」

と呼びかける声が聞こえた。

いつの間にか、目をつぶっていたようで、ふたたびまぶたを持ち上げると、百が四角に畳んだ布を俺の額に置こうとするところだった。

ひんやりとした感覚が目の上のあたりから伝わってきた。まるで病人みたいだな、と身体を起こそうとすると、

「動くな」

と鋭い声で制された。

だが、言われるまでもなく、すさまじい激痛が胸から全身へと駆け巡り、うめき声とともに俺は頭を元の位置に戻した。

「だから、動くなって言ったのに。縫ったところが、まだ閉じていないから、当分は寝ておきな」

「ここは――、どこだ」

「何言ってんの。あんたのぼろあばらやじゃない。血が抜けすぎて、阿呆になった？」

「俺は……、死んでないのか」

「さあ、どうかしら。本当は幽霊なのかも」

「お前は？」

「何？」

「先にあの世に行ったと、残菊の野郎が言っていたぞ」

百は薄く笑うと、何も応えずに腰を上げ、「雑炊でも作る。腹が減ってるでしょ」と土間のほうに移っていった。ようやく先ほど全身を伝った痛みが薄れ、俺は他人のもののように重たい腕を持ち上げ、おそるおそる胸に持っていった。布が一面を覆い、その中央部分が縦に盛り上がっている。きっと布の下に薬草をあてているのだろう。少し押してみる。二度と試す気もなくなるほどの鋭い痛みに、俺は歯を食いしばりうなった。

心臓の鼓動と同じ調子で痛みが脈打ち、少しずつ収まっていく。代わりに、百が雑炊を作り始めたのだろう。あたたかみのある香りが、鼻孔に潜りこんできた。

生きている。

天井を見上げ、しばし呆然とした。目尻のあたりが急に湿ってきて、百が戻ってくる前に慌てて拭った。

「ほら、水。のどが渇いているでしょ？」

何とか首だけを起こし、柄杓(ひしゃく)の水をすする。飲みこむたびに傷が痛むが、こればかりは仕方がない。

「何日、寝ていた」

「二日」

「外に倒れていたのか」

「派手に血をまき散らしていたから、これはお陀仏かもと思ったけど、まだ息をしていたから、ここに運んだ」

ようやく柄杓の水を飲み干し、情けないことに、百に支えてもらいながら半身を起こした。

「雑炊、食べられる？」

「うむ、血を取り戻す」

「裏手で網を使って捕った鶯の肉を入れておいたから、少し臭いかもしれない」

構わん、と俺はじりじりと尻をずらして、壁に背中を預けた。栢植屋敷にいた時分は、一カ月、山奥に放り出され、とにかく手に入るものすべてを食べて生き延びる修練をやらされた。鶯は雀よりも肉が多く、悪くない味だったと思い出しながら、俺は竈の前に戻った百の姿を眺めた。

出来上がった雑炊は、百と鍋を挟んで食べた。

「うまいな」

さじで少しずつすすりながら、俺はしみじみとつぶやいた。

「それで、どうして、お前がここにいる」

「まだ血が足りていないんだから、いきなり難しいことは考えないほうがいいんじゃない？」

「お前のほうが、幽霊じゃないだろうな」

「あら、そう見える？」

どうやら、まともに会話をするつもりはないらしい。それからは、黙って雑炊に向かった。三杯食べて横になると、百が胸の薬草を取り替えてくれた。途中、胸の傷を見下ろしたら、長い縫い痕（あと）がムカデの足のように腹の上らへんまで連なっていた。

「骨を断たれていなかったから、助かったのよ」

と百は滲（にじ）んだ血を拭き取り、布を巻き直した。雑炊のおかげで身体が温まり、ゆっくりと血が巡り始めるのを感じながら目をつぶった。百が土間でかたことと音を立てながら片づけを始めたが、三つも数えぬうちに、深い眠りに落ちていた。

　さらに三日が経ち、俺はようやく自分の力で起き上がり、外で日向（ひなた）ぼっこができるようになった。杖を使ってではあるが、好きに動けるのはありがたかった。糞や小便のたびに、百に肩を借りて裏まで連れていってもらうのは、本当に気分が悪かったからである。

　薪割り台に腰を下ろし、一本ずつ慎重にあばらを押していった。痛みの鋭さから見て、少なくとも四カ所は折れているようだ。元の身体に戻るまで、この様子だとあとひと月くらいかかるだろう。

　百はまだ俺の面倒を見てくれている。

　夜になると姿を消すが、朝方、匂いに誘われ目を覚ますと、食事の用意のため土間に立っている。いつの間にか、俺が歩くための杖を作ってくれている。俺が寝ている間に村の人間が来なかったか、と訊ねると、なぜ手伝いにこんのか、と訊ねにきたのがいたが、木の上から落ちて大怪我をしたと伝えておいた、「お前は誰だ」と訊かれたので、嫁だと答えておいた――、と竈の前で煙管を吸いながら、平気な顔でのたまった。

どうして薬草まで集め、毎日俺の傷の手当てをしてくれるのか。肝心なところを依然、百は何も教えようとしない。しつこく訊くと、もう来んぞと脅してくる。くやしいかな、今はこの女に頼るしかないため、俺も口を噤(つぐ)み、奇妙な暮らしを続けている。

百によると、大御所に加え、いよいよ将軍も伏見に到着したそうだ。だが、大坂とのいくさはまだ始まっていないらしい。もっとも、それは単に堤が決壊するまで、あと少し水が溜まるのを互いに待っているだけのことだろう。御殿も淀の陣から馬を走らせ、二条城での軍議に加わっているという。あの本丸しか残っていない城を盾にして、それでもひさご様は戦うつもりなのか。いっそ、降参してしまうという手はないのか。どう想像を巡らせても、馬上にて勇ましく刀を振るう総大将としてのひさご様の姿が思い浮かばない。それよりも鼓を打つか、笛を吹くか、大きな身体を使って猿楽でも演じるほうがよほど似合っている。

残菊に斬られてからちょうど十日が経ち、痛みはまだあれど、薪も割れるようになった。百がいなくても、何とかやっていけるだろう。

夕刻、食事が終わった頃を見計らい、

「少し、話がある」

と切りだした。

いつもと声の調子が異なることを敏感に察したか、板間のへりに腰掛け、食後の煙草を吸っていた百は、しばらく間を取ってから首をねじった。煙管を手に俺の目をのぞき、

「何？」と短く声を発した。

「そろそろ、どういうことか教えろ」

「どういうことって？」

「まず、残菊とのことだ。奴はお前を殺したと言っていた。死体も四条河原に上がっているとな。だが、お前はこうしてぴんぴんしている。なぜだ？」

百は首を戻し、静かに煙を吐き出した。坊舎で会ったときとはまるで異なる、目立たぬ色合いの小袖を纏う背中を辛抱強く見つめた。すべてを吸いきってからようやく、

「取引したから」

とだけ、ぽつりとつぶやいた。

「取引？　残菊とか？」

「そう」

とうなずいて、板間のへりに煙管をこんとあて、燃えかすを捨てた。

「御殿の出陣に合わせ、そっちの準備にかかりきりで、坊舎のほうはしばらく休んでいた。それがあんたが斬られる三日前、ひさびさに顔を出したら、残菊とデカいのがいきなり乗りこんできて、常世のことを教えろって言ってきた。最初はとぼけていたけど、

黙っていたら本気で殺すつもりだとわかったから、こちらから取引を持ちかけた。あいつは常世のことを知りたがっていた。あと、どこの忍びかってこともね。だから全部教えてやったの」

「全部って——、伊賀のことも、お前が忍びということもか？」

「そうなるわね」

「じ、自分が何をやったか、わかっているのか？　もう二度と、都で忍びの仕事はできんぞ。いや、その前にこのことが知れたら、伊賀の連中は必ずお前を殺す」

「殺されやしないわよ。だから、取引したんじゃない」

百は土間に立ち、空いた鍋に甕の水を注ぎ、湯を沸かす準備を始めた。

「だいたい私はとうに死んだ身、四条河原に死体が上がってる——、ってあんたも言ったばかりでしょ」

昏の端に意地の悪そうな笑みを浮かべ、挑むような物言いとともに、薪を一本、竈に差しこんだ。

「何をお目出度いことを言っている。お前が男といっしょに死ぬはずないだろう。誰がだまされるか、そんな小細工に」

「あんたも馬鹿ね。だから、わざと小細工に見せかけたんじゃない」

どういうことだ、と眉をひそめる俺に、

「何で情死の女の腕がないのよ——、って風は見てないか。どこで見つけてきたのか知らないけど、河原に上がった死体には片腕が無かった。朝になって、死体が見つかって騒ぎになるとすぐに、面通しに坊舎の小使のおやじが連れてこられた。遠目に隠れて眺めていたけど、潰された顔なんてほとんど見ないで、私の着物を死体が着ているのを確認しただけで、あのおやじ、逃げるように帰っていったわ。それでおしまい。あとは坊舎のイチという女が死んだ、って噂が一気に広まっただけ」

と他人事のように語り、「広まった」のところで閉じた手のひらを、顔の前でぽっと開いた。

「その裏で、死体が出る前の日から、残菊が噂を流していた。月次組とかいうのを使って、伊賀者の女をひとり殺した、腕を斬り落として川に捨てた――、ってね。その翌朝に、言ったとおりに死体が出た。私は残菊に会ってから姿を消したから、藤堂屋敷の連中はひょっとしたら百市がやられたのかも、と疑うわけ。でも、顔を確かめようにも、小使のおやじに見せて、すぐに死体は片付けてしまったから手がかりはない。女には腕がなかったという野次馬の話と、イチという女だったという坊舎のおやじの話があるだけ。もちろん、屋敷の連中は私がイチという名で、坊舎に入っていたことを知っている。さあ、風――、あんたが藤堂家の人間ならどう考える？　百市は腕を落とされ、なぶり殺された挙げ句、情死に見せかけて河原に捨てられた、って見るんじゃない？」

百の言葉に頭を追いつかせるのでせいいっぱいの俺の顔を一瞥し、百はフンと鼻で笑い、沸き立つ前に鍋を竈から引き上げた。

「あの残菊って男、とても手際がよかったわよ。呑みこみも早いし、私が言ったとおりの死体を準備して、よく動いてくれたわ」

「まさか――、お前が全部、筋書きを考えたのか？」

「残菊が派手に噂を広めたおかげで、藤堂屋敷もすっかりだまされてくれたみたい」

百は板間に上がると、空の茶碗二つに鍋の湯を注いだ。

「なぜ、そんなことを……。だいたい、どうしてお前が、伊賀の連中に自ら死んだと思わせる必要がある？」

「それが取引の中身だから。百市という女は死んだことにする。その代わり、こっちは伊賀のことをすべて話す――。だから、あんたのことも売った。ここに住んでいることも。そこはあんたといっしょ。風も命が惜しくて、常世のことを売ったんでしょ？」

「な、何のことだ。俺はそんな――」

「だって、それがあんたを生かす条件だったんだもの」

百は俺の正面に座ると、茶碗の湯をひと口含み、なぞるように唇が触れたところを指で拭き取った。だが、その視線は微動だにせず、俺の目を捉えている。じわりと背中に汗が滲むのを感じながら、

「どういう……、ことだ」

と声を押し殺し訊ねた。

「何があったか知らないけど、祇園会で常世と組んで、あいつをさんざん虚仮にしたん

でしょ？　それで残菊があんたを殺すって言うから、私が頼んだの。もしも、風が常世のことを正直に話したときは、命だけは助けてやってくれって。まあ、あいつは何も返事しなかったけど」

茶碗から離した指で、百は俺の胸元の傷をたどるように、すうとそらに線を引いた。

「見事なくらい、肉の部分だけを断っていた。いくらでも即死させようと思ったらできたはず――、と言っても、私の手当てがあと少し遅かったら、そのまま野垂れ死んでいたけどね」

残菊の抜刀の瞬間が脳裏をかすめ、嫌な具合に傷が疼いた。何も見えなかったくせに、思い返すときは刀が宙に止まった絵なのが滑稽だった。

「死体が上がった日から裏山の神社に隠れていたの。しばらく様子を見たかったし、あんたのことも気になっていたし。そうしたら、すごい殺気が集まるのを感じて、様子を見に来たら、あんたが倒れていたわけ」

妙に恩着せがましく聞こえる物言いに、鼻をフンと鳴らし、茶碗の湯を一気に口に含んだ。

「お前は常世のことをどう伝えた？」

「どうって？」

「残菊は常世のことを男だと思っている」

口に運ぼうとした茶碗を止め、百は目元に怪訝な表情を浮かべた。

「祇園会で因縁がついたとき、常世は男の格好だったんだ。だが、俺は残菊に、常世が大坂城にいるとしか教えていない」

「なら、あいつらは永遠に常世に会えない。大坂城の本丸で働いている、本丸のどこかなんて、入ったこともないし知らない、としか言ってないもの」

　百の言葉に、心にのしかかっていた重石（おもし）が少しだけ軽くなったように感じた。ほうっと息をついて、茶碗を置いた。

「あの連中、本当に大坂まで乗りこむ気かしら？　これから、いくさが始まるのに」

「さあな——。それより、お前の話がまだだ。残菊と取引して、己の居場所まで失って、これから下手をすれば味方だった連中に命さえ狙われるんだぞ——、お前の望みはいったい何なんだ？」

「まだ、わからない？」

「何？」

「そりゃ、そうよね。あんたはとうに成し遂げたんだもの」

「成し遂げた？　何のことを言っている？」

　真正面から向けられた眼差しが急に険しさを増したかと思うと、「阿呆の風太郎」と百はこれ見よがしに舌打ちした。

「伊賀とも、忍びとも、すべてと縁を切って、ただのひとりになる——。柘植屋敷にいたときから、ずっとそれだけを考えていた。だから、残菊と取引したの」

不意に、伊賀を放逐されたとき、夜更けの鍵屋ノ辻にひとり突っ立ち、俺と黒弓を待っていた百の姿がまぶたに蘇った。確かあのとき、俺に「うらやましい」と言わなかったか。

「本気……、なのか」

「冗談にここまで命、懸けられないわよ」

唇を強く結ぶ女の顔を、俺は無言で見つめた。まるで、反対だった。俺は百市という女を、常に忍びの権化のように捉えてきた。そう生きるのがむしろ好きなのだと勝手に思っていた。実際に、人並み外れた狡猾さと奸知だけでもって、百はあの柘植屋敷の過酷な修練を生き抜いた。ときには、屋敷の大人たちに己が体を預け、修練自体に加わらぬことすらあった。忍びを教えるはずの大人たちが、逆に色技に落ちていたのである。もちろん、俺たちがそれを非難することはなかった。どのような手段を用いても、生き残ることだけがあの屋敷では意味を為したからだ。

「今日で風に食事を作るのも最後ね」

茶碗を重ね、百は薄く笑った。

「別に感謝はせんぞ。お前のせいで死にかけたんだ。だいたい、どうして今まで俺のところにいた。誰かに見つかったら、おしまいだろうが」

「言っておきたいことがあったから。それに、風を半殺しの目に遭わせるのは二度目だし。さすがに、少しくらい面倒を見てもいいでしょ？」

二度目？　思わず問い返した俺の前で、音もなく百は立ち上がった。そのまま、ゆっくりと腰に手をあてた。一拍置いて、するりと太ももに巻きつくようにして帯が床に落ちた。

「ま、待て、何のつもりだ――」

慌てる俺をよそに、百は小袖の襟に手をかけた。長いまつげの下で、俺を見つめる黒い眼が強い光を湛え、妖しく騒いでいた。衣擦れのかすかな音とともに、ふわりと落ちた布地が生む風が、膝を撫でていった。ほとんど日は暮れようとしていた。窓から入りこんだ薄明かりを受け、正面に百の白い裸体がぽっかりと浮かんだ。

*

「見て」

静かな女の声が響いた。

俺は顔を伏せている。視界の上らへんに、脱げ落ち折り重なった小袖がうずくまっている。なぜか、その影はいつか鴨川べりで見かけた、とぐろを巻く蛇を思い起こさせた。

布地の中央から足を抜き、ゆっくりと板を踏み、百が近づいてきた。

目の前で、二本の脚が動きを止め、

「風太郎」

と頭の上から声が届いた。

壁に背中を預けたまま、俺は顔を動かすことができない。

「やめろ。お、俺はそんな——」

「見なさい、風太郎」

言葉を遮り、有無を言わさぬ強い調子が耳を打った。

見えぬ糸に引き上げられるように、ふらふらと面を向けた。

いっさいを隠すことなく、両手を腰の左右に下げ、百が立っていた。陰影を帯びただらかな曲線をたどっていくと、俺をじっと見下ろす蒼い顔に行き着いた。

「わかる？」

「な——、何がだ」

乾いた口からは、情けないほどかすれた声しか漏れなかった。

百は右手を上げ、人差し指を左の肩にあてた。そのまま、二つ並んだ乳房のはじまりのあたりに指を押しつけ、ゆるい弧を描くようにして右の肩まで持っていった。

無言を保ちながら、百は背中を向けた。窓から忍びこんだ、今にも夜に呑みこまれそうなか弱い光が、女の脇腹を、あばらの影とともに浮かび上がらせた。背中にまっすぐ垂れ下がった髪を、百は慣れた手つきで掻き上げた。

俺は後れ毛が淡く揺れるうなじを、呆然と見つめた。

「何で……、ないんだ」

何とか絞り出した声に、百は頭の後ろに回していた手を戻した。ふたたび正面に向き直り、わかった？ と口を開いた。だが、その声はひどく遠くに感じられ、果たして、ただ口がそう開いただけなのか、それとも、ちゃんと音を発したのかさえ定かではなかった。

「どうして……」

やっとのことで、唾をひとつ呑みこんだ。

「どうして、どこにも火傷の痕がない」

あのとき、俺は確かにこの耳で聞いた。柘植屋敷が焼け落ちた夜、百が蟬よりもひどい火傷を負って助け出された、という村人の声を。それから三日三晩、百は意識が戻らなかった。さすがにもう駄目かとあきらめかけたところへ、一命を取り留めたという知らせが届いたときは、たとえ、どれほど普段いけ好かない相手であっても、その生還を俺は素直によろこんだ。

火事のあと、はじめて百に会ったのは上野の城下でだった。火傷の治療のためという理由で、知らぬうちに奴は柘植を出ていた。さらには知らぬうちに、女房衆に加わっていた。ひさしぶりに百に会ったとき、その外見はもちろん、身のこなしに何の変化もないのを見て、「怪我は大丈夫なのか」と真っ先に訊いたが、木で鼻をくくったような返事を寄越してきたので、二度と火事の話はしてやるものか、と思った。それから、一カ月後のことだ。俺と黒弓が揃って伊賀を追い出されたのは。

柘植屋敷が燃えてから、あと少しで三年が経つ。どれほど効き目のある軟膏や薬草を使ったとしても、火傷の痕を一切合切、消し去るなんてことができるものなのか。

「答えろ、百市。なぜ、痕がないんだ」

と問いかけながら、それでも俺は執拗に奴の身体に火傷の痕を探した。だが、どれほど隅々まで視線を走らせても、どこまでもなめらかな膚の上を滑っていくだけだった。

「私がやったから」

「やったって——、何を」

奴が答える前から、すでに相手が何を伝えようとしているのか知っている気がした。だが、それをはっきりと言葉にすることがおそろしかった。俺は待った。すでにそこに女の裸体はなく、ただ百の声を持った影が立ち尽くすような感覚に襲われながら、いつの間にか強く嚙みしめていた奥歯への力を緩めた。

「柘植屋敷を焼いたのは私。火薬を収めた物置に油をまいて、火矢を放ち、屋敷ごと吹っ飛ばした。大人たちは皆、あの日に上野から届いた酒に薬を仕こんでおいたから、それをたっぷり飲んで眠り呆けていた。あんたたちも同じ。いっしょに届いたまんじゅうを食べさせて——。あれにも同じ薬を混ぜたから、誰もまともに起き上がれなかった。だから、みんなあっという間に死んだ」

「お、お前——、自分が何を言っているのかわかっているのか?」

「蟬が坊舎で話したこと覚えている? そりゃ、あんたは酒のことも、まんじゅうのことも知らないはずよ。薬が本当に効くのかどうか、私が先にあんたを使って試したんだもの。夕餉のときに、薄めに薬を溶かした水を飲んだだけで、あんた、あっという間に寝てしまった。それを見て、安心して酒にはあるだけたっぷり盛ってやったわ。おかげで誰ひとり起きやしなかった」

奴が言葉を句切ると、静まりかえったあばらやに、枯れたような人の息づかいだけが聞こえた。呼吸に合わせ、乳房がかすかに上下していた。俺は手のひらで顔を拭った。痺れているのは手のほうなのか、頬なのか、膚の感覚が遠かった。

「あんたは焼け落ちる寸前で、目が覚めたんでしょ？　きっと、薄めに薬を使ったから。蟬は――、どうしてあいつだけ起きたのか、わからない」

柘植屋敷では毒に身体を慣れさせるための修練があったが、それは男だけに課されたものだったゆえに、蟬が異常なくらい毒に耐える力を持っていたことを百は知らない。百は薬と言うが、つまりは毒である。思い返せば、天守のてっぺんで、さんざん毒針を打ちこんだときも、奴は平気で翌日、御殿に俺の告げ口をしていた。俺が肺の強さでもって煙の中を逃げ延びたように、奴も毒への強さでもってあの猛火の中から生還したのだ。

「でも……、どうしてだ？」

からからに乾いた口に何とか唾をかき集め、呑みこんだ。火傷の痕がない以上、百が屋敷にいなかったのは間違いあるまい。しかし、なぜ、百があの屋敷にいた人間を皆殺しにしなくてはならなかったのか。当人から直に告白を聞かされても、いまだまったく実感が湧いてこない。

「全員を片づけるように言われたから」

「言われた？　誰に？」

「采女様」

俺は百の顔を凝視した。そんなことがあっていいものなのか。どれほど冷酷な人間であっても、采女様はすべての忍びの頭ではないか。

「う、嘘をつくのもいい加減にしろッ。あの屋敷を引き継いで、俺たちを育てたのは采女様だぞ。どうして、十年以上もかけて育てた俺たちを根こそぎ殺さなくちゃいけない」

「何もわかってないのね、風太郎」

哀れむような眼差しとともに、百は唇をねじ曲げ、低く笑った。

「お荷物だったのよ。あんたたちは。もう忍びなんてのは要らないの。そんな物騒なものを育てなくても、今は簡単に国を守れるのよ。だってそうでしょ？　御殿がなりふり構わず、大御所に、将軍に頭を下げて媚びへつらっていたら、それで国は安泰よ。これからもそう。御殿が死んだら、次の御殿、さらに次の御殿――――、御殿が徳川に額ずきさえすれば、それだけで国は守れる。今はいくさが起きて、忍びを使っているけど、それだって、忍びがいてもいなくても徳川が勝つのはわかってる。だから、采女様は少しでもこれからの食い扶持を減らそうと、理由をつけては今も忍びを殺している」

大坂でのいくさにて、惣構えへの夜討ちの帰り、腰に仲間の首をくりつけていた蝉の後ろ姿が思い浮かぶ。すでにその面影をほとんど忘れかけている、切腹させられた孫兵衛の声が蘇る。陣屋の外で、「もう、伊賀は忍びの国ではない」と蝉は物悲しそうに言った。義左衛門は今も古い仲間の死を怒っている――。

「そ、そんなことをしなくても、適当に理由をつけて放逐したらいい話だろうがッ。柘植屋敷だって、どこに皆殺しにする必要があったッ？」

「危ないからに決まってるじゃない。あんたも大坂に行って戦ったなら、わかったでしょ？　何の修練もしていない雑兵の太刀筋なんて、蠅が止まるくらい遅く見えたはずよ」

まさに図星を突いた指摘に、俺は押し返す言葉を失った。

「わかる？　だから、あんただけなの。あっさり忍びから抜け出して、こんなところでのほほんと暮らしているのは。本当に――、鬱陶しい男」

何もかも勝手な理屈ばかり並べやがって、と怒鳴り返してやりたかったが、まだ爆発するところではないと気持ちを抑えつけ、

「お前が選ばれた理由は何だ」

とともすれば震えを帯びそうな声で訊ねた。

はんっ、と馬鹿にしたような声を発したのち、

「私が選ばれた理由？　そんなの訊いてどうするつもり？　私が十六のときからずっと、

采女様の女だったから。ただ、それだけよ」

と自嘲の笑いとともに百が答えたとき、心の隅のほうにかすかに残っていた奴への最後の望みの灯火が、音もなく消えた。

滑稽なことに、これほど詳細に己の仕業と語るにもかかわらず、それでも俺はどこかで、火を放ったのは百ではなく、別の誰かなのではないか、と疑いとも希望ともつかぬ思いを保ち続けていた。

百と采女様とのことなど、もちろん知らぬ。柘植屋敷で、百が危険な修練からときに外される不可思議さを、大人たちが不意に示す奴への奇妙な遠慮を、百自身は大人たちに色を仕掛け、勝ち取ったものだと裏で吹聴していたが、それすら奴の仕組んだ目くらましだったということか。

結局、俺は何もこの女のことをわかっていなかったのだ。四つの餓鬼の頃から、同じ屋敷にいたにもかかわらず、何も。

夕闇がいよいよ夜に取って代わられようとしていた。さらに蒼白さを増した百の身体が、逆に光を集めたかのようにぼうっと浮かび上がる。俺は拳を握りしめ、己を焼き殺そうとした女の顔を見つめた。百も決して視線をそらそうとしなかった。

「今さら――、こんなことを俺に教えて何がしたい」

「別に、何も。ただ、風に言っておきたかっただけ。もう、百市という女は、この世にはいない。これから、二度とあんたにも会うことはないだろうから」

「い、言っておきたかっただけだと？　ふざけるなッ」

床に拳を打ちつけ、俺はありったけの声で叫んだ。すぐさま胸からの痛みが、息が止まるくらいの鋭さを伴って全身を叩いたが、俺は壁に背中を押しつけ、よろけながら立ち上がった。

「じ、自分が何人殺したのか、わかっているのか？　まだ七つか八つの餓鬼も大勢、屋敷にはいたんだぞ。お前が普段からかわいがっていた奴だっていたはずだ」

「ハッ、何甘えたこと言ってんの？　どんなことがあっても、己ひとりが生き残る。それが、あの屋敷で唯一、正しかったことじゃない。やらなければ、こっちが殺される。それとも、何？　あんたが私に代わって、采女様に選ばれたかったってこと？」

壁に背中を預けながらじりじりと身体を持ち上げ、仰ぐばかりだった百の顔をようやく正面に捉えた。

「だいたい、あんたに偉そうなことを言う資格なんてあるの？　柘植屋敷じゃ、私が先に毒見代わりに使ってあげたから、死ぬ前に目を覚ますことができたのよ。それにその傷だって、私が様子を見にこなかったら、とうに死んでいたじゃないッ」

俺は壁から背中を離した。

身体が前に傾く力をすべて右手に預け、百の頬を張り倒した。「あんたなん――」と続けようとした途中で、百は吹っ飛んだ。俺もそのまま足をもつれさせ、板間に肩から倒れこんだ。床に重ねていた茶碗が蹴られ、土間で割れる音が響いた。あばら骨が軋み、目の裏で光が炸裂した。冷たい床にこめかみをあてながら、全身を貫く痛みを、唇を嚙んで耐えた。

しばらく、二人して板間に転がっていたが、顔を腕の中にうずめるようにして倒れていた百が、のろのろと身体を起こした。

「消えろ。二度と姿を見せるな」

乱れた髪が糸となって垂れ下がるその横顔に、憎しみをこめて告げた。

手のひらで口の端を拭い、百は立ち上がった。小袖を拾い、俺に背中を向け腕を通した。俺は奴から顔を背け、倒れた格好のまま壁を睨みつけた。

頭の後ろで帯を結ぶ音が聞こえ、百は土間に降りた。そのまま無言で、百はあばらやを出ていった。土を踏むかすかな音が遠ざかるのを聞きながら、ただ痛みが過ぎ去るのを待った。

百の気配が消え、やがて痛みも消えた。

俺はゆっくりと目をつぶった。

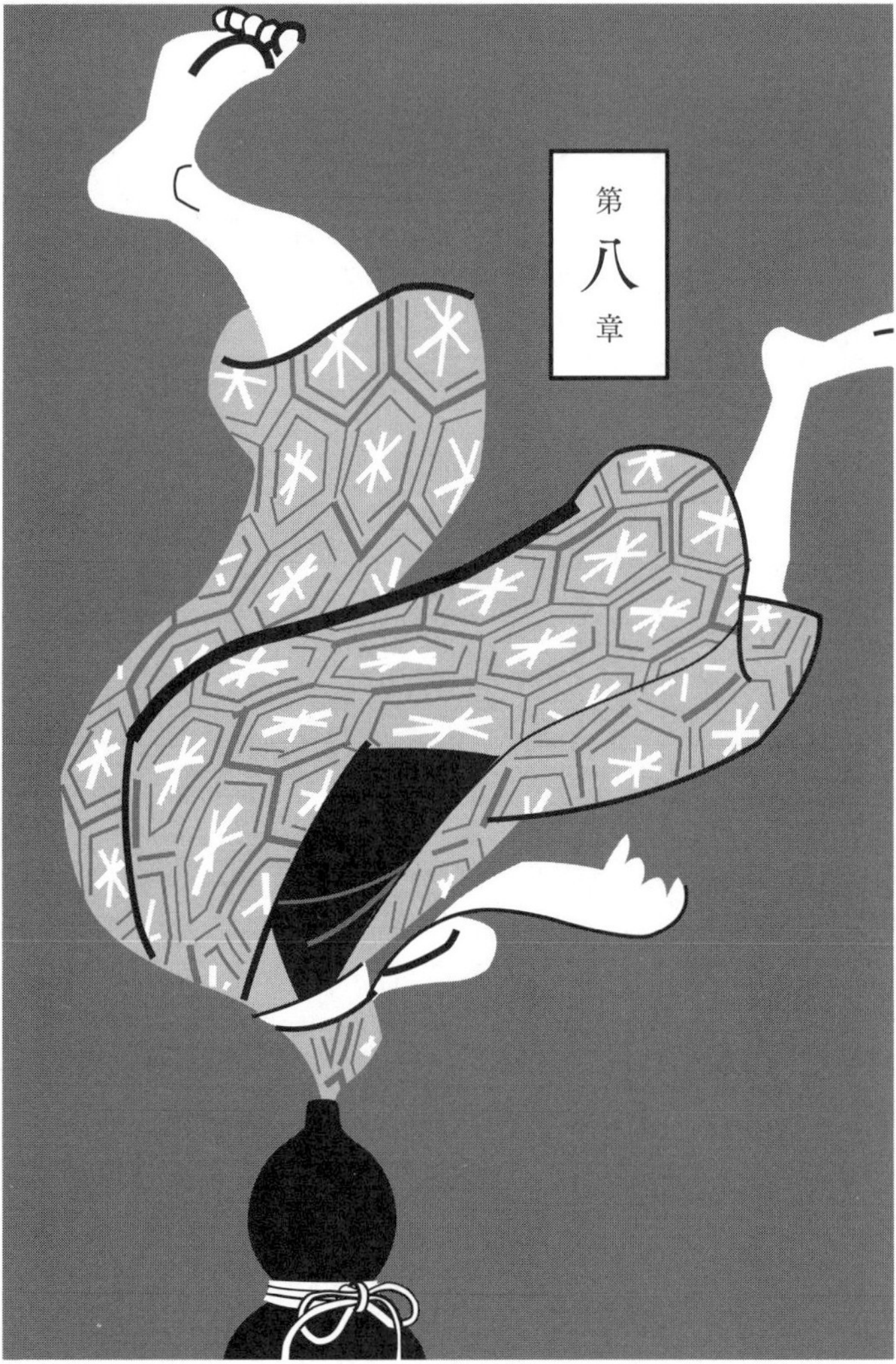
第八章

ひとりの暮らしが戻っても、薬草を摘みにいくこともなければ、肉のために鳥網を仕掛ける必要もなかった。

土間の隅に置かれた小さな行李には、当分使えるだけの薬草が丁寧に仕分けされ詰めこまれていた。あばらやの裏の斜面に立つ杉には、いつの間に仕留めたのか、子猪の干し肉が麻袋に覆われ、吊されていた。

まるで、己が立ち去るときを知っていたかのような準備のよさだった。俺のことを残菊(ざんきく)に売り、その前には焼き殺そうとした女の置き土産を視界の隅に置いて小便するたび、何とも言えぬ居心地の悪さが、膀胱のあたりでくすぶった。だが、百(もも)のことを今さらどう思おうとも、何の意味もなかった。奴と会うことは二度とない。百市(ももいち)という女は、この世から消えたのだ。

村の人間に会いたくないゆえ避けていた井戸の水汲みに、残菊襲撃の日以来はじめて向かった。さいわい人の姿は見当たらず、桶を吊るす縄を体勢を変えて引き上げながら、胸の痛みを確かめた。着実に百の薬草が効いているようで、日に日に痛みは弱まっている。それでも腕から腹にかけて力をこめたときには、いちいち鼻の奥から小さなうなり声が漏れた。そろそろ縫った糸を抜く頃だろうか、と斬られてからの日にちを数えながら水を汲み終えたとき、まるで俺のぼんやりと向けた視線に迎え入れられるかのように、坂の下からひょっこり黒弓の顔が現れた。

「やあ、風太郎」

驚く俺の前で足を止め、「はあ、やっと着いたよ」と黒弓は頭の菅笠を取り大げさなため息をついた。

「ちょうどよかった。拙者に水をかけてくれないか」

「何だ、いきなり」

「ひどい目に遭ったんだ。ずっと、風呂に入る暇がなくてさ」

よく見ると、髷の先が焼けたようにちりちりとしている。顔も何だか黒ずんで薄汚い。着物も埃だらけで、いつもの小ぎれいな装いとは、ずいぶんちがう。

「どうした、あの赤い合羽はやめたのか」

「ああ、あれね。とても気に入っていたのに、焼けちゃったよ」

「焼けた？」

「三日前に、堺が焼き討ちにあってね。それからほとんど眠らずに後始末に走り回っていたんだ」

「いくさが始まったのか」

「よりによって堺からね。しかも、大坂方に焼かれたんだ。確かに表向きは徳川に靡いていたけど、まだ大坂の味方をしようと思っている商人はいくらでもいた。なのに、問答無用で火を放たれたんだ。まったく馬鹿なことをするもんだよ。冬のいくさのときも少し焼けたけど、あんなもんじゃない。もう何もかも、町のほとんどが焼けてしまった」

顔や首筋の汚れは、そのときの煤ということなのか。「水をかけておくれ」と下帯一本になった黒弓に、ふたたび桶を引き上げ、頭からめいっぱいかぶせてやった。

「それにしてもお前、ずいぶん身軽だな。荷物はないのか?」

「ああ、そこの袋に小銭が入っているだけだよ。道中はそれこそ軍兵だらけだからね。余計なものを持って、面倒事になったら嫌だから」

「さんざん商いに励んで貯めこんだ大金はどうしたんだ? いっしょに灰にならなかったのか?」

「それだよ」

じゃぶじゃぶと顔を洗い、黒弓は「もっと」と頭の上に手で招いた。

「何とか金は大坂のほうに持ち出したから、損はなかったけど、夜明け前に逃げてきた。今度は大坂の町も危ないだろうしね」

「危ないどころか、それこそ堺の二の舞だろうが」

「そこは考えてるさ」

「どこかに隠したってことか？」

「さあ、それは言えないね」

前髪を汚らしく額に張りつかせながら、気色の悪い笑みを浮かべるので、「どうして、俺がいちいち汲まなくちゃいけない。自分で洗え」とその顔に思いきり水をかけて桶を押しつけた。

身体を丹念に洗う黒弓の横でいくさの話を聞くに、大御所、将軍ともに、まだ都から動いておらず、ようやく小さないくさが始まったばかりらしい。水浴びを終え、腕から垂れる水を切りながら、いくさが終わるまでしばらく泊まらせてよ、と言ってくる黒弓に、好きにしろと答え、俺は桶を手に坂を上った。

「何だよ、ずいぶんやさしいね」

丸めた着物を脇に抱え、濡れた身体で追ってくる黒弓に、

「その代わり、飯の用意は全部お前がやれ。俺は今、病人みたいなものなんだ」

と振り返って告げた。

「調子が悪いのかい？　そう言えば、少し歩き方がぎこちないものね」

「呑気な野郎だ。お前が同じ目に遭ってもおかしくなかったんだぞ」

今さら思い出したくもないが、黒弓の身にも関係することゆえ、あばらやへの道すがら、残菊の襲撃について語った。奴に斬られたことから、百に手当してもらったこと、残菊との取引の話、すでに百は立ち去ったことまでは伝えたが、柘植（つげ）屋敷の件だけは黙

っておいた。

あばらやに到着したところで俺が話を終えると、黒弓は「そうだったんだ」と鼻から大きく息を吐き出し、板間に腰を下ろした。

「残菊に拙者のことも訊かれた？」

「いや、お前のことはひと言も出なかったな」

「どうしてだろう」

「きっと、奴の眼中に入っていなかったんだろう」

フンと鼻を鳴らし、黒弓は何やら不満げな顔で着物を纏った。

「それにしても、よく百市が駆けつけてくれたもんだね」

「もう、あの女の話はするな。名前も聞きたくない」

「きっと、風太郎のことを助けるために、近くで張っていたんじゃないかな」

「そんなわけがあるか。あいつはただ隠れていただけだ。俺のことなんかついでに決まっている」

「本気で隠れるつもりなら、さっさと都を離れてるよ。それに風太郎の面倒を何日も看てくれたんだろ？　ひょっとしたら、伊賀の連中がここに来ることだってあるかもしれないのに」

「知らんッ」

黒弓の言葉を強引に遮り、俺はあばらやの外に出た。杉木立の向こうにどんよりとした曇り空が広がっていた。五月に入ったということは、そろそろ梅雨も近かろう。裏手に回り、干し肉を麻袋ごと引き下ろした。木に吊す紐の結び目が、柘植屋敷で習ったやり方であるのを見て、奴のことをまた思い浮かべてしまった。ずしりと重い麻袋を背中に抱えると、支えたはずみに胸の痛みが強く騒いだ。こうして生き長らえたのが、どれほどあの女のおかげだったとしても、やはり百を許すことはできなかった。許すには、あまりに奴は罪もない者を殺しすぎた。

雨がひと粒、鼻の頭に落ちてきた。「おい、そろそろ飯の支度だ、お前が作るんだぞ」と声をかけながらあばらやに戻ると、すでに黒弓は板間で子どものように丸くなって、鼾をかいて眠っていた。

翌朝、目を覚ますと、すでに黒弓が竈の火をおこし、湯を沸かしていた。水を汲んでくる、と桶を手に出ていくのを、ぼんやりと見送ってから土間に立つなり、戸口と筵の隙間から黒弓が顔をのぞかせ、俺の名を呼んできた。

「何だ、もう汲んできたのか」

「風太郎に用があるって、外でひとり待ってる」

まさか残菊か、と身体をこわばらせる俺を見て、「瓢六(ひょうろく)の女だよ」と黒弓が笑った。

訝しみつつ筵をめくり上げると、果たしてそこに芥下(げげ)が立っていた。

芥下といえどもれっきとした伊賀の忍びである。百がらみのことではあるまいな、と周囲の気配を探っていたら、

「何をきょろきょろしている。儂ひとりじゃ」

と叱りつけるような鋭い声が飛んできた。

「うむ、こんな早くから何の用だ」

手を振って水汲みに向かう黒弓を視界の隅に捉えながら、俺は威儀を正し芥下を見下ろした。

「今から、儂についてこい」

「待て待て、いきなり何の話だ」

「高台寺から、われを呼べという使いが来た。高台院様じきじきのお召しと使いの者が言っておった。ひょうたんのことで話があるそうじゃが、相手はわれでないといかんらしい。何のことじゃ。瓢六のときのひょうたんを、まだ預けたままだったのか？」

「いや――、たぶんそれじゃない」

ひょうたんと聞いた途端、因心居士の名が頭に浮かんだ。残菊のことがあってから完全に忘れていたが、すでに暦は本阿弥光悦が取りにこいと言っていた五月である。

「われは何で高台寺に呼ばれるのか、知っておるのか？」

「さあ、まるでわからん」

とぼける俺の顔に射貫くような視線を置いたのち、

「なぜ、怪我をした」

と芥下は低い声を放った。

「な、何の話だ」

「見たら、わかる。そこをかばって、妙な立ち方になっておるわ」

と俺の胸のあたりに指で丸を描いた。

慌てて襟元を確かめたが、胸に巻いている布地はのぞいていない。

「そ、その――、木から落ちてだな。強く打って、少し具合を悪くしたのだ」

と胸をさすって見せたが、何ら納得の表情を浮かべることなく、芥下はフンと鼻を鳴らし、さっさと先立って歩き始めた。

それからお互い言葉を交わすことなく、常に三間ほど距離を取り、山を下った。

祇園社に近づいたところで、境内を通り抜けようとするので、

「そっちはやめろ」

と声をかけると、

「どうしてじゃ」

と訊いてきた。

「祇園社は俺にとって鬼門でな。当分は近寄らぬようにしておるのだ」

「いつだって、われはめんどくさい男じゃな」

とこれ見よがしに舌打ちされるのを聞き流し、芥下を追い越して、遠回りの道へと進んだ。しばらく経って後ろを確かめると、色黒顔がいかにも不満げな表情を浮かべ、ついてくる。商いのほうはどうだ、と声をかけると、だいぶ間を置いてから、「まああ

じゃ」と返ってきた。俺が収穫したひょうたんは役に立っているか、と重ねると、「これからじゃ」と顔を横に背けて答えた。金の工面はうまくいっているのかという問いかけには、ついに返事がなかった。

それきり会話も途絶えたまま、高台寺の裏門に着いた。

「儂はわれを連れてきたからな」

と告げ、芥下は振り返りもせずに去っていった。店を手伝わぬかと誘ったことを奴からはひと言も口にしなかったし、俺もいっさい触れることはなかった。

芥下の小柄な後ろ姿を見送る間もなく、「何者じゃ」と門脇の勝手扉が開き、武家の男がとげとげしい声とともに顔を出した。用件を伝えると、胡散臭げな眼差しを隠そうともせず、俺の足下から頭までを眺めたのち、「待っておれ」と扉を閉めた。

これまで瓢六の用で寺を訪れたときは、常に門は開放されていたが、これも時勢というやつなのか。固く閉ざされ、向こうから物音ひとつ聞こえぬ門を見上げていると、さして待つことなく扉が開き、「入れ」と先ほどの男があごで伝えてきた。

扉をくぐった先に、男と並んで尼僧が立っていた。

「こちらへ」

俺の顔をちらりと確かめただけで、尼僧は歩き始めた。

庭を突っ切り、菖蒲が花を咲かせている大きな池に沿ってまわりこみ、斜面に連なる細い石段を、尼僧に従って無言で上った。尼僧はかなりの年寄りのようで、その進みはえらくゆっくりである。苔むした庭を眺めつつ、長い石段を上りきると、背の高い竹に囲まれた小さな庵がぽつんと建っていた。

縁側に近づき、尼僧が「連れて参りましたぞ」と告げる。

「入りゃ」

という短い声に尼僧はうなずいて、「どうぞ」と沓脱石（くつぬぎいし）を目で示した。それきり動く気配がないので、草鞋を脱ぎ、ひとり縁側に上がった。

「風太郎でございます」

と障子の前で膝をついた。

「構わぬ」

障子を開けると、部屋の隅で文机に向かって座っていたねね様が首をねじり、そこへ、とぞんざいに畳を指差した。

頭を低くして俺が座敷に入ると、「障子を閉めよ」と声が届いた。ゆるい風に流され、さわさわと鳴る竹の穏やかな音を聞きながら、俺が障子を閉めるなり、

「風太郎よ、そなたはわらわをたばかったのかえ？」

といきなり強い調子で叱責の声が響いた。

慌てて平伏したところへ、

「あんな夜中にわらわを起こし、本阿弥への紹介状を書かせておいて、頼んだ品が出来上がっても取りに行かぬとはどういうことじゃッ。わらわの頼みと聞いて、一日も早く

と光悦は仕上げたそうじゃが、そなたが姿を現さぬゆえ、使いを寄越してきたわ」

と早口で一気にまくし立てた。

「なぜ、放っておいたのじゃ？」

やはり、呼び出しの用件は因心居士のひょうたんのことだった。

まさか、いくさの渦中にある大坂城に奴を届けるなどまっぴら御免であり、できることならあんなもののけひょうたんは、そのまま永遠に放っておきたいからだ、などと答えられるはずがない。

「そ、それは……、五月に入ったら取りに来いとの光悦殿の御言葉だったので、さっそく明日にでも伺おうかと思っていたところ――」

はんッ、とねね様は不愉快そうに鼻を鳴らし、俺の言葉を遮った。

「ひょうたんを手に入れたら、もちろん、すぐさま大坂へ向かう手はずになっておろうな？」

「いえ、それはまだ……」

言い切ることなく何とか誤魔化せぬかと、語尾を濁しつつ顔を伏せようとしたとき、

「そなたはもう、ひさご様のことをすべて知ったのじゃな」

という声に、俺はハッとして面を上げた。大坂とひさご様を、並べてねね様の前で話題にしたことはない。引っかけられたのだと気づいたが、もう遅い。

「そなたの頭には、よほど底に大きな穴が空いているようじゃのう。夜更けに忍びこん

で、わらわに何と言った？　出来上がったものはひさご様の元に届けるとそちが言うのを、確かにこの耳で聞いたぞ？　ならば、こうしてふたたびいくさが始まっているというのに、何を悠長に構えておる？　光悦の使いに訊ねたら、催促どころか、近ごろ様子を見に来たことすらないというではないか」

「も、申し訳ございませぬ。すぐに取りに向かいますゆえ――」

「たわけ者、そんな必要はもうないわッ」

「ははッ」

窮屈な体勢のせいで、胸から鋭い痛みが伝わるが、そんなことを気にしている余裕もなく、俺は額が畳につくまでいよいよ頭を低くした。

「面を上げよ、風太郎」

「はッ」

「早う、上げんか」

俺はおずおずと頭を上げた。

いつの間にか、ねね様の手前に四角い木箱が置かれていた。

「本阿弥のほうから、これを届けに来おったわ」

ねね様の言葉を聞きながら、俺は木の箱からわずかに視線を上げ、はじめて相手を正面からまともに捉えた。

小さくなった。

真っ先にそう思った。

こうして、明るい場所で対面するのは、高台院屋敷の東屋に、常世とともにねね様が舟に乗って現れて以来である。ふくよかな体型はそう変わっていないのに、ひとまわり萎れたように小さくなって見えるのは、なぜなのか。元より白い肌はさらに蒼みを帯び、冬のいくさ前に屋敷の寝所に忍び入ったときに比べ、頬骨の在りかがはっきりと目立ち、目の下にも濃い影が浮かんでいた。そう言えば、あの東屋でもっとも印象に残ったのは、よくしゃべり、よく笑う御方だったということなのに、まったくその声から弾むような響きが感じ取れない。目からも、あの常に相手を試して楽しむような光がすっかり消え失せていた。

「支払いは、わらわが済ませておいたゆえ、そなたはこれを持って帰るがよい」

金のことは気にするな、と因心居士が言っていたが、ねね様が俺の肩代わりをする理由がいっさい見つからなかった。「ど、どうして、そのような――」という問いかけに何ら答えることなく、ねね様は木箱をすうと前に押し出した。

「さすがは本阿弥じゃ。何も知らぬであろうに、うまい具合に対になっておる」

「対……、でございまするか？」

そうじゃ、とうなずき、「開けてみよ」と短く命じた。

膝を前に進め、両手で木箱の蓋を持ち上げると、黒い布に沈みこむようにして、一個のひょうたんが納められていた。

ひょうたんは銀の一色で彩られていた。

その塗り方はどこか荒くもあり、下地の黒がところどころ顔を出し、得も言われぬ渋みが表れていた。くびれの部分には紐がくくりつけられ、ひょうたんの口を塞ぐ栓につながっている。その大きさにかすかな馴染みがあるだけで、まるで別物に生まれ変わった因心居士のひょうたんに、言葉もなく見入っていると、

「風太郎や――、そなたの雇い主は、そのひょうたんであろう」

とねね様の声が不意に耳を打った。

ギョッとして面を上げたところに、

「ねずみのひげじゃ」

とねね様は重ねた。

「ねずみのひげ……、でございますか？」

「それも忘れたか、粗忽者め。そなたが夜更けにやってきたとき、ねずみのひげの使いじゃ、と自ら名乗ったではないか」

ああ、とのど奥から、間抜けな音が漏れた。因心居士に命じられるがままに、そんな言葉を口にしたような気がする。

「でんかが名づけてくれたのじゃ」

と口元にわずかに笑みを浮かべ、ねね様は膝の上に手を合わせた。いきなり亡き太閤の名が登場したことに面食らう間もなく、

「わらわはへその下に、子どもの時分から大きなほくろがあってな。そこから、ひょろひょろと硬い毛が三本、生えておるのじゃ」

と何の衒いもなく、ねね様は己の下腹部を示し、「このへんじゃ」と指で毛が伸びている真似をして見せた。その瞳に、ほんのわずかだけ、俺を試すのを楽しむような光が戻りつつあった。

「それを見つけたでんかが、閨でいつもからかうのじゃ。これはまるでねずみのひげじゃ、おぬしはねずみのひげ殿じゃ、とな。もちろん、そのことを他に知っている者はおらぬ。でんかとわらわだけの、古い、古い、秘密じゃ。当のわらわも、そなたに言われたとき、すぐには思い出せなかったくらいじゃ。だが、よくよく思い返すと、これまでただの一度だけ、でんか以外の者から、その呼び名でからかわれたことがあった――」

そこでいったん言葉を句切り、ねね様は箱の中のひょうたんに視線を落とした。

「果心居士という者にな」

思わず俺が蓋を取り落としそうになったのを見て、ねね様は「やはり知っておるか」とふふっと笑った。

「かれこれ三十年も前に世間を騒がせた男じゃ。今となっては、さすがにその名を知らぬ者も増えたかのう。でんかの前にて妖しい幻術を披露したことで逆鱗に触れ、磔になったという噂も一時はまことしやかに流れたものじゃが、それもこれも、あちこちに顔を出していた果心居士が急に姿を見せぬようになったためじゃ。風太郎や――、そなたはなぜ果心居士が消えたか知っておるか？」

確か因心居士の言葉によると、封じられて以後、三十年近く大坂城でただのひょうたんをやっているとのことだったが、なぜ封じられたかまでは知らぬ。そもそも、ねね様が言っている果心居士が、因心居士の相方を指しているのかどうかも定かではない。

俺の無言をどう解釈したのか、ねね様はひとりでうなずき、

「ひさしぶりに、むかし語りでもしようかのう」

と天井を仰ぎ、少しの間、目をつぶった。

「あれは信長公が討たれて亡くなられた翌年のことじゃ――。とある公達が病でこの世を去り、その御子息から、形見のものだが受け取ってもらえぬか、とひょうたんが贈られてきたのじゃ。話を聞くと、そのひょうたんは、信長公が都に上られたときに、町衆から取り上げた宝物のひとつだったのだという。信長公が褒美として与えたものが、持ち主を二人、三人と替えて、でんかのもとにやってきたのじゃ。家運が上り調子になる宝物らしい、とでんかがうれしそうに語っていたが、まさにそのとおりの宝物じゃった。何しろ、そのひょうたんには、あの果心居士が宿っておったのだから」

天井から顔を戻したねね様は、木箱を引き寄せ、中のひょうたんにそっと手で触れた。

「果心居士めのひょうたんは、これよりずいぶん大ぶりじゃったのう。はじめて、ひょうたんに話しかけられたときは、それはもう魂消たぞ。ひょうたんがいきなりわらわのことを、ねずみのひげ殿と呼んだのじゃ。どうじゃ、風太郎？　そなたには、この話、

信じられるか？　ひょうたんが口を利くなどという法螺話、年寄りの耄碌と笑うか？」

俺は大真面目に首を横に振った。間違いなかった。ねね様は因心居士の片割れの話をしている。

＊

ときどき、ほとんど聞き取れぬほどの早口になったかと思うと、急に重苦しく言葉を引きずるような口調に変わる。しかし、ふたたび勢いを得てひとり呵々と笑ったあとには、さびしげに肩を落とし大きく嘆息する。ねね様とは生来の話し好きなのだろう。忙しなく変わる声色、顔色とともに語られる果心居士との顚末を、俺は息をするのも忘れて聞き入った。

つまり、果心居士を封じこめたのは、ねね様だった。

公達から譲り受けた果心居士のひょうたんは、その後ねね様の寝所に飾られた。そこへ、果心居士が「ねずみのひげ殿」と呼びかけながら、登場したのである。

当時、すでに果心居士は都で名の知れた人物だった。ねね様の元にやってくる前から、気ままに外界に顔を出し、人間相手に遊んでいたということだろう。

ひょうたんがいきなり声を発し、挙げ句に果心居士だと名乗るのを聞いたとき、ねね様は幻術使いと音に聞く輩であるし、てっきり術にでもかけられたかと疑ったらしい。だが、相手がこの世のものではないと気づくまで、さほど時間はかからなかった。そのあたりは俺もたどった道ゆえ、心の移り変わりが手に取るように理解できる。

やがて人に姿を変え、太閤の留守中にふらりと座敷に現れるようになった果心居士は、ある日、ねね様に言った。儂はしばらくこの家に留まることにした、きっとこの家に良運が訪れるだろうよ——、と。その頃、太閤はまだその位に上り詰めておらず、大坂城を築き始めたものの、東海道を制していた徳川家康と対峙し、九州や関東に至ってはまったく手つかずの状況であった。ねね様は果心居士に訊ねた。もしも、そなたがこの家を去ったらどうなるのか、と。果心居士は答えた。霊験が失われるのだから、当然勢いも落ちよう。だが、心配するな、あと五年はここにいる。それから先は好きなときに好きなところへ行く。空の天気と同じだ。人の力が及ぶものではない——。

果心居士が居着くようになってから、確かに家運が上向く手応えをねね様はつかんでいた。しかし、いまだ盤石とはほど遠い豊臣家の行く末を誰よりも心配しているのもまた、ねね様だった。天下を統一するという、あの織田信長ですら成し得なかった偉業を果たすには、あと十年はかかるだろう。五年やそこらで、果心居士をむざむざ去らせるわけにはいかなかった。

ねね様は策を仕掛けた。

果心居士がめっぽう酒好き女好きであることに目をつけ、祇園で大宴会を開いた。そこへ連れこんだ果心居士に三日三晩酒を飲ませ、完全に前後不覚にしたところで、女を使いまんまと相手の弱点を聞き出すことに成功したのである。すなわち、果心居士を封じる唯一の方法、ひょうたんの口を檜で塞ぎ、そのまわりを漆で固めればよい――、という秘密をつかんだねね様は、館に果心居士を連れ帰り、相手がひょうたんに舞い戻るや否や、それとばかりに檜の材を突っこみ、漆で塗り固めてしまったのだ。

　恐るべきことに、ねね様はそれを夫に贈った。これに世間を騒がせていた神仙果心居士を封じこめてある、本朝随一の霊験あらたかなひょうたんゆえ、ぜひいくさに携え、御武運をお高めくだされ、と申し出たのである。

「たわむれ好きのでんかのことぞ。そのようなおもしろきひょうたんがあったなら使わぬ手はない、とさっそく金箔で粧い直し、馬印として飾り立ててくれたのじゃ――」

　その言葉を聞いたとき、俺のなかで不意にひとつの情景が蘇った。一度も訪れたこともなければ、この目で実際に見たこともないその眺めが、ゆっくりとその意味を放ち始めるのを感じながら、

「でんかは――、その馬印を、どこに置かれたのでございましょう？」

　と声が不様に揺れぬよう、せいいっぱい腹に力をこめて訊ねた。

「今も同じ場所に置いてあるかどうかは知らぬ。わらわが大坂の城を出たのは、もう十五、十六年も前のことじゃからのう。わらわがいた頃には、常に本丸御殿の千畳敷の正面に飾られていたわ。それはそれは壮観じゃったぞ。諸国から参殿した大名たちが、馬印の前にいっせいにひれ伏すのじゃ。そこへでんかが、芝居気たっぷりにしかめ面で登場し、さんざんまわりを睨みつけたのちに、いやはや暑いの、といきなり砕けたことを

言って皆を笑わせたものじゃ」

そう言って、ねね様がけらけらと明るい笑い声を添えたとき、俺はようやく因心居士の描いた絵の全景を知るに至った。はじめて奴の内側に取りこまれたときに見た、畳の上に転がった、口に木の棒をくわえた金色のひょうたん――、それは因心居士が再会を願う片割れの今の姿だったのだ。

まさか、果心居士が豊家の馬印に化けていたとは――。

そりゃあ、ひさご様を指して、「儂の運はこの男にかかっている」と言うはずだ。化かす相手だったねね様に逆に化かされ、片割れは豊家そのものに祭り上げられてしまっていたのだから。豊家が滅びたときには当然、馬印もその命運をともにしよう。因心居士がふたたびいくさが起こることを、ひどく警戒したのも宜なるかな。否応なしに、奴の片割れは危地に立たされることになるのだ。

「そなたはこれから、このひょうたんを果心居士の元へ持っていくのか？」

そのまま俺の心を読み取ったかのようなねね様の声に、ハッとして面を上げた。

「かつて、果心居士が言っておった。信長公に取り上げられる前は、町衆の屋敷でもう一個と対になって大事にされていたとな。今は離ればなれになっているが、真面目な奴ゆえ、いつか儂のことを連れ戻しに来るじゃろう――、と。それを聞いて、わらわは怖くなった。大事を成し遂げる前に、このひょうたんを奪われるわけにはいかぬ。馬印にしたひょうたんは大坂城に置き、その後も決して都には近づけなんだ。どこかで、この話がずっと頭の隅に残っていたのじゃろうな。そなたが夜更けに屋敷に忍びこんで、ひょうたんのことを持ち出したとき、とうとうその片割れが取り返しに来たかと思うた。わらわには、そなたの申し出を断ることはできなんだ」

ねね様は目を細め、箱のひょうたんに不思議なくらい穏やかな視線を落とした。

「高台院様は……、よろしいのでございますか？」

「果心居士のひょうたんが、豊家から立ち去ることか？」

ぎこちなくうなずきを返す俺に、

「もしも、これを大坂に届けたら、果心居士はどうなる？」

と静かな声で訊ねた。

「おそらく……、この世から消えるかと」

そうか、とねね様はうなずき、

「もう、ひょうたんひとつの運でどうにかなるときを、とうに過ぎておる。それにわらわのわがままひとつで、三十年も閉じこめたのじゃ。そろそろ、元あるかたちに戻るほうがよい」

とさびしそうに笑った。

「風太郎や」

「は」

「そなたに頼みたいことがある」

「は」

慌てて箱の蓋を置き、畳に手をついた。

「ひさご様にお渡ししたいものがある。届けてくれるか。人づてではならぬ。直接、お渡しせよ」

すぐには声を発することができなかった。いくさの真っ最中に、一軍の総大将に届け物など、本丸御殿に馬印を探しにいくくらい、いや、それをはるかに凌ぐ、正気ではない話である。

「ものは本阿弥のところへ預けてある。少し手入れが必要だったゆえ、ひょうたんを届けにきた者に頼んで持ち帰らせた。昨日のことじゃ。急ぎと伝えたら、すぐに本阿弥が使いを返してきて、三日欲しいと言うてきた」

かさりと頭の先で衣ずれの音がした。ねね様が箱を脇に寄せ膝を進める音だった。何事かと考える間もなく、風太郎や、と呼びかける声と同時に、ねね様は俺の手を取った。

「頼む、風太郎」

痛いくらいに握った手に、

「このとおりじゃ――」

と己の額を押しつけた。

ねね様の手はとても小さく、冷たかった。丸まった背中はかすかに震えているように見えた。尼頭巾の端からのぞく生え際には、ほとんど黒い部分が残っておらず、いつの間にか、白に染まっていた。身体じゅうが硬直するのを感じながら、俺はねね様の合わさった手からそっと手を引いた。

「承知――、つかまつりました」

そう、答えるしかなかった。

すまぬ、という小さな声がうつむいたままのねね様から聞こえてきた。

「三十年も封じこめて申し訳ないことをした、と果心居士にも伝えておいてたもれ」

返す言葉を見つけられぬまま、箱に蓋を戻した。「ご苦労じゃった」とねね様は立ち上がり、障子の前に足を進めた。

「高台院様、ひとつだけ、お訊ねしてもよろしいでしょうか」

「何じゃ」

「なぜ、大御所はひさご様が祇園会にお越しになることを許したのでしょうか」

いくさで、すべてのかたをつけようとする大御所の考え方は理解できる。だが、それなら、無用の混乱を招くだけになったあの一件を、そもそも認めなければよかったではないか。俺にはあえてひさご様を都に招いた大御所の心根が、どうしてもわからなかった。

ねね様は障子の木枠に指を置き、しばらく無言で立ち尽くしていたが、

「大御所様は、むかしわらわに約束したのじゃ」

とひどく重たげな、かすれた声を発した。

「約束……、でございまするか」

「四年前、二条城で秀頼君と御対面されたときのことじゃ。決して今後、豊臣家をおろそかにすることはない。決して、秀頼君を害することはない。そう、わらわの前ではっきりと約束してくれたのじゃ。それを聞いて、わらわは心の底から安堵した。だが、大御所様はあっさり心変わりされた。いくさが始まってからというもの、わらわのところに大御所様からいっさいの便りはない。まあ、今さら何も言うことなどなかろうが――」

言葉を句切り、ふたたび黙りこんだねね様を、俺はわずかに顔を上げ、視界の端で捉えた。障子越しに届いた薄明かりが、その蒼白い顔を照らしていた。怒りもなく、絶望もなく、ただ悲しみだけが漂う眼差しで、ねね様は障子を見つめていた。

「だが、今になって思うときがあるのじゃ。あの祇園会の件は、これから約束を違(たが)えることになると心を決めた大御所様からの、謝りの言葉の代わりではなかったか――。この婆に、最後に一度だけ、我が子と会う機会を設けてくれたのではないか。そんなことを考えるのじゃよ」

「で、では、あのとき、高台院様はひさご様にお会いになられたのでございまするか？」

「夜明け頃、都に到着した若君を、わらわが道意(どうい)でお出迎えしたのじゃ。ほんの一刻ほどの時間じゃったが、ご一緒に朝の食事をいただいてのう」

俺と黒弓があの宿屋を訪れる前に、すでにねね様はひさご様と対面を果たしていたのだ。

「若君に、今日一日、ひさご様と名乗るようお伝えしたのもわらわなのじゃよ」

その顔にやわらかな笑みをほんの一瞬だけ浮かべ、ねね様は障子を開け放った。縁側に腰掛け、居眠りをしていた老女が「ほ」と慌てて面を上げた。俺は木箱を脇に抱え、沓脱石の草鞋に足を入れた。

「風太郎、頼むぞ」

それだけを告げ、ねね様は縁側から俺の目をまっすぐ見下ろした。どんな言葉を投げかけられるより、重いものを心に置かれたように感じた。

行きと同じく尼僧に連れられ、裏門まで庭を歩いた。

「高台院様のこと、お頼み申します」

どこまでわかっているのか知らぬが、丁寧に頭を下げられ、勝手扉から外に出た。

帰りも祇園社は通らずに吉田山に戻った。

あばらやに到着すると、黒弓が表で薪を割っていた。

「おかえり。どこへ行っていたの？」

と無邪気に訊ねる黒弓に、高台寺だと答え、俺はあばらやに入った。甕の水を柄杓ですくい、一気に飲み干した。一刻にも満たぬ外出だったのに、丸一日歩き続けたような疲れが身体に染みついていた。板間に大の字になって天井を見上げた。腹がぐうと鳴るのを聞きながら、そう言えば朝から何も食べていないことに今ごろ気がついた。黒弓が薪を抱え戻ってきたので、飯はどこだと訊ねると、「いらないのかと思って、昨日の残りなら全部食べちゃったよ」とけろりとした顔で答えた。

俺はため息とともに身体を起こし、「どうしたの、これ？　ずいぶん上等そうなつくりだね」とさっそく箱に触れようとする奴の手を払いのけ、

「いくさのことで、少しお前に訊きたいことがある」

と座り直した。

「何だい？」

「もしも、大御所が出陣して、一気にかたをつけにかかったら、どのくらいで勝負がつく？」

そうだなあ、と黒弓が腕を組み、しばらく宙を睨んだ。

「せいぜい三日、いや二日かな」

「まさか。そんな短いわけがなかろう」

「もう大坂方の連中は、はなから守るつもりがないからね。放っておいても、外に出て、破れかぶれにいくさを仕掛けるはず。だから、あっという間に決着はつくんじゃないかな」

黒弓の答えに、一気に肝が冷えるのを感じた。残された時間は、俺にも、因心居士にも、ひょっとしたらひさご様にも、ほとんどないということだ。

＊

胸に巻いた布を取り外す。貼りつけた薬草を払い落とすと、醜く膨れ上がった傷跡が顔をのぞかせた。すでに痛みはだいぶ引いている。胸を張って両手を広げてみても、肉のしこりは感じられるが、思いのほか無理なく肩を回すことができた。

残菊に斬られてからの日にちを指折り数えてみたら、十七日が経っていた。そろそろよいだろうと、百が縫った糸を抜いた。肉の下をするりと糸が走る感触に眉をひそめながら、すべての糸を引き抜き、あばらやの外に出た。五月の陽気を受けながら、胸を見下ろすと、どこまでも無様な傷が長々と刻まれていた。

そのまま諸肌を脱いだ格好で薪割りをしていたら、黒弖が帰ってきた。

「うわ、改めて見るとひどいもんだね」

遠慮なく俺の胸元をのぞきこみ、大仰に顔をしかめつつ、土産だよ、とちまきを投げて寄越した。

「まだ痛むのかい？」

「ときどきな。でも、思いきり斧を振りかぶってみたが、案外やれるもんだ」

「無理は禁物だよ」

薪割り台に腰を下ろし、黒弖はちまきにかぶりついた。

「それで、町のほうはどうだった？」

「いなかったよ。月次組(つきなみ)の連中、ここ数日で煙のように都から姿を消している。残菊もいっしょ。奴が二日に一度は顔を出すっていう茶屋にも訊いてみたけど、やっぱり来ていないってさ」

俺はちまきを丸ごと口に押しこみ、無言で咀嚼した。困ったと思った。町に月次組がうようよいるようなら、命の危険を冒してまで本阿弥屋敷には行けぬ、という言い訳も立とうものだが、連中が留守なら、単に俺がねね様に大嘘をついただけになってしまう。

「残菊たち、大坂へ行ったのかなあ」

早くも二個目のちまきに取りかかった黒弓の声に、俺の眉間にさらにしわが寄る。常世憎しの一念だけで、あそこまでやる男だ。じゅうぶんにあり得る話だろう。

「それで、風太郎は本阿弥屋敷に行くのかい?」

俺は二個目のちまきを頰張りながら、「さあな」と鼻を鳴らした。

黒弓には事の次第を話した。高台寺から持ち帰った箱の中のひょうたんを見て、あまりにしつこくあれこれ訊いてくることに根負けしたのである。すでに黒弓は大坂城の本丸で、常世から祇園会の一件にねね様が嚙んでいたことを聞かされている。奴にはあくまで、ねね様からひさご様への届け物として、ひょうたんと本阿弥屋敷に預けているものを託された、とだけ説明しておいた。因心居士と果心居士については何も話していない。

口に残ったちまきを吞みこみ、

「大坂城に忍びこめるものかな」

とそれとなくつぶやいてみた。

「無理だね」

五月晴れの空を見上げ、黒弓は言下に首を横に振った。

「常世殿に会いにいったときに見たろ？　木戸の数も、詰所の多さも、さすが天下一の名城、伊賀の御城とは比べものにならない厳重さだよ。それに、よしんば本丸に入れたとしても、肝心のひさご様がどこにいるかわからない。しかも、風太郎はその身体だ。死ににいくようなもんだね」

「この前の手で常世に会うことはできないか？」

「それも無理。さすがに今度は残っていたら、どうなるかわからない、って清兵衛殿も大坂を去った。伝手がないよ」

にべもなく告げられた現実に、俺は憤然として奴を睨みつけた。

「そこまでわかっているなら、本阿弥屋敷のことを、いちいち訊いてくるな」

「だって、風太郎は約束したんだろ？」

真っこうからの指摘に、俺は言葉に詰まった。

そうなのだ。どれほど位が高い人物から、どのような頼み事をもちかけられようと、俺がそれを引き受けねばならぬ義理はひとつだってない。だが、俺はねね様の前で首を縦に振ってしまった。応諾の言葉を残してきてしまったのだ。

ちまきを平らげ、薪割りの続きに取りかかった。黒弓は桶をぶら提げ、水汲みへと向かった。かんと斧が薪を割る音が、どこまでものどかに山に響く。ときどき鳥がさえずり、風がそよと背中を撫でていく。ともすればまどろみさえ誘われるのどかさに、何とも言えぬ居心地の悪さを覚えた。平穏すぎる時間を過ごすことを、誰ぞに後ろ指さされているような嫌な疼きが、斧を振り下ろすたび、胸底からこみ上げてくる。

割った薪を抱え、あばらやに戻った。棚の擂り鉢を手に取り、土間の行李から薬草をつかむ。そろそろ百が集めた分も終わるが、もう補充の必要はあるまい、とぼんやり考えながら、すり棒で薬草を叩いていると、「風太郎ッ」といきなり筵を掻き上げ、桶の水をこぼしながら、黒弓があばらやに飛びこんできた。

「動いたッ」

「動いた？　何が？」

「大御所が二条城を出た」

土間に立つ黒弓と、正面で視線が合った。

ちょうど俺が残菊の襲撃を受けた日に、大御所は都に入ったと聞いたのだから、もはや遅すぎるくらいの知らせだった。それだけ準備もすべて終えた上での出陣ということだろう。

「行くぞ」

自然と口から声が漏れた。

「と言っても、ひさご様に届けるかどうかはまた別の話だ。取りあえず、本阿弥屋敷にねね様が預けたものを取りに行くだけだ」

「いちいち、拙者に言わなくてもいいよ」

俺は黒弓を睨みつけ、町へ出る支度を始めた。

「拙者もついていこうか？」

「いや、結構」

さっさとあばらやを出て、山を下りた。洛中に赴くのは、光悦の屋敷に因心居士のひょうたんを預けたとき以来である。万一、月次組を見かけたときは一目散に逃げる、と心に決めてから、都に足を踏み入れたが、大御所が出陣し、それに皆もついていったのか、警固の連中のほかに軍兵の姿は見当たらず、物騒な気配も感じぬまま、無事本阿弥屋敷に到着した。

母屋の前に立つ楓が、青々とした葉を茂らせていた。ここにはじめて来たときは、すでに紅葉も終わりかけだったゆえ、ようやくこの木の大きさを知った気がする。楓の下では、下男の老人が切り出した丸太に腰をかけ、煙草を吸っていた。

「風太郎と申す。光悦殿はおられるか」

老人は黙ってうなずき、母屋の内を煙管で示した。

「奥の部屋におられる。上がりなせえ」

「お邪魔いたす」

俺は一礼して母屋に入った。奥の部屋とは、先日光悦がひょうたんを立てて眺めていた広い板間のことだろう。何となく覚えが残る廊下を渡り角を曲がると、縁側に出た。果たして、光悦が板間に座り、文机に向かって何やら書きものをしていた。

「光悦殿、風太郎でござる」

縁側から声をかけると、光悦は手を止め、「入れ」と短く声を発した。

「そこへ座れ」

ちらりと場所を目で示し、光悦は書きものを再開した。いかにも達筆そうな素早い手の動きで最後まで書き終えると、音を立てずに筆を硯に置いた。ひさしぶりじゃな、と胡坐をかいた俺に身体の正面を向けるなり、光悦は眉をひそめ、あからさまに口の端を歪めた。

「また、殺したか——。いや、今度はおぬしが殺されかけたのか。相変わらず血なまぐさい男じゃな」

この手の物言いにはもう慣れたゆえ、俺はいっさい顔の表情を変えることなく、

「高台院様からの預かりものを受け取りにきた」

と無愛想に用件を告げた。

「出来上がっておる。本来なら十日は欲しかったところじゃが、急を要すると聞いて何とか仕上げたわ」

文机の脇から、光悦は木箱を取り上げ、俺の前に置いた。

「中身は何か聞いておるか」

いかにも古そうな、変色した長細い木箱を見つめ、俺は黙って首を横に振った。

「開けて確かめよ」

よいのか、と思わず面を上げた俺に、

「構わぬ、開けよ」

と光悦は静かにうなずいた。

そもそも、この男が許可できることなのかと訝しみつつも、その妙な迫力に押され、木箱を引き寄せ中央の紐をほどいた。

蓋を開け、中身をのぞいた途端、強烈な痺れが頭を走った。頬から血がざわざわと引いていくのを感じながら、俺は箱の内側を凝視した。

「抜いてみよ」

どこまでも冷厳な光悦の声が響き、ふらふらと手を伸ばした。

箱に収められていたのは、ひと振りの脇差しだった。柄に手をかけ、黒い鞘を真横に払った。現れた刃の鋭さに、思わず息を呑んだ。一見してただの刀ではないと、俺ですら感じ取ることができた。目から別の何かに成り変わって入りこんできそうな、ぞっとする光が刃先で遊んでいた。刀身は澄み切った風景を映しだし、そこに浮かぶ己のひしゃげた顔を言葉もなく見つめた。

「おそらく、都じゅうにある刀を集めても、このひと振りに敵うまい。儂もこの先、これほどのものを見ることがあるかどうか」

　刃の紋は音もなく波打ち、反り返った峰には微塵の隙もなく、やがて切っ先の一点へと集中する様を眺めるだけで、胸の鼓動が高まった。柄を握った右手の感覚が妙に遠くなり、鍔(つば)がなければそのまますとんと取り落としそうだった。

　慌てて、鞘に戻した。こんな刀に魅入られるのは御免だった。

「さだめし、太閤のものじゃろうな」

　驚いて視線を向けた俺をじっと見据え、

「高台院様はこれをどうするおつもりじゃ」

と光悦は低い声で訊ねた。

　しばしの沈黙ののち、

「大坂に届けよ、と」

とだけ俺は返した。

　光悦は腕を組み、天井を見上げた。己に託された仕事の意味を察したのだろう。吐息のようなうめき声が、その口元からほんの一瞬漏れた。

「悲しい刀じゃな」

　とぽつりとつぶやいた。

　俺は蓋を戻し、紐を結び直した。

「おぬしが大坂へ届けるのか」

無言のまま、立ち上がった。

「風太郎」

木箱を脇に抱え、縁側まで出たところで、俺は振り返った。

「大坂へはひょうたんもいっしょであろう。あのひょうたんがいずれおぬしを導く」

「話したのか」

「いや、見えたのだ」

何を？　と訊こうとして、寸前で声を止めた。俺は光悦の目を見た。そこに湛えられた深い哀れみの眼差しに、「お前はいつも見るばかりの、つまらぬ男だな」とまったく用意していなかった言葉が代わりに口を衝いた。

「死ぬな、風太郎――」

やはりその目に同じ色を浮かべつつ、光悦は口を開いた。まだ何か続けようとしたが、俺は背を向けた。そのまま己が廊下を踏む音に、あるじの声が掻き消されるのを聞きながら、母屋を出た。

＊

左右から川が合流する糺(ただす)の河原の突端に腰を下ろし、ぼんやりと空を見上げた。隣で黒弓はうつむいたまま、無言で流れを目で追っている。胡坐をかいた奴の股の上には、本阿弥屋敷で渡された木箱がのっかっている。きっとここを通るだろう、とわざわ河原で待ち伏せしていた黒弓ゆえ、こちらの顔を見つけるなり、いったいねね様は何を預けていたのかとひどくやかましく訊ねてきたが、俺が木箱を渡し、中身を確かめさせた途端、いっさいの言葉を発しなくなった。

いくさはまだ何も終わっていない。

だが、結末はとうに見えている。十中八九、豊家は敗れるだろう。もっとも、それでひさご様の命運が決するわけではない、城が落ちようとも降伏するという手だってある——。そんな理屈を構え、ひさご様の行く先について突き詰めて考えることを、俺はこれまで頑なに避けてきた。義左衛門から、大御所の真意をはっきり聞かされていても、ひたすら現実から目をそらし続けてきた。

しかし、ねね様はちがった。古ぼけた木箱の中に潜んでいたのは、ねね様の覚悟だった。おそろしいほどに研ぎ澄まされた、母からの言葉だった。ねね様は我が子に終わりを与えようとしていた。俺はそれを届けると約束してしまったのだ。

「どうするんだい」

ほとんど瀬の音に流されそうな声で、黒弓は訊ねた。

俺は頭の後ろに手を回し、背中から寝転がった。空の高いところを鳶がのんびりと回っていた。何かを考えようとしたが、その実、何も考えることなどなかった。

羽を広げ滑るように視界から消えていく鳶に向かって、はあ、と大きくため息をついた。

まったく、愚かな話だった。

ねね様がこの刀を託したのは、俺の忍びの腕を見こんでのことだろう。だが、俺は忍びでもなければ、腕も悪い。しかも、怪我持ちだ。そもそも、ねね様の家来でも何でもない俺が、こんな命懸けの仕事を引き受ける理由など、どこを探したって見当たらない。いちばん肝心な金の話だって何もしていない。にもかかわらず、俺はきっと、とうに己の為すべきことを選んでいた。本阿弥屋敷で木箱の中身を見たときから、答えは決まっていたのだ。なぜなら、屋敷からの道すがら、頭の中では、外堀の埋め立てのためにさんざん歩かされた二の丸や三の丸の縄張りが蘇り、どうやって本丸にたどり着くか、それればかりを探っていたからだ——。

「もう一度、ひさご様に会いにいくぞ」

薄い雲が棚引く空に向かって、俺は告げた。

しばらく時間が経ってから、そっか、という声が聞こえた。

「黒弓、お前はどうする?」

「そんなの、いっしょに行くに決まってるじゃないか」

「いいのか?」

「別に風太郎のためじゃない。拙者もひさご様に会いたいから」

やけに熱を帯びた奴の視線を、俺はフンと鼻を鳴らし撥ねつけた。

「それで出発は?」

「今日じゅうに準備して、明日に立つ。それでも、大勢でのろのろ進む大御所よりは早く大坂に着くはずだ」

「それから先は？」

「まだ、わからん」

「ひどい手はずだね」

うむ、とうなずいて身体を起こした。日に日に緑を強くする山肌に浮かぶ大文字を遠目に眺め、「行くか」と木箱をつかみ立ち上がった。

その夜、下のばあさんのところでご馳走になった。河原で釣りをしていたおやじから買い取った鮎に加え、酒を携え向かうと、ばあさんが腕によりをかけ飯を作ってくれた。酒を飲んでも、さすがに酔うことはできなかったが、黒弓と二人では、どうしたって重苦しさが募るだけの時間を明るく過ごせたのはありがたかった。

夜更けになって、あばらやに戻った。すでにばあさんの小屋に向かう前に、出立の準備はほとんど終えていた。板間に横になるなり、黒弓はあっさりと眠ってしまった。さっそく歯ぎしりを響かせているのを横目に、俺はあばらやの外に出た。忍び道具を掘り返すべく、斧を提げ裏手に向かう。目当ての槐の幹に斧を立てかけ、先に小便を済まそうと斜面を降りて用を足した。腰を落として残りを切っていると、

「風太郎」

といきなり背後から呼びかけられた。

以前なら、ここで飛び上がっただろうが、なぜか不思議と落ち着いて「因心居士か？」と返事することができた。

「そうじゃ」

前を戻しつつ振り返ると、この場所ではじめて俺の前に現れたときとまるで同じ、野良着を纏った瓢六のおやじの格好で因心居士が立っていた。

「ずいぶん、大人しくしていたな。どうしてここに戻ってから、一度も顔を出さなかった」

「いつもは姿を見せるなり、去ね去ねとうるさいくせにどうしたのじゃ？　儂のことが恋しくなったか？」

「ふざけるな。もう、明日には大坂に向かうから言っておるのだ。そもそも、元はと言えば、お前が持ちかけてきた話だろうが」

「待っていたのじゃよ」

「待っていた？」

「そうやっておぬしが心を決めるのをな」

因心居士はあごの髭をもてあそびながら、目尻にたっぷりしわを寄せた。

「儂が無理強いして、たどり着ける場所ではない。おぬしが己で行く気持ちを確かにせねばならぬ。要は覚悟という話じゃな」

何もかもお見通しであるかのような物言いに、俺は鼻白んだ気分を隠さず、「お前も漆と檜の棒で、二度と世に出られぬよう封じてしまえばよかったわ」と睨みつけた。

「言うのう。だが、それは果心居士だけの弱点で、儂には効かぬぞ」

「わかるもんか」

因心居士はかっかっかっと肩を揺らせて笑ったのち、

「風太郎、おぬしにひとつ頼み事がある」

と急に真面目顔に戻って、細枝のような人差し指を俺に突きつけた。

「断る」

相手が用件を言う前に、口が勝手に動いた。しかし、お構いなしに因心居士もひさしぶりに聞く瓢六のおやじの枯れた声で続ける。

「大坂に向かう前に、どうしてもやらねばならぬことがある。これを済まさぬと、たとえ果心居士との再会を果たしても、儂は元いたところに戻ることができぬ」

「そんなこと知るか。己のことは己でやってくれ」

「それができぬから、こうして頼んでおる」

思いがけず強い調子に、因心居士に背を向け、斧を立てかけた槐に向かおうとした動きを止めた。

「手を貸してくれぬか、風太郎」

「何だ、ずいぶん腰が低いな」

「ここまで来たら、おぬしを閉じこめて思いを押し通すような真似はせぬ」

俺はしばし因心居士を見下ろし、

「何をすればよい」

と身体の向きを戻した。

火おこしの道具を持ってこい、と因心居士は言った。何に使う、と訊ねると、

「儂を燃やすのだ」

とどこまでも厳粛な声で答えた。

あばらやで火打ち石やらを取って戻った俺を連れ、因心居士は山を上った。

「ここじゃ」

暗闇が覆う木立の合間を、まるで昼間に進むかの如く迷いなく縫いながら到着した先は、因心居士を祀った社だった。

「燃やすのだ。中にいる儂の器ごとな」

相変わらずわずかに傾きながら、黒い影となって石組みの上にうずくまる社の前で、因心居士は静かに言い放った。

「いいのか?」

「ここに祀られている限り、儂は元の世界に戻ることができぬ。たとえ、こうして新たな身体に乗り換えたとしてもな」

もののけにはもののけなりの、よくわからぬ理屈があるらしい。俺は社の正面の扉を開き、そっと中をのぞいた。以前に俺が置いたままの姿勢で、古びょうたんがまっすぐ

立っていた。いくら構えも小さく、また祀られているものがひょうたんであるとはいえ、社を燃やすことにはさすがに気後れを感じたが、

「やってくれ」

という奴の声に、俺は火打ち石を手に取った。いったん火を放つや、石組みの上で社はあっという間に炎に包まれた。ばきりばきりと闇に木がねじ曲がり弾ける音が響く。やがて屋根が崩れ、石組みの下に火の粉を散らしながら転がり落ちた。手にした太い枝で、素早く残り火を叩いて消す。灰となった社が、ふたたび夜に塗りこめられたところで、「もうよい」と因心居士の合図が耳に届いた。

帰りは俺が先に歩き、因心居士があとをついてきた。

「おい、どうやって果心居士のところまでたどり着くのか、もちろん算段があるんだろうな」

「そんなものはない」

「何だと?」

「平時ならとにかく、今はいくさの真っ最中じゃぞ。少なくとも、本丸に入るまでは、おぬし頼みじゃ」

「おいおい、これまでさんざん威張っておいて、何だよその体たらくは」

「本丸に入ったら、まず果心居士を探せ。居場所は儂が伝えよう。城のあるじに刀を届けるより、よほど容易なはずじゃ」

ねね様から預かったものを当然のように口にする因心居士を、首をねじって睨みつけ、

「お前の片割れはまだ御殿の千畳敷とかいう場所に置かれているのか？」

と長い時間をかけてようやくたどり着いた答えをぶつけた。

「そうじゃ――。今も太閤が生きていたときと変わらず、広間の正面に飾られておる。あの家を支え、導いてきた立派な馬印としてな」

「フン、やっと片割れの正体を認めたな」

「社を焼いたからな。もはや、儂はただの一個のひょうたんじゃ。おぬしと話ができるほか、何の力も持たぬ。もしも、ひょうたんが損なわれることになったら、儂は消える。おぬしらの世界で言う死ぬということじゃな。だから、もう後戻りはできぬ。おぬしとは一蓮托生というわけだ」

「待て待て。何を勝手にひとくくりにしている。身の危険が迫ったら、お前のことなど放って、俺は即刻逃げるぞ」

「逃げて、そのあとはどうする？　おぬしひとりの力では、あの肥えた男の元まではたどり着けんぞ」

ずいぶんなひさご様についての言いようだが、因心居士の言葉に反論する術(すべ)を、今の俺は何も持たなかった。

「まず果心居士を探せ。儂との再会が成ったあかつきには、あやつめが高台院の頼みを引き取るじゃろう。三十年も馬印の中でじっとしていたのだ。儂とちがって、力も有り

余っている。いくらでもおぬしを助けるための力を使えるはずじゃ。さんざん儂に迷惑をかけたのだ。どう駄々をこねようとも、あやつには言うことを聞かせる」

まるで年端の行かぬ、おさない弟に対しての言葉のように聞こえるが、実際は何百年も生き続けた、老いぼれも老いぼれ同士の話である。

あばらやの裏手に戻り、立てかけておいた斧の刃の端で槐の根元を掘り起こした。その間、斜面の下で突っ立っている因心居士に、お前はねね様に恨みはないのか、と訊ねた。ねね様の策のせいで、このもののけひょうたんは、実に三十年も片割れを失うことになったのである。

「恨みに思うはずなかろう。人間にまんまとしてやられるなど、むしろ儂らにとっては恥じゃよ。それに、果心居士を封じこめた分、あの女もじゅうぶんに苦しんだ。もしも、太閤があそこまで偉くならなんだら、あの女ももっと穏やかな道を歩めたじゃろうからな」

その言葉に、地中から箱を取り出す動きを思わず止めた。豊家のためとさんざん手を尽くした結果、ねね様は今、あのだだっ広い屋敷や寺に、たったひとりで暮らしている。あまり頭の出来はよくないのばかりでも、多くの子や孫に囲まれ、鮎を囓り、酒を呑んで大笑いしている下のばあさんに比べ、その道は何と悲しい色に染まっていることか。

忍び道具を納めた漆塗りの箱を抱え、俺は粛然とした気持ちで斜面を降りた。どういうつもりか、因心居士はあばらやの戸口までついてきた。それどころか、俺が斧を戻し

ている間に、

「とにかく本丸を目指せ。無理するでないぞ」

と言い置いて、さっさと中に入ってしまった。

おいおい、黒弓に見られてもいいのか、と慌ててあとに続いて筵をくぐったが、すでに因心居士の姿はなく、暗い板間の上にぽつんとひょうたんが立っていた。

柄杓で甕の水をすくい、のどに流しこんだ。荷物の準備を終え横になっても、なかなか眠りにつくことができなかった。黒弓の歯ぎしりを聞きながら、三年前に伊賀を追い出されてからの道をぼんやりと振り返った。

足下に視線を向けると、今もひょうたんが夜を背負って立っている。

まったく、俺はどこまでも妙なところにきてしまった。

＊

半刻のちに五条大橋で待ち合わせると決め、黒弓とはいったん別れ、「少し寄りたいところがある」と俺はひとり産寧坂を上った。

店の座敷では、芥下が文机に頬杖をつき、物憂げな眼差しを往来に送っていた。石段に俺の姿を認めると、手のひらから頬を離し、遠慮なく不審げな表情を向けてきた。

戸口にはいつの間にか、ひょうたんが六つ、円を描くように染め抜かれた見覚えのあるのれんが戻っている。「どうしたのだ、これは？」と訊ねると、「皆がまだ瓢六、瓢六と呼ぶので、同じ名前でやることにしたのじゃ」と芥下は面倒そうに答えた。

「義左衛門様なら、奥におるぞ」

と首をねじって土間に視線を向ける芥下の声にうむとうなずき、俺は軒先に腰を下ろした。尻の後ろに背中の荷物を置き、

「まだ、義左衛門様もこっちにいるのだな」

と手前に並んだ延命水の入ったひょうたんをひとつ手に取った。

「明日、萬屋の面々を全員連れて、江戸に出発する予定じゃ」

「全員？　まだ、大坂のいくさは終わっていないぞ」

いくら商いに精を出しているとはいえ、萬屋の根本は忍びのはずである。義左衛門ひとりならわかるが、皆を連れてというのはどういうことなのか。理由を訊ねても、芥下はいかにも興味がないといった顔で「知らぬ」と首を横に振った。

「お前は江戸にはついていかんのか」

「儂は来月まではここに残る。それから先は……、わからん」

「わからん、とは何だ」

「六月の分まで、寺には地代を払っておる。だが、七月からは儂が払わねばならぬ」

皆まで言わせるな、とばかりに芥下は口を閉ざし、ふたたび頬杖の姿勢に戻った。

「義左衛門様は助けてくれんのか」

「ひとりで出来なければ、江戸に来いと言われたわ」

案外、義左衛門も吝いというか、最後まで厳しさを崩さぬものだなと半ば呆れ、半ば感心しつつ、

「芥下よ、ひとつ、お前に相談がある」

と声色を改めた。

「何じゃ」

「俺を雇わぬか？」

芥下は目を見開き、今にも嚙みつきそうな視線を向けた。

「儂をからかっておるのか」

「からかってなどおらぬ。それにこれは以前、お前に誘われたことへの返事だ。少々時間はかかったが」

白目を存分に光らせ、いっそう刺々しさを増した眼差しにぶつかった途端、芥下はフンと顔を背けた。

「阿呆か、われは。来月までしかもたぬと伝えたばかりじゃろうが。雇っても、払う金がないわ」

「もしも、あと少し元手があれば、何とかなるのか？」

芥下は返事を寄越さなかった。目に強い光を宿したまま唇を嚙む横顔に向かって、

「これを二つもらえるか？　器ごと買わせてくれ」と黒弓の分もと、手前に並んだ延命水入りのひょうたんを指差した。

「好きに持っていけ」

こちらを確かめようともせぬ芥下に、

「おいおい、やけになるな。ただ商いはいかん」

と畳のへりに銭を置いた。

膝の上にひょうたんを二つ置き、しばらく石段を行き来する参拝の連中の様子を眺めた。そろそろ頃合いかな、と懐に手を入れ、携えてきたものをつかんだとき、

「おお、めずらしいのがおるではないか」

という声が土間から響いた。

慌てて懐から手を抜き、居住まいを正したところへ、のれんをかき上げ、義左衛門が腹を突き出し姿を現した。

「もう聞いておるか？　明日、儂らは江戸へ引っ越すのだ。今から世話になったところへ、あいさつ回りに行ってくる。おぬしのところまではさすがに回れぬから、ちょうどよいところに顔を出したわい。変わらず息災にしておったか」

と俺の肩を横から叩いた。なかなかの勢いだったゆえ、こらえた拍子に胸の傷が疼いた。

「大坂でのいくさが続いているのに、皆で移るのでございますか――？」

「そうじゃ。采女(うねめ)様の命でな。大坂はもう力押しするだけで済む。忍びはいらんということじゃろう」

忍びというところでぐっと声を潜める義左衛門の言葉に、もはや大坂でのいくさの結末は、そこまで簡潔に見通されているのか、と暗いものが胸の内を覆っていくのを感じた。

「いくさに限った話ではないぞ。これから先、忍びの出番など、ありはせん。采女様からは、忍びはもう要らぬとはっきり言われた。藤堂家で侍としては養えぬ、萬屋で面倒を見よ、とかなりの数を押しつけられたわい。江戸では、それこそ死ぬ気でやらねば、皆で飢え死にじゃ」

と義左衛門は猪首の後ろをひたひたと手で叩き、乾いた笑い声を上げた。

「では——、蟬の奴も江戸へ？」

「いや、あやつはまだ若いゆえ、何とか家中に留まることができよう。だが、三十を超えている連中は百姓になるか、江戸に飛ばされるかのどちらかじゃ。まったく、厳しい世の中よのう」

「奴は今、どこに？」

「蟬なら大坂じゃ。腕は確かゆえ、相変わらず采女様に重宝されておるわ」

重宝という部分にやけに皮肉めいた響きを感じたのは、孫兵衛（まごべえ）ら仲間の口減らしの件を含んでのことだったのか、それとも単に俺の穿（うが）った見方に過ぎなかったのか。

「風太郎、おぬしこそ、これからどうする」

「拙者は……、大坂に参りまする」

「大坂？　いくさの真っ最中に何の用じゃ？」

手にした二つのひょうたんを、意味もなく互いに突き合わせ、俺は無言を押し通した。

義左衛門は眉間の表情を険しくして、じっと俺を見下ろしていたが、

「大坂と言えば——、おぬし、百市のこと、聞いておるか」

とほとんど口を動かさず、ささやくように声を放った。突如、耳に忍びこんできた名前に、俺は「え」と義左衛門のたっぷりと肉を蓄えたあごのあたりを見上げた。

「何も知らぬか」

「百が……、何を？」

正面からのぞきこむ義左衛門の視線に、内心の動揺を悟られぬよう必死で表情を抑えた。

「百市が京屋敷から姿を消したのじゃ。かれこれ、もう二十日も前のことになるかのう——。どうも奴め、月次組と揉めておったらしい。百市が屋敷から消えた翌朝、鴨川に女の死体が上がってな。それが百市のものだと、儂も聞いていたのだが……。どうもあの女、生きておるようだ」

俺は息を呑み、次の言葉を待った。縁側に並ぶひょうたんに手を伸ばし、拾い上げた一個の表面を義左衛門は静かに撫でた。

「大坂で、百市を見たと言う者がいてな。顔を布で隠していたようじゃが、それくらいでは忍びの目を誤魔化すことはできぬ」

「大坂で？　そ、それはいつのことで？」

「先月の終わりじゃ。残していた商いの掛け金を集めに、大坂に向かわせていた者が、上町のあたりで見かけたのじゃ。そろそろ六十になる老いぼれじゃが、人の顔を覚えることに関しては、むかしから抜群の頭を持っておってな。これが商いでもよく役に立つ。その男が女房衆のなかに見かけた百市の顔を覚えておったのだ」

「そのことを、采女様には――？」

「采女様に？　なぜじゃ？」

妙にとぼけた声色とともに、義左衛門はひょうたんから面を上げた。

「もはや、当家に忍びは必要ないとおっしゃるのだ。いちいちお伝えして、御心を煩わせることもあるまい。そうじゃろう？」

口の端に意地の悪い笑みを浮かべ、皮肉たっぷりに義左衛門は丸い腹をさすった。

「そうじゃ――、おぬし、近ごろ黒弓に会うたか？」

「黒弓……、でございますか？」

いかにもついでといった様子で出てきた黒弓の名前だったが、これからともに大坂へ向かう、とはなぜか言えず、俺は咄嗟に頭を振った。

「先の百市を見かけた者が、女の隣で話していたのが、黒弓という男じゃった、と言っておった」

「まさか――」

「伊賀上野の萬屋で、一度黒弓とは話したことがあるそうじゃ。ならば、あの男が言うことに間違いあるまい」

口を開けたまま声が出ない俺の隣で、大儀そうに身体を屈め、義左衛門は元の場所にひょうたんを戻した。

「大坂まで何をしに行くのかは知らんが、くれぐれも無理はするな。これからは、いくさのない、まともな世が来るはずじゃ。忍びが忍びとして死ぬ時代は終わったのだ。もはや、己の命を賭けてまで成し遂げる仕事などない。風太郎よ、長生きせい。それが何より、正しいことじゃ。あと、もしも百市に会うことがあったなら、もっと遠くに逃げよ、と伝えておけ」

にやりと笑ったのち、「達者でな、風太郎」と肩をまた一度叩いた。先ほどより強く叩かれても、まったく胸の痛みを感じなかった。

幅のある背中を丸め、義左衛門は石段を上っていった。

「われは大坂へ行くのか」

芥下の声にハッと我に返った。ロクに別れのあいさつを交わさなかったことに今ごろになって気がついたが、すでに義左衛門の姿は参拝の人の列に紛れ見分けることができなくなっていた。

「なぜじゃ」

咎める調子を隠そうともせぬ芥下の声が、ふたたび耳を打つ。

「なぜ、いくさに戻る」

俺は首をねじり、芥下の視線を迎え入れた。色黒な膚の上に、はっきりそれとわかる怒りの表情を浮かべ、いつの間にか芥下は文机の前に立っていた。

「どうしても――、けりをつけねばならぬことがあるのだ」

「忍びでもない、豊家でも徳川でもない、何者でもないわれが、いくさでけりをつけねばならぬことなど、あるはずなかろう」

そのとおりだった。芥下の言うことはどこまでも正しい。だが、俺は決めたのだ。

俺は荷物を背負い、立ち上がった。

「やめておけ。行ってはならぬ、風太郎」

「なぜ、お前がそんな心配をする」

「そんなこと――、知らぬわッ」

急に声を荒らげ、芥下は憎らしげに俺を睨みつけた。

「大坂に行ってはならん。ただ、そんな気がするのだ。今度はその胸の傷くらいでは済まぬかもしれぬぞ。だいたい、われは何を隠しておる。何をしに、大坂に向かうつもりじゃッ」

思わぬ相手の迫力に気圧されつつ、

「おいおい、大げさだな。大丈夫だよ、俺は帰ってくる。それに、さっきの言葉は冷やかしではない。俺はここで働きたい。ひょうたんを粧う腕を磨きたいのだ。それで、いつかねね様に買ってもらえるほどの腕前になりたい。お前だって、これまでのようにねね様が御得意でいてくれるなら、ありがたいだろ？」

昨夜、なかなか眠りにつけぬ間に、俺はふと思い立った。ひょうたん屋で働いてみよう、と。商いの手伝いをしながら、ひょうたんの飾り方を学ぶ。もし必要ならば、本阿弥光悦のところに頭を下げにいってもよい。誰かよい師となりそうな者を紹介してもらうのだ。どのくらい時間がかかるかわからぬが、ねね様に献上できるほど腕を上げる。そうすれば、いつか、ねね様のさびしさを芥子粒ほどは紛らわすことができるやもしれぬ——、そんな分不相応なことを、隣から響く歯ぎしりが少しだけ静まった合間に考えたのだ。

「おお、そうだ。忘れるところだった」

そもそもここを訪れた用事を思い出し、俺は懐に手を突っこんだ。

「これをお前に預ける。元手に足すなり、好きに使え」

「何じゃ——、これは」

「竹だ」

「竹？」

「うむ、竹は竹だが、少々重たい竹だ。やはり、俺には使えなんだ。これを贈ってくれた御方の役には、これっぽっちも立てなかったからな。だから、お前が使ってくれるのがいちばんよい」

縁側には、延命水を詰めたひょうたんがずらりと一列に並んでいる。俺が買い取った二個分がぽっかり空いたところに、黒弓から渡されたときのまま布で包んだ竹流しを置いた。

「じゃあ、行ってくる。そうそう、飾りひょうたんをいい加減、仕入れろよ。お前の後ろのへんが、いつもさびしくて仕様がないわ」

一歩、足を踏み出し何か言おうとする芥下に背を向け、俺はそのまま石段を下りた。

「風太郎ッ」

声が追ってきたが、振り返らなかった。

「風太郎ッ」

だいぶ離れてから届いた声に、少しだけ首をねじった。

店の前に、芥下が立っていた。

石段の中央に裸足のまま突っ立ち、俺を見下ろしていた。遠目にも、白目がおかしいほどはっきりと見えた。石段を上り下りする参拝の連中から注がれる好奇の目を一身に受けながら、

「風太郎ッ、戻ると約束じゃッ」

と童のような小さな身体が手を振った。

こんな大きな声が出せる女だったのかと思いながら、俺も手を上げた。それからは振り向かず、産寧坂を下った。

第九章

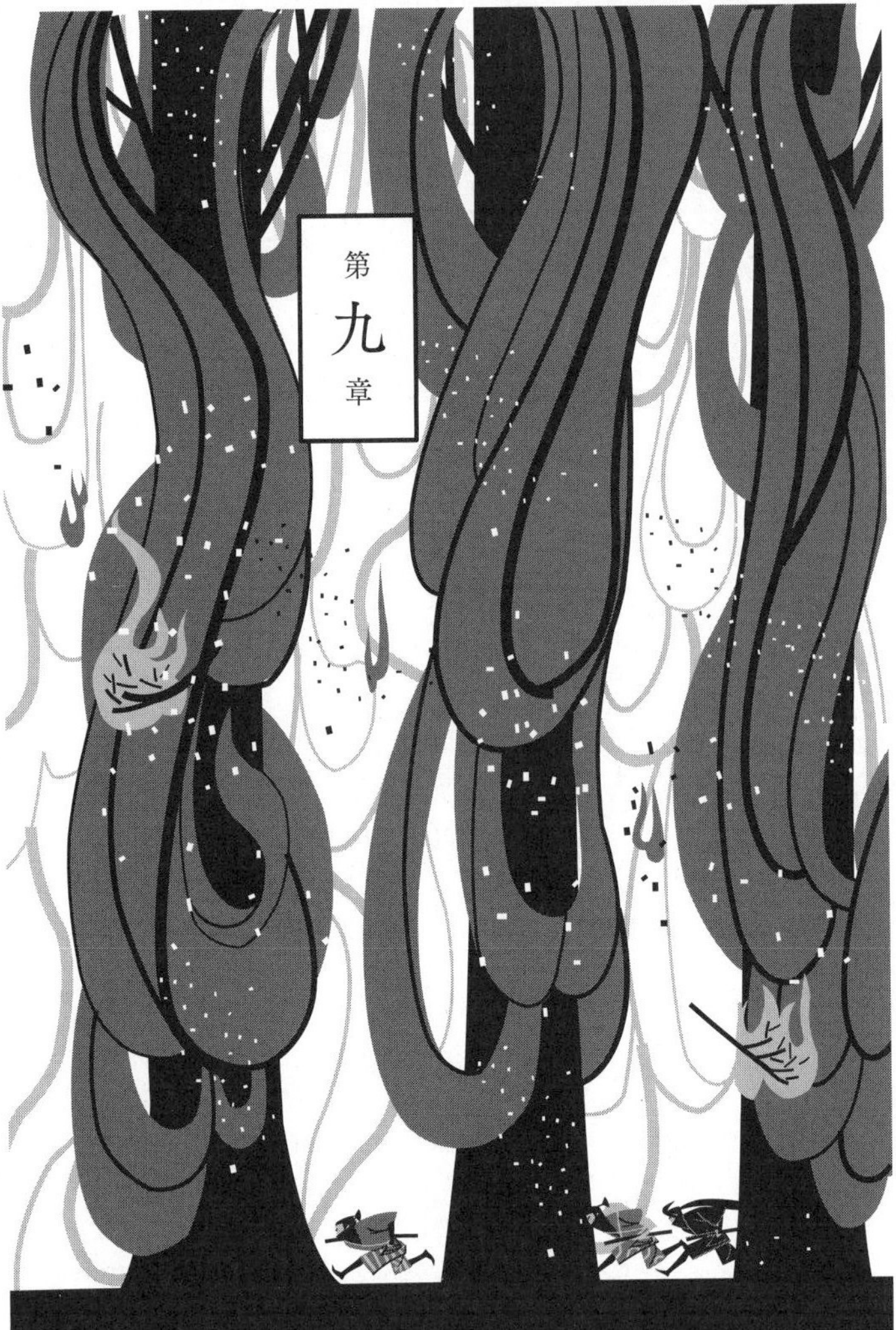

およそ三刻近く、板の上で同じ姿勢を保ち寝転がっていたが、静かに目を開き、おもむろに身体を起こした。それに合わせるように、隣でも闇がゆるりと動く。

「終わったようだね」

くぐもった黒弓（くろゆみ）の声に、すぐには応じず、しばらく耳を澄ました。

まだ落ち着きのない空気が周囲に充満している。だが、人が斬り合うときに発する、あの獣じみた甲高い声は、しばらく聞こえてこない。ときどき馬のいななきが風に乗って届くも、すでにいくさ場はひとまずの穏やかさを取り戻したようである。何より、鉄砲の音が次第に遠ざかっている。至近の相手を殺すのではなく、追い払うために撃っているのだと、ただの火薬が破裂する音が、確かな意図を伝えてくるのだから不思議だった。

「よし、行こう」

足もとの板を外し、天井裏から下に降り立った。荷物を先に引き受け、続いて黒弓が音もなく腐りかけた板間に落ちてくる。天井から受け取った荷物のなかには、具足も含まれていた。俺は破れた壁板の合間から外をのぞいた。うらぶれた寺の庭は相変わらずの無人である。

「さっさとつけろ、外に出るぞ」

黒弓が床に転がった具足の紐を解き、素早く胴と臑当てを分けた。二人分の具足はともに、昨夜のうちに御殿の陣で手に入れたものだ。

いかにして藤堂家の足軽から具足を奪うか？　五条大橋のたもとで黒弓と落ち合ったのち、大御所を追うように奈良を経て河内に入る道中、俺がもっとも頭を悩ました問題だった。「まあ、何とかなるよ。取りあえず、御殿の陣を探すことが先決だよ」と黒弓はどこまでも呑気に構えていたが、場合によっては雑兵を襲って、力ずくでも具足をむしり取るほかない、とひそかに覚悟を決めていた。

しかし、八尾に張られた御殿の陣を見つけてからは、幸か不幸か黒弓の言葉どおり、拍子抜けするほど簡単に事が進んだ。御殿の陣に忍びこむために用意した策は、どれも出番がなかった。俺と黒弓は、警固の兵が大勢いる前を通って、正面から堂々、本陣が置かれた地蔵堂への潜入を果たした。

というのも、よほど激しいいくさが日中繰り広げられたらしく、境内にはざっと目にしただけで、二百近い味方の死体が持ちこまれていた。この死体を寺の墓地に埋めるため、近隣の男が人足として駆り集められた。俺たちはただその列に加わり、言われるがまま寺の奥の墓地に進めばよかったのである。

日が暮れるまで、男たちに紛れ、死人を埋める仕事を手伝った。まわりで同じく土を掘る雑兵の話では、大坂方は味方の何倍もの死体を置いて敗れ去ったそうだ。その証に、本堂の前には所狭しと敵の首が並び、血の臭いとそれに引かれてやってきた蠅の数がとにかくひどかった。ついでに蚊もひどかった。監督の侍が、他の場所でもすべて大坂方は敗れ、木村や後藤といった名だたる武将も討ち取られた、と得意げに語り、

「明日は大御所も将軍も到着なさるからな。最後の大いくさになろうぞ」

と土埃にまみれた己の胴をどんと叩いた。

死体を穴に放りこんでいるうちに、お目当ての具足は向こうから転がりこんできた。埋葬前には当然、死体から具足を取り外す。貯まった具足を寺の外に運び出すよう、俺と黒弓は侍から指示を受けた。運ぶ途中、担いだ具足のひとつをそのまま身につけた。寺の外は雑兵連中の陣が敷かれ、明々と篝火が焚かれていたが、夜明け前から働き詰めだったのだろう。ほとんどの将兵が死人のように地べたに倒れて眠りこけ、俺たちに注意を払う者などひとりもいなかった。言いつけられた場所に具足を届け、寺に戻るふりをして、闇夜に紛れ陣を去った。

地蔵堂から離れた茂みに隠れ、蚊に食われながら少しだけ眠った。まだ夜明けまで一刻はある頃、御殿の陣から飯炊きの煙が上がった。近くに布陣している大名同士で打ち合わせでもしているのだろう、早馬が地面を蹴る音を遠くに感じつつ、そろそろ出発も近そうだと干し飯を嚙った。

ひとつの袋に交互に手を突っこみつつ、「かゆいなあ、まったく」とぼやく、黒い影となった黒弓の横顔を目の端で捉えた。義左衛門（ぎざえもん）から聞かされた話の真偽について、俺はまだ当人に何も確かめていない。黒弓が堺で焼き討ちに遭い、大坂に逃げたと言っていたのは、今からちょうど十日前。まさに百（もも）が俺のあばらやを去った日である。もしも百がその後大坂に向かったなら、黒弓と上町で会っていたという話の辻褄は合う。

しかし、俺には黒弓が百と繫がっているとはどうしても考えられなかった。思い返しても、残菊（ざんきく）の襲撃について話を聞かせたときの、黒弓の驚きの表情に嘘はなかった。本当にこの男は、残菊に対し嫌悪を顕（あら）わにし、その後の百の登場に安堵の色を浮かべていた。もしも、百に会い、前もって事情を知っていたのなら、あそこまで自然な反応は出来まい。

結局、百の件について、何も話を切り出すことができぬまま、夜明け前に陣を払った藤堂勢の動きに合わせ、黒弓を置いてひとり茂みを出た。それから二刻、数町離れたところからじりじりと軍勢の尻を追い、続々と参集する大名の兵の様子から、大坂城の南が決戦場になるようだと見極めたところで、荷物番をしている黒弓の元へふたたび戻った。

藤堂家の具足を纏（まと）い、いかにも伝令で急いでいる態を装い、ともにいくさ場へと走った。黒弓を追って駆ける間、どれだけ己の力が落ちたかをまざまざと思い知らされた。それこそ、己で思っていた半分も走れなかった。「もう少し、ゆっくりでいいか」と途中、黒弓に声をかける始末だった。まったく、この男がついてくると言わなければ、どうやって俺は本丸に近づくつもりだったのか。そう考えると、なおさら今は百のことをぶつけるわけにはいかなかった。

徐々に銃声が近づいてくる。重ねて撃たれたときは、より長く空に響く。大勢の喚きが風に乗って届き、軍旗の列が彼方に小さく見えてきたあたりで足を止めた。住む者はとうに逃げ去った小さな村のはずれに廃寺を見つけ、こうして本堂に潜りこんだわけである。

あとはいくさが終わるのを、屋根裏に籠りひたすら寝て待った。

勝ちの勢いを得て、城へと攻めこむ軍勢の尻馬にどこまでも乗る――、それが俺たちが立てた策だった。藤堂家の具足を求めたのは、もちろん御殿の陣に紛れこむためである。冬のいくさで、太鼓やら軍令やらについてはひととおりつかんでいる。もしも、陣中で怪しまれ咎められることがあっても、采女様の名を出せばよい。采女様が得体の知れぬ忍び連中を使っているとは、伊賀じゅうによく知れ渡った話だからだ。

「おい、まだか」

寺の外の様子をうかがいながら声をかけたが、黒弓は「いや、ちょっと」などと、もごもご言っている。俺は舌打ちして、奴の後ろに立ち、胴の紐を結んでやった。昨夜の八尾の陣でも、具足をつける際にまごついているので、「早くしろ」と急かすと、「はじめてなんだよね、これつけるの」と頭を掻いていた黒弓だった。

ねね様の脇差しは背中にくくりつけ、因心居士のひょうたんは麻袋に入れ、腰にぶらさげた。地面の土を顔に塗りこみ、頭にもまぶし、改めて、いくさを終えた雑兵の姿に身を窶した。

「行くぞ」

と藤堂蔦の描かれた奴の胴面を叩き、廃寺をあとにした。

雲に覆われた向こうから、鈍い太陽の光がいくさ場を照らしていた。焦げくさい匂いがそこらじゅうに漂い、すでに燃えつきた家屋の下敷きになって、甲冑姿の男が折り重なるようにして炭になっていた。あらゆるところに死体が無造作に転がり、土でわざと顔を汚していても、黒弓の顔が引きつっているのがわかった。

いくさの結末が徳川の圧勝に終わったことは、ひと目見ただけで明らかだった。昨夜の陣中にて、徳川方の軍兵はその右肩に藍に染めたものを縫いつけるなり、結ぶなりすると知り、俺たちも右肩に同じ色の手ぬぐいを巻いていたが、その藍を右肩に添えた連中が、馬や幟を従え、城を目指し大きなかたまりとなって動いていた。もはや銃声はほとんど聞こえてこない。本堂の屋根裏で寝転んでいた、ほんの三刻の間に、大坂方の軍勢は完全に踏み潰されたということだ。

城へと続く大路は、徳川方の兵がひしめき合い、まるで祭りのような熱気を放っていた。その先に、白餅が三つ縦に並んだ藤堂家の軍旗が翻るのを見つけた。途中、死体からいただいた槍を肩に担ぎ、俺と黒弓は脇道に飛びこんだ。他の大名家の軍勢を追い越し、まんまと藤堂家の陣に紛れこんだ。

今さら細かい下知を与える必要もなく、ただ城へと向かえばよい状況ゆえ、隊列はあってなきようなもので、俺たちが後列に忍び入っても、誰も気にする者はいなかった。

人知れず安堵のため息をつき、ようやく歩調を緩めたとき、いきなり首の後ろに何か鋭いものを突きつけられた。

「おおっと、顔を向けるでねえ。そのまんまで、進むんじゃ。おぬし、どこのモンだ？　釆——」

耳元で、ひどく老いたしわがれ声が聞こえると同時に、刀ではない何かがさらに首の肉に食いこんだ。

「合い言葉じゃ。ほれ、言わんか。釆」

黒弓は呑気に前を進み、まったく俺のことに気づいていない。合い言葉というものも初歩も初歩のことを確かめ忘れていた、と唇を嚙んだとき、

「まったく、おぬしはどこまでも抜けておるな。釆と言われたなら山じゃ。阿呆めが」

という忍び言葉とともに、首の肉にめりこんだ圧が消え、頭の後ろを小突かれた。唇をいっそう強く嚙んで首をゆっくりとねじると、べっとりと頰のあたりに返り血を浴びた蟬（せみ）が、これ見よがしに地面に唾を吐き捨て、手にした煙管を腰帯に戻した。

＊

「昨日も八尾の陣で、そこの黒弓とうろちょろしておったな。朝からいくさに駆けずり回って、儂もくたくただったゆえ放っておいたが、あとで忍び仲間に訊いても、誰もおぬしらが陣に加わるなど聞いておらぬと言うではないか。おい、何を企んでいる」

忍び言葉のまま、蟬は俺の顔を睨みつけたが、俺が周囲と同じ藤堂家の胴をつけているのに気づき、「なるほど、それを手に入れるためか」とフンと鼻を鳴らした。

蟬に見つけられる危険は当然、踏まえてはいたが、さあこれからといういちばん肝心なときに現れるのがどこまでも奴らしかった。だが、俺も阿呆ではない。こんなこともあろうかと、忍び連中と顔を合わせた場合のかわし方は、寺の屋根裏ですでに黒弓と打ち合わせておいた。

「実は、義左衛門から仕事を頼まれてな――」

決して焦る様子を見せず、せいいっぱい厳めしい顔で、俺は忍び言葉を返した。

「義左衛門？　連中なら、今日あたり江戸に向かったはずじゃろうが。今さら、おぬしに何を頼む？」

「ひょうたんだ」

「ひょうたん？」

「大坂城内に、太閤が遺したひょうたんがあるのだ。それがとてつもない値打ちものらしく、持ち帰ったら目が飛び出るような額で買い取る、と別れのあいさつに出向いたときに持ちかけられてな――。だから、誰にも迷惑はかけぬ。このまま味方の尻について本丸に忍び入り、勝手にひょうたんを探すだけだ。むかしのよしみで、どうか放っておいてくれ」

　俺が片手で「頼む」と拝むふりをするのを、蟬は胡散臭そうな眼差しを向け聞いていたが、ふむと泥鰌髭を思案げにいじりながら、

「風太郎（ぷうたろう）よ――、儂と組まぬか」

　といきなり普段の声に戻って言ってきた。

「何だと？」

「儂もそのひょうたんを探す手伝いをしてやろう。その代わり、おぬしも本丸で儂の探しものを見つける手伝いをするというのはどうだ？」

「お前の探しもの？　何だそりゃ？」

「常世（とこよ）だ」

　髭から指を放した蟬の目が嫌な具合に光るのを俺は見逃さなかった。

「どういうことだ」

「味方が本丸に突入したら、真っ先に常世を探せ、との采女様の命じゃ。常世には最後まで玉の側を離れるなと伝えてある。玉の居場所を――、いや、その前に玉が死んでいるか生きているかを誰よりも早く確かめ、御殿に報告するのが儂の仕事だ」

　ふたたび忍び言葉に戻ったにもかかわらず、蟬は周囲に視線を配り、ご丁寧に耳のそばにまで顔を近づけてきた。平然とひさご様の死を口にする蟬の胴を「寄るな」と突き

返す。

「なぜ、俺に頼む？　まさか、お前ひとりが本丸に送りこまれるわけではあるまい。お仲間がいるだろう」

「阿呆め、わざわざ手柄を取り分けてどうなる。こっちはこの先、一生つまらぬ門番をするかどうかの境目なのじゃ」

どうやら蟬は伊賀に帰ったあとのことを考え、手柄をひとり占めにせんと企んでいるらしい。

「おい」

俺は槍の柄の先で、前を進む黒弓の尻を叩いた。

「何だい？」

首をねじった黒弓は俺の隣の人物に気づくなり、

「わ、蟬左右衛門――、いつの間に」

と間抜けな声を漏らした。

「三年前に上野の萬屋で一度会ったきりだけど、ずいぶん人相が悪くなったなあ」

「何だと、この南蛮野郎」

とさっそく詰め寄る蟬を「うるさい」と押し止め、「お前も黙っておけ」と黒弓に釘を刺してから、持ちかけられた提案を耳打ちした。これから本丸に忍びこむに際し、蟬がいたほうが助かるのは間違いない。性根は腐っているが腕だけは確かである。

「いいんじゃない、だって常世殿を探すんだろ？　なら、同じことだよ」

と黒弓はあっさり首を縦に振った。この男には依然、因心居士のことを伝えていない。ひょうたんも刀のついでに、ひさご様に届けるという話にしている。常世がひさご様の側から離れないよう命を受けているなら、目的とする場所は一致すると考えたのだろう。

「わかった、組もう」

せっかくの返事をくれてやるも、蟬はいまだ黒弓に忌々しそうな眼差しを向けたまま、

「そやつの腕は確かなんだろうな。足手まといになられるのだけは御免だぞ」

とわざと届く声で言ってくる。

「おい、嫌ならひとりで勝手にやれ」

と睨み返したとき、奴が急に「見ろ」と押し殺した声を発した。視線に釣られ顔を向けると、ほぼ正面に位置する天守が土埃に覆われたように、妙に見えづらくなっている。

「城のどこかで、火が上がったのだ」

蟬はしばらく目を細め、城の様子を確かめていたが、「本丸からだ」とさらに声を低くしてつぶやいた。

「ま、待てよ、本丸って――、もうそこまで兵が入ったということか？」

「いや、まだだ」

「じゃあ、どうして――」

「自ら火を放ったってことだ」

「まさか――、まだいくらでも戦えるだろうが」

「向こうは、そうは思っておらんのだ。もうロクに守っている奴もおらんかもしれんぞ。だらだら順を守って本丸に向かっている暇はない。先へ回るぞ」

ようやく前方の異変に気がつき、遅れてざわめきが広がるのを聞きながら、俺と黒弓は隊列を離れた。蟬に従って民家の合間を縫い、一路北を目指した。周囲でもひときわ高い屋根に足をかけ遠くを望んだとき、天守の手前あたりから、はっきりと斜めに立ち上る黒い煙を認めることができた。さらには、羽蟻がたかるかのように、徳川の旗が先を争って二の丸の門に詰めかけるのが見えた。すでに門は突破され、続々と兵が城内に雪崩れこんでいる。

「あの連中といっしょに突っこむぞ」

屋根のへりで蟬が振り向いた。無言のうなずきを返す俺と黒弓に一瞥をくれ、顔を戻そうとしたとき、

「風太郎、おぬし具合が悪いのか」

と急に首の動きを止めた。

「どうしてそんなに汗をかいておる。息も切れているではないか」

咎めるような視線を「うるさい」と撥ねつけ、俺は先に飛び降りた。それからは意地でも先頭を守り、二の丸へ走った。城に入った先は、それこそ手柄の奪い合いである。城門には、順序もへったくれもなく、様々な大名の旗印が押し合いへし合い殺到してい

た。藤堂家の具足を纏う俺たちが紛れこんでも、誰も気にする者などいなかった。あまりに大勢が門に押し寄せ、両端に追いやられた連中が悲鳴を上げていた。お構いなしに前へ前へと進み、ようやくひらけたところに出たとき、

「風太郎」

といきなり呼び止められた。思わず振り向いたが、まだ蟬と黒弓の姿は見当たらない。

「風太郎」

俺は視線を落とした。腰にぶら提げた袋を外し、まさかと思いつつ中をのぞいた。

「でかした。ようここまで来た」

袋の中のひょうたんが偉そうに口を利いた。いつの間にか口にはめておいた栓が抜けている。

そこへ「何という人の多さじゃ。えらい目に遭ったわ」と蟬と黒弓が遅れて合流した。

「わ、燃えてる。あっちも、そっちも――」

黒弓が指差すまでもなく、煙の匂いが二の丸を覆っていた。先駆けの連中が火を放ったのだろう。左右に塀を連ねる屋敷は早くも炎に包まれ、火の粉をまき散らしている。続々侵入する雑兵連中は、先頭の侍が槍の穂先を振り、大声で指図するのに従って右手へ、左手へと分かれていく。どちらへ向かうか、相談している暇などなかった。堀の向こうからの銃撃で、今もまたひとりがギャッと転がった。本丸から煙が上っていても、城はまだ落ちていないのだ。

「急げ、風太郎。裏切った城方の者が御殿の台所に火を放ちおった。風も強い。もう千畳敷の近くにまで火が回っておる。悠長に構えている暇はないぞ」

手につかんだままの巾着袋から、ひょうたんがものを言った。

「今の聞こえたか？」

「え、何？」

怪訝な顔で返してくる黒弓に、「いや、いい」と首を横に振った。

「このまま桜門に向かうのだ。心配は要らぬ。儂の言うとおりにすれば大丈夫じゃ」

桜門とは以前商人に扮し、本丸御殿に常世を訪れたときにくぐった本丸の正門だ。しかし、その方角からは、ひときわ激しい銃声が鳴り響いている。

「待て待て、聞こえるだろう、あれが。どうやって、門を突破するつもりだ？　神通力で鉄砲の玉でも弾いてくれるのか？」

「説明している暇はない。儂の残りの力をすべて使う。よいか、決して止まらず、このまま突っ走れ。あとは儂の言うとおりに動け。間違いなく、おぬしらを本丸まで導く」

旗指物が棚引く先に、桜門が見えてくる。強い硝煙の匂いが漂ってくる。何百もの兵が木盾をずらりと先頭に並べ、城門を遠巻きにしていた。じりじり城に近づきつつ、鉄砲を牽制するため次々と火矢を放っている。そこへ門をこじ開けんと、丸太を抱えた男たちが突撃の準備を始めていた。

通り過ぎたばかりの屋敷の屋根が、ひしゃげた音を立てて崩れ落ち、頬に熱を感じるほど大きな炎が折り畳んでいた身体を伸ばすように空へ躍り上がった。考えている時間はなかった。竹盾を頭に掲げた雑兵が丸太の左右を固め、ときの声を上げる。城門を囲む陣が二つに割れ、その間を丸太は巨大な鉄の門扉に向け突っこんでいった。

「黒弓、蝉――、俺のあとについて走れッ」

と叫んだとき、本丸から銃声がいっせいに轟いた。城門を守る連中は種子島よりよほど威力の高い火器を揃えているようで、先頭の竹盾が吹っ飛び、それを支えていた男の頭が音もなく潰れるのが見えた。

「駄目だッ、やっぱりやめ――」

慌てて足を止めようとするのを叱責するように、突如、背中からどうっと強烈な風が吹いてきた。

燃え盛る二の丸の屋敷の煙はもちろん、炎の熱気さえも引き連れ、風はつむじとなって桜門を襲った。吹き下ろす風と煙に巻かれ、周囲の視界は一瞬にして奪われた。問答無用で煙を吸いこまされ、咳きこむ苦しげな悲鳴に包まれながら、咄嗟に息を止めたとき、

「風太郎、前じゃッ」

という鋭い声が聞こえた。

面を上げると、一本の道が出来ていた。

左右は濃厚な煙に包まれているのに、なぜか俺の正面にだけ、いっさい煙が寄りつか

ず、まっすぐ見通すことができる幅一間ほどの通り道が生まれていた。真上を仰ぐと、雲に覆われた空が帯となって煙の間にのぞいていた。

「走るのだ、風太郎ッ」

弾かれるように足が運動を再開した。振り返ると、蟬と黒弓も何が何やらわからぬ様子なれど、ぴたりとついてきている。ときどき視界に現れる味方の兵を突き飛ばし、煙の中のあるようなないような道を、無我夢中で突き進むと、正面に石垣が見えた。

「槍を正面に放て」

何のためかと躊躇する間もなく、

「放つのじゃッ」

という下知に押され、思いきり槍を投げつけた。手から離れた瞬間、風に乗って槍がぐんとその高度を上げた。そのまま、まるで導かれるかのように、石垣の隙間に深々と刃が突き刺さった。

「もう一本ッ」

因心居士の声に素早く振り返る。頭すれすれを弾がかすめ、さすがに必死の形相になってあとを追ってくる黒弓に、

「槍ッ」

と手で求めた。黒弓が差し出した穂先に触れんばかりのところをぐいとつかみ、引き寄せた。

「飛ぶのだ、風太郎。銃眼を狙え」

石垣に突き刺さった槍から、上方へと視線を移したとき、俺は因心居士の目論見を完全に理解した。勢いのまま、地面を蹴った。石垣から伸びた槍の柄に飛び乗り、さらにもう一段高く跳ぶ。石垣の上に巡らされた、白に塗り固められた城壁が目の前に現れる。正面に丸く区切った銃眼が――、さらにはその向こうに、筒先を銃眼のへりに預け、鉄砲を構える男の影がくっきりと見えた。

あり得べからざる位置に現れた敵に、男が慌てて銃口を向けたときには、俺の放った槍が男ののど元を貫いていた。男が壁に倒れこみ、その身体を重石(おもし)にして槍が銃眼のへりに引っかかる。そのまま地面に落下する俺と入れ替わるように、一本目の槍から跳び上がった黒弓が、二本目も蹴って楽々と瓦屋根に移動した。蟬も間髪を入れず、そのあとに続く。

着地と同時に立ち上がろうとして、思わず胴越しに胸を押さえた。さすがに無理をしすぎたか、ここ最近味わったことのない痛みに身体がこわばった。痛みが引くのを待っている暇はなかった。黒弓らを追わんと、助走をつけ、一本目、二本目と蹴って城壁の瓦屋根に手を伸ばした。しかし、思ったほど勢いを得ることができず、城壁の瓦の手前で失速したとき、伸びてきた手に腕をつかまれた。

「足手まといになるのは、南蛮野郎じゃなくて、おぬしのほうだったか」

何とか屋根に這い上がると、蟬が冷たい口調とともに手を放した。俺は唇を嚙み、足場に降り立った。すでに左右の兵は絶命していた。ひとりは槍で顔の真ん中を貫かれ、もうひとりは首をかっ切られていた。両方とも蟬の仕業であることは、「ひどいなあ」と黒弓が顔をしかめている様子からも明らかだった。

もうもうたる煙が周囲に垂れこめ、足場の上からは、地面はもちろん、真下にいるやもしれぬ兵の影さえ見えない。すでにここは本丸の内側である。藤堂家の具足を纏うわけにはいかず、すぐさま胴紐を解こうと手を回したとき、

「風太郎――、おぬし、義左衛門の用で動いているのではないな」

といきなり脇差しがのど元に突きつけられた。

「何だ、今の術は。どこで身につけた」

煙で充血した目を見開き、忍び言葉を向けてくる蟬に、

「好きにしろ、ついてきたかったらついてこい。やりたければ、やれ。ただし、お仲間を出し抜いて、誰よりも早く本丸に入れたことを忘れるな」

と足元に、脱いだ具足を音を立てずに置いた。

蟬は忌々しそうな眼差しで俺を睨みつけていたが、ケッという声とともに脇差しを収めた。のろのろと紐をもてあそんでいる黒弓の胴を、「ぐずぐずするな」と乱暴に引き剝がした。

背中に刀をくくりつけ、ねね様の小刀は袋に入れたまま腰に差した。具足を捨て身軽になっても、着物の下に薄手の鎖帷子だけは着こんでいる。腰からぶら提げた袋の上か

らひょうたんの丸みに触れると、

「もうすぐ風はやむ。右手へ走れ。御殿を目指すのだ」

とどこか苦しそうな因心居士の声が聞こえた。

「ご苦労」

とひと言ねぎらってから、先へと急いだ。足場が切れてからは城壁の瓦屋根を伝い、銃声の応酬が遠ざかるのを感じながら、風がやみ煙が急に薄れ始めたところで本丸の地面に着地した。

「あの山のようなやつじゃ」

降り立った場所は、表御殿が建つ位置から一間ほど高くなった石塁の上だった。ちょうど御殿の玄関を正面にして、うねりを重ねながら連なる屋根を一段高い場所から捉えることができた。どれが千畳敷の屋根かは一目瞭然だった。方広寺の大仏殿を思い起こさせる巨大な三角の屋根が、ひときわ目立って中央に居座っていた。すでに表御殿はその半分が燃えていた。屋根のあちこちから上る煙の数の多さは、さながら野焼きの風景だった。

「急ぐのだ、風太郎」

「わかっているわ」

助走をめいっぱいつけて石のへりから跳んだ。石塁の下で右往左往している、兵やら女やら坊主やらの頭上を越え、御殿までつながる長屋のような建物の屋根に何とか足を引っかけ、蛙のように瓦の上にへばりついた。着地の衝撃で思わず声が漏れた。何で、もののけひょうたんのために、ここまでせんといかんのだと心で毒づきながら、鎖帷子の上から傷を押さえた。ほとんど間を置かず、蟬が、黒弓が、俺よりも前方に音もなく降り立つ。蟬が無様な俺の格好を見下ろし、何か言おうと口を開く前に起き上がり、奴を押しのけ、火の粉と煙が身体に巻きつこうとも構うことなく御殿の屋根を駆け抜けた。

「おい、約束しろ。果心居士に会わせたら、すぐにひさご様の場所を教えろッ」

「ああ、もちろんじゃ――。そこから降りよ。千畳敷まで庭を突っ切れ」

屋根のへりから飛び降りた先は、砂利が敷き詰められた庭だった。池の向こうに大きな松が枝葉を広げ、城に勤める女中たちだろう、派手な服を着た女が数人、根元にうずくまっていた。俺も驚いたが、それよりも早く、空から降ってきた俺たちを見て、女どもは悲鳴を上げて逃げていった。

「ほほッ、どれもこれも別嬪じゃったのう」

蟬の惜しそうな声を聞きながら庭を横切った。同じ庭に面している千畳敷の入り口はとうに火で覆われ、焼けた障子が火の粉を吐き出しながら縁側に倒れてきた。

「あそこだ」

と隣に立つ黒弓に指差した。

「ひさご様がいるのかい?」

「いや、ひさご様じゃない」

俺の言葉に、黒弖が困ったような視線を寄越す。当然だろう。脇目も振らずにここを目指す俺の行動を見たら、何かしら手がかりがあってのことかと考えるのが道理である。

オイ、と後ろからも蝉が肩に手をかけてきた。

「おぬし、何かに憑かれているのではなかろうな。だいたい、さっきから何をひとりでぼそぼそ話しておる？」

「説明はあとだ。今はついてこい」

奴の手を払いのけ、炎の熱のせいなのか、それとも息が上がったせいか、びっしりと貼りついている額と首筋の汗を拭った。縁側に上がり、まだ火が回っていない部屋の杉戸を外した。蝉と黒弖にも一枚ずつ抱えさせ、廊下を伝って千畳敷の入り口へと進んだ。

「この向こうなんだな――」

「そうじゃ……、やっと見つけたわい」

腰のひょうたんが湯にでも浸かっているような声で告げるのを聞いて、俺は入り口の前で足を止めた。戸板を炎の前に立て、橋を架けるかのように勢いよく奥へと押し倒した。風を受け、一瞬炎が靡いた先に、見渡す限り、畳敷きの大広間が現れた。

＊

黒弖と蝉の分を続けて倒し、三枚の杉戸を縦に並べ道を通した。炙られそうなくらいに強い熱を頬に感じながら、ほとんど炎に飛びこむ勢いで俺たちは千畳敷に転がりこんだ。

広間にはところどころ人の姿があった。だが、すべて畳に突っ伏し動かなかった。腹を切ったあとに、盛大に己の臓腑を畳に撒き散らしている者がいた。親子だろうか、尼僧の老女が倒れ、その上に覆い被さるように男が刀で首を貫き死んでいた。いかにも高そうな鎧を纏ったまま、首をかっ切って倒れている大柄な侍に、まさかひさご様かと一瞬、足を向けそうになったが、こちらに向けた土色の髭面は似ても似つかぬもので、ほっと胸を撫で下ろし、「侍は腹を切るとは聞いていたけど、本当にやっているのを見たのははじめてだよ。わ、痛そう」と渋面を作る黒弓を置いて奥へと進んだ。

かつて太閤が座り、大勢の諸侯を引見したであろう、正面の一段高くなったところの手前に、ひょうたんが無造作に転がっていた。

はじめてひょうたんに吸いこまれたときに見た絵とまったく同じだった。金に彩られたひょうたんが檜の棒をくわえ、畳に横たわっている。やわらかい畳の感触を足裏に確かめながら、俺はひょうたんの前で歩を止めた。

「これがお前の片割れ……、だよな?」

「ああ、そうじゃ」

太閤とともに幾多のいくさ場を巡り、輝かしい栄誉を豊家にもたらしてきたはずの馬印が、ここまで誰からも顧みられることなく打ち棄てられていようとは――。

「どうして、こんなところに放ってあるんだ?」

「それくらい慌てふためいて逃げていったのだ。己らの標であるにもかかわらず、誰も置き忘れたことにさえ気づかなんだ」

蔑みの色を隠そうともせず、因心居士は静かに吐き捨てた。俺は金のひょうたんを拾い上げた。さすが全軍にその在りかを教えねばならないだけあって、形も大きい。ゆうに二尺ちかくはあるだろう。それでもひょうたんらしく、中身は空洞ゆえ、両手で持ち上げても拍子抜けするほどの重さしか感じられない。

「どうすればいい？　棒を引き抜いたらよいのか？　いや、ずいぶん塗り固めてあるな。これは抜けんぞ」

力をこめて檜を引っ張ってみたが、ひょうたんの口の部分はびくとも動かない。

「こりゃ、壊すしかないな」

「馬鹿者ッ、そんなことをしたら一巻の終わりじゃ。そのまま傷つけずに運ぶのだ」

「運ぶ？　どこへ？」

天守じゃ、と因心居士は重々しく告げた。

「天守？　おいおい、何を言っている。話がちがうだろ。お望みどおり、果心居士を見つけたんだ。とっとと片割れを連れて、あの世へ帰れ。それで俺との約束を果たせ」

「あの世ではない。元いた場所に戻るのだ。そのためには火が必要じゃ。おぬしに吉田山の社を燃やしてもらったようにな」

「そんなもの、すぐ後ろでいくらでもめらめら燃えているだろうが」

「愚か者め、こんな死人だらけの場所でことを成就させるやつがいるか。忘れるな、儂らは清浄なる存在ぞ。そもそも、あのくらいではまるで弱い。もっと大きな火が必要じゃ」

「大きな？」

「そうじゃ、だから天守へ連れていけと言っておる」

どうやら、このもののけひょうたんは、天守を丸ごと薪として使おうと考えているらしい。確かに、あの巨大な木組みが燃えたときは、万が一にも、火の勢いが足りぬなんてことにはならないだろう。

「風太郎、ここにひさご様はいないね」

どうしたものかとたたずむ俺の隣に、黒弓がやってきた。「わ、大きいな、これ。ここまで育てるのはたいへんだったろうなあ」と俺の手元をのぞきこみ、入り口付近の炎をあやしく反射させる表面の金箔を呑気に撫でた。

「おい、それが言っていた太閤のひょうたんか？」

泥鰌髭をつまみながら、蟬も近づいてくる。腰に刀がひと振り増えている。俺の視線に気づくなり、「かなりの値打ちものじゃ。このまま燃やすのももったいないゆえ、儂が貰うておく」と下卑た笑いを浮かべ柄に片手を置いた。

「これで玉を見つけたら儂は晴れて侍じゃ。この刀を差して登城するのだ――、ハッ」

やけに上機嫌な泥鰌野郎に、天守に向かうことを告げると、

「フン、また妙なことを言い出したな」

と髭から手を放し、馬印のひょうたんと俺の顔をじろじろと見比べた。

「まあ――、それがよいかもしれぬ。結局のところ、同じことじゃからな」

「同じ？　何がだ」

「常世も玉も、半刻ほど前までここにいたが、二の丸が落ちたと聞いて天守のほうに慌てて逃げたそうじゃ。なら、どうせ行く先は同じであろう」

「どうして、お前にそんなことがわかる？」

「そこで聞いたからな」

「聞いたって……、誰から？」

「ほれ、向こうで青侍が腹をかっさばいておろう。まだ息の根があったから、訊いてみたら教えてくれたわい。お礼の代わりにとどめを刺してやった。介錯してくれる者を用意せずに、ひとりで切腹するのは危ないぞ。死に損なうと、ひどい目に遭う」

改めて倒れている侍に目を凝らそうとしたとき、入り口付近の屋根が突如、大きな音を立てて崩れ落ちた。猛烈な熱が遅れて押し寄せ、三人とも思わず腕で顔を守る。火の粉が豆を撒き散らしたかのように畳の上を跳ね、あちこちから小さな炎がいっせいに育ち始めた。

「行くか、ここもそろそろ危ない」

蟬の声にうなずき、往時なら太閤以外の人間は歩けなかったであろう上段を突っ切り、り抜けた。

奥の襖を蹴倒した。明らかに煙の勢いが強まっている廊下を、馬印を槍のように抱え走

御殿から外に出ると、空はすっかり煙に覆われていた。火の粉が頭上すれすれのあたりを忙しげに漂い、建物の間を女や老人らが逃げまどい、侍が容赦なくそれを突き飛ばし罵声を浴びせかけていた。気が触れたのか半裸になった女が舌を出して、松の木にまたがり歌っていた。石塁の上では、胡坐をかいた男がまさに腹に刀を突き刺した、と思ったら実は寸前で止めていて、それから何度も突き刺そうとしては躊躇し、そのたびに大声で叫んでいた。

「こいつは、すごいな」

いつの間にか煤まみれになっている頰に浮かぶ汗を拭い、蟬が思わずといった様子で声を上げた。もうもうと吹き上がる黒煙に足元を霞ませながら、のしかかるような大天守が正面にそびえ立っていた。

「あれ、煙が出ていない？」

黒弓が訝しげに指を差す。

確かに、二階と三階の閉め切った格子窓から、ほんのかすかに煙が漏れていた。外観にその様子がないということは内側から燃えているということだ。つまり、誰かが火を放ったのだろう。ひょっとしたらひさご様かもしれぬ、という悪い予感に、俺は馬印を担ぎ直し、ふたたび瓦屋根の丘を駆け上った。胸の痛みはいっこうに引かず、むしろじ

んじんと疼く一方だが、もちろん、そんなことを気にかけている場合ではなかった。

煙にまみれながら御殿の端まで屋根を突っ切り、広い庭に降り立つ。ここも御殿の外につながる木戸に人が詰めかけ、押すな押すなの大混雑だが、御馬印を持っているにもかかわらず、俺たちに注意を払う者は皆無だった。今にも真上からのしかかってきそうな、黒漆で身を飾った天守を仰ぎ見ながら塀を乗り越えると、天守台の入り口につながる石段が目の前に現れた。

「ようたどり着いた、風太郎。そこの石段を上れ」

「おい、ひさご様はどうなっている?」

「それは儂にはわからぬ。そやつに訊け」

肩に担いだ馬印を見上げると、結構な煤をかぶっていた。脇の間にひょうたんを押しつけ、煤を拭いながら段を上った。

天守の玄関の手前では侍が二人、互いに刀で胸を貫き死んでいた。

「まったく、どこもかしこも好き勝手に墓場にしおって――」

と因心居士が苦々しげにつぶやく。

「このまま中に入るのか」

「そうだ。炎を見つけたら、まずその馬印をくべよ」

「いいのか、いきなり放りこんで?　燃えてしまうのだぞ」

「構わぬ。もしも、下手に封じていたものが解けて、またあやつが好き勝手に動きだしたらたまらぬ。問答無用で儂が連れて帰る」

強い調子でひょうたんが告げるのを聞きながら、俺は足音を消して、扉が開け放たれたままの玄関から入った。さっそく、煙の匂いが鼻をつく。窓はすべて閉め切られ、入り口からの光がそこらじゅうに置かれた長持の影を浮かび上がらせた。

「おい、玉はここか?」

音を発さず隣にやってきた蟬が忍び言葉で訊ねてきた。

「わからん」

と忍び言葉で返すと、蟬は二階に続く階段の下に立ち、いきなり「常世殿ォ。常世殿はおられるかッ」と大声で叫んだ。

返事はない。物音ひとつ返ってこない。

「全員、死んだのかもな」

と平然とつぶやき、蟬は階段を上っていく。続いて階段に足をかけると、上階の天井が明かりでゆらめいているのが見えた。案の定、二階に上ると、三階へと続く階段に棆やら木盾やら長持やらが積み重ねられ、ぱちぱちと音を立てて炎を上げていた。人の姿はどこにも見えぬ。

「まだ、火をつけて間もない。こりゃあ、さっき入り口で死んでいた二人の仕業かもな」

蟬が呟きこみながら、四方の格子窓を開けていく。しかし、普段は使っていないのか、半分は力をこめてもびくりとも動かない。

俺は炎の前で立ち止まり、馬印の柄の先でとんと床を叩いた。

「やるぞ」

「うむ、頼む」

短い因心居士の返事に、俺は急な階段の傾きに合わせ燃えている長持と屛風との間に挟みこむように馬印を置いた。一瞬だけ炎がひょうたんを避け、その丸みを象る金箔がものすごい輝きを放ったと思ったら、一気に火に包まれた。

ぱきり――火にくべたひょうたんのどこかが割れる音がしたとき、

「遠路はるばるご苦労、風太郎とやら」

と後ろから肩をぽんと叩かれた。

「わ、どこから」

隣に立つ黒弓が素っ頓狂な声を上げた。

俺と黒弓の間から、いっさい気配を感じさせることなく男が進み出て、見覚えのある袋をひょいと火中に放った。ハッとして腰に視線を落とすと、いつの間にか因心居士のひょうたんが袋ごと消えていた。

「おぬし、何者だッ。どこに隠れていた」

殺気だった声に振り返ると、蟬が刀を構え、険しい眼差しを向けている。これは本気で突きかねないと、「待て」と声をかけるより早く、

「オレのことか?」

と男がひょいと振り返った。

思わず声を呑みこみ、男の顔を凝視した。

異国の男がそこに立っていた。褐色の膚に、落ちくぼんだ眼窩、尖った大きな鼻、口とあごのまわりにはいかにも一本一本が太そうな髭が強いうねりとともに踊っていた。見たこともない布の巻き方で頭を覆い、派手な色合いの南蛮人の着物を纏っている。

小柄なれど精悍な顔立ちをした男は、手のひらに銀のひょうたんをのせていた。言うまでもなく、本阿弥光悦に粧ってもらった因心居士のひょうたんだった。

クケケとどこから発したかわからぬ笑いとともに、空いている手でぱちんと指を鳴らした。

「オレは果心居士だよ」

突如、男の背後の炎が羽を広げたように左右に飛び散った。まるで油の上を走るかの如く火が床を這い、それが一気に天井近くまで火柱を上げ、あっという間に俺たちの周囲を猛火で覆い尽くした。

＊

ふたたび、果心居士が指を鳴らした。

今度はその背後で燃えていた屏風がむくりと立ち上がった。紙の部分は燃え散り、ほとんど骨組みしか残っていなかったものが、洗い流したように炎をさっぱり追い払い、見る間に元の姿に戻っていく。さらには折り畳まれていたものがぱたぱたと開き、六枚が横に連なる大屏風が音もなく炎の中に現れるのを、俺は呆気に取られ見つめた。

その間も、火柱が容赦なく迫ってくる。髪の先が今にも焼けそうなくらい熱い。しかし、身体が動かない。視線を屏風から外すことができない。川を題材にしたものらしく、六枚の屏風の大半を太い川が横断し、左端の一枚に水車が描かれていた。そのとき、俺はぎしりという音を確かに聞いた。視線の先で、屏風の中の水車がゆっくりと回り始めた。羽根が川面を打つたびにしぶきが跳ね上がり、やがて屏風の外にどんどん水を運びだす。

気がつくと、目の前にいたはずの果心居士が遠く離れた陸(おか)にたたずんでいた。俺の首から下は、たっぷりの大水に満たされている。次の瞬間、俺は溺れていた。水に呑みこまれ、ぐるぐると目が回る。やっとのことで水面から顔を出した。近くに同じく頭を浮かべる蟬が、

「そこに中洲が――」

と必死の形相で指を向けた。流れの向こうに陸地が見える。俺たちは力の限り水を掻き分けた。ようやく陸にたどり着いたとき、「駄目だ」と突然、黒弓の声が聞こえた。しかし、当の黒弓の姿は見当たらない。

「おい、止まれ、風太郎ッ。蟬左右衛門も――、おぬしら死ぬ気かッ？」

と腕を乱暴につかまれた感覚がしたとき、突然目の前で炎がぐわっと躍り上がった。

「ワッ」

一歩先でのけ反った蟬が腰から砕け落ち、それに足を引っかけられる形で俺も尻餅をつく。

「な、何してるんだ、二人して」

顔の前にみすぼらしい臑当てが二本見える。視線を上げると、啞然とした表情で黒弓が見下ろしていた。

「水は？」

「水？　何言ってるんだ。いきなり、ふらふらと並んで階段の燃えているほうに向かうから、慌てて呼び止めても、まるで聞こえないみたいで――」

やかましく言ってくる黒弓の声を聞きながら、俺は周囲を確かめた。

どこにも水なんてなかった。その前に、四方を圧していた火柱さえなかった。ただ、階段の炎がぱちぱちとその勢いを増して、三階まで火の手を伸ばそうとしているだけだった。大水を吐き出していたはずの屛風が、最後の外枠を焼き払われ、がさりと音を立てて馬印の上に崩れ落ちた。

「果心居士はどこだッ？」

声を荒らげ、俺は立ち上がった。まんまと術をかけられた。しかも、溺れて逃げようとした陸地が、実は炎のまっただ中だという、下手すれば大やけどを負いかねない、極めてタチの悪い術だ。

「さっきの南蛮の男？　あれ――、そう言えば、どこに行ったんだろう」

黒弓の言葉が終わらぬうちに、階段の炎が「ここさ」とものを言った。急に炎が斜め上方に伸びてちぎれたと思うと、ぽとりと床に落下し、そこからむくむくと人の形が生まれた。先ほどと同じ頭に妙な布を巻いた褐色の膚の男が、何事もない顔で立っていた。やはり手のひらに銀のひょうたんをのせ、

「少しくらいは楽しませろ。何しろ、三十年も窮屈なところに閉じこめられていたんだからな。力が有り余っているんだよ。さあ、お次は何をして遊ぶ？」

と赤々と火が照り返る頰に、禍々しいまでのしわを寄せにやりと笑った。

「おぬしが、そこにひょうたんをくべたおかげで、どのみちオレはこやつに連れていかれるしかない。せっかく、外に出られたのに、あっという間にお別れとは世知辛い話さ。あとは果心居士ここにあり、とどれだけ外の連中に知らしめてやれるかの勝負だ。そうだな――、外の川を暴れさせて、この城にたかる数万の連中を全員海まで押し流してやるのも一興かな」

「コラッ、やめんか」

その声を遮るように、果心居士の手に置いたひょうたんの一喝が響いた。

「何が勝負じゃ、だ。このたわけ者め。この男がいなければ、今ごろ千畳敷で、ひとりむなしく燃え尽きておったのだぞ」

片割れの言葉にも、にやにや笑いをやめぬ果心居士だったが、三たび空いていた手で指を鳴らした。また、何か仕掛けてくるのかと身を固くしたとき、果心居士の顔がいきなり剝がれた。まるで能面が外れたかのように、にやついていた顔がぽとりと足もとに落下し、陶器のように割れて散った。剝がれた表情の下からは、ひどくむすっとした顔が現れ、「フン、まあ、そうかもしれん」とつまらなそうにつぶやいた。

「お、おい……、何者だ、こいつ」

のろのろと起き上がった蟬だったが、手元の刀を失ったことに気づき、ハッとして周囲を確かめたとき、

「ここだぞ」

と果心居士が髭に囲まれた口を大きく開けた。真っ赤な口の中から、刀がにゅうと飛び出し、男は柄をつかみ取ると、ぐいと刀身をのど奥から抜き取った。

「何者だ、だと？　だから、言ったろう。果心居士だって。おぬしらも名前くらいは聞いたことがあるだろう？」

とぞんざいに刀を放った。目の前に捨てられた刀を蟬が素早く拾い上げ、ふたたび構えようとしたとき、

「収めよ。蟬左右衛門」

と因心居士のひょうたんが鋭く命じた。

その声に、刀を手にした蟬の肩がびくりと震える。

「何だ、お前も聞こえるのか？」

蝉は素早く視線を寄越し、「ああ」と低く吐き捨てた。振り返って黒弓の顔をのぞくと、奴も硬い表情でうなずく。

「オレが聞かせてやっているのさ。オレはこやつとちがって、隔てなく人間と話すことができるからな。少し力を分けてやったから、今はこやつの声も後ろの者に等しく届くわけだ」

果心居士が勿体ぶった口調で、豊かなあご髭の間に指を差し入れ揉みこんだ。

「大丈夫だ、蝉」

俺が手で制すると、蝉は疑わしそうな眼差しを送りながらも、黙って刀を収めた。ただ、果心居士ののどから出てきたことが気に入らなかったようで、これ見よがしに刀身を脇で挟み、拭ってから鞘に戻した。

「ねえ、風太郎……、誰だい、果心居士って？　この御仁とは知り合いなのか？」

遠い海の彼方で生まれ育ったこの男が、その名を知るはずもない。後方からの遠慮気味な黒弓の声に、果心居士は明らかに一瞬、虚を衝かれた表情を見せたが、

「こ、こんな小僧と知り合いなわけなかろう。こやつがオレを勝手にここへ連れてきたのだ」

とひときわ目を剝いて、手にしたひょうたんを掲げた。

「よく聞け、このひょうたんはな、オレの片割れだ。しばらく前に都で離ればなれにな

って以来、こやつはずっと吉田社の隅に押しこめられておった。だが、その小僧に目をつけ、オレを連れ戻しに、わざわざこんな場所まで追いかけてきたのだ。見ろ——、おぬしらが運んできた馬印が燃え尽きようとしておるわ。あれがオレだ。これから、オレは元いた世に帰るのだ。いいか田舎者ども、オレは天下の果心居士だ。あの太閤ですら一目置いた。それが、おぬしらのような無知な輩に見送られ、この世を去るのかと思うと、まったくもって気分も晴れんわッ」

自棄（やけ）になったかのように激しく言葉を連ねる片割れを、

「やかましい、どれもおぬしの身から出た錆（さび）じゃろうが」

と因心居士はにべもなく突き放した。

「余計なおしゃべりをしている暇などない。風太郎、早う儂を手に取れ」

俺は果心居士と視線を交わした。男はフンと鼻を鳴らし、「これは人間にしかできんのだ」と手を差し出した。俺は無言で炎を映しこむ銀のひょうたんをつかんだ。

「火に投じよ」

ひょうたんが短く告げた。

「よいのか」

「構わん」

俺はほとんど残骸になりつつある馬印の上に重ねるように、因心居士のひょうたんを放った。下敷きになった灰が崩れつつも、その重みを受け止める。少し傾いたのち、ひょうたんがあっという間に炎に押しこめられたとき、肝心の見返りの話を何もしていなかったことに気がついた。

「わかっておる、風太郎――。これであろう」

いつの間にか、果心居士の隣に、もうひとり増えていた。見覚えのある、ひょうたんがいくつも転げ落ちてくる絵柄の着物を纏った巨漢が、窮屈そうに腹帯の位置を直した。

ひさご様だった。

ご丁寧に顔にはたっぷり白粉が塗られ、そのまま祇園会のときの格好を装っている。

「おい、この男は今、どこにいる」

もはや、己が因心居士であるという説明もなく、胸のあたりまでしかない異国の男を見下ろし、ひさご様が問いかけた。

「何じゃ、おぬし、その面は」

呆れた表情で相手を仰ぎ、果心居士はまじまじと白塗りの顔を見つめていたが、「あ、あの人のよい、木偶か」とようやくその正体に気づいたようで、

「おさない頃から、食い意地だけは張った餓鬼じゃったからのう。こんな図体になりおって」

と丸く張り出した相手の腹を小突いた。

「風太郎には、儂をおぬしのところに運んだあかつきには、この男がどこにいるか教えると約束したのだ」

なるほどな、と果心居士は落ちくぼんだ眼の奥から、ぎょろりと目玉を向けた。

「だが、今さら、そんなことを聞いてどうするんだ？ 追いかけて、その首でもいただくつもりか？ 確かに、高くは売れるぞ。うまくいけば、小さな国ひとつになってもおかしくない」

クケケケと口の端を醜くひん曲げる男を睨みつけ、

「刀を預かった。それを届けに行くだけだ」

と俺はぶっきらぼうに返した。

「刀だと？ ハッ、これから死ぬしかない、城のあるじにか？ おぬしもとんだ酔狂な男だな」

そのいかにも馬鹿にした口調についカッとなり、つい「ねね様から預かったものだ」と口を滑らせてしまった。しくじったと思ったときにはすでに遅く、果心居士の表情が固まった。

「ほほう――、ひさしぶりにその名を聞いたな」

と据わった眼を向け、老人は低い声を放った。階段に積まれていた長持が燃え尽き崩れ落ち、火の粉が舞うと同時に、炎の勢いに乗って階上へと吸いこまれるように昇っていった。

「封じこめられてからは、オレもせいぜいこの本丸くらいしか、目が届かぬようになってな。とんと消息も聞かなんだ。まだ、達者にしているか、あの女？」

「太閤が死んでからは、尼になって都でその菩提を弔っておられる」

「相変わらず、けたたましく、よう笑っているか」

「いくさが起きる前はな。今は……、とても、さびしそうじゃ。大きな寺にひとりでおられる」

今さら隠し立てしても仕方がないと、ありのままの様子を伝えた。果心居士はいっさいの表情を消してそれを聞いた。元が異国の顔立ちゆえ、まったく考えが読み取れぬ髭面に向かって、「果心居士よ」と呼びかけた。

「何だ」

「ねね様からの伝言じゃ。三十年も封じこめて申し訳ないことをした――、と」

ようやく、老人の目元に変化が現れた。しかし、褐色の肌に浮かぶ眼からは、怒っているのか、悲しんでいるのか、それともあざけっているのか、表情を見定めることができない。

「後家尼にそんな安い情けをかけられるとは、オレも地に落ちたもんだ」

あご下の髭の雲を、絞るようにつかんだ果心居士の肩に、ひさご様が派手な音を響かせ手を置いた。

「おい、無理をするな」

「何が無理だ」

「惚れておったわけだからな。それがまんまと封じこめられたのだ。天下の果心居士もまるで形なしだった、というわけじゃ」

「あ、阿呆をぬかせ。誰が人間の女などに惚れるか」

細い腕を餓鬼のように振り回し、果心居士はひさご様の手を払った。フヘッヘッへと気の抜けた笑い声を上げるひさご様から顔を背け、男はぼそりとつぶやいた。

「あの丸いのは、蔵に隠れておるわ」

「何？」

「おぬしが探している、この城のあるじだ。三十人ほど連れて、さっき山里曲輪を抜け、朱三櫓に入ったばかりだ。櫓と言っても、要は干し飯を納めた蔵さ」

それはどこだと問うと、天守の東、山里曲輪とやらの端にあたるところに建っているという。

「おぬしら、そこまで追いかけるつもりか」

「そうだ」

「やめとけ。おぬしらは櫓に入ることはできん」

なぜ？　と俺が返すよりも早く、

「待てよ、そこまで聞いて、はいそうですか、って帰れるわけなかろう。どういうことだ、警固の兵がわんさといるということか？」

と後ろから蟬が割りこんできた。

「そんなものはおらん。女や身内だけでさびしい限りだ」

「なら、いくらでも近づけるだろう」

「いや、おぬしらの力では、とてもたどり着けんな」

「儂らの力では、だと？　フン、ずいぶん知った口を利くな。では、もしも、無理に向かったらどうなるというのだ？」

果心居士はひょいと右腕を上げ、骨張った指を俺たちに向けると、

「おぬしら、全員死ぬぞ」

といとも簡単に言い放った。

＊

次第に濃さを増しつつある匂いに、どうやらもう長居はできなさそうだ、と鼻先を漂う煙を払ったとき、

「それは困るのう」

と、場に流れた沈黙を破り、ひさご様がのどかな声を上げた。

「儂は風太郎に約束したのだ。儂を城まで届けたときは、果心居士がこの男の元まで導く、とな。もしも会えぬのなら、儂はとんだ大嘘つきになってしまう」

「知らんわ。そんなもの、勝手に約束するおぬしが悪い」

「では、さすがの果心居士でもお手上げということか」

「だから、言っただろ。この者たちの力では無理だと」

ひさご様はくっきりと紅を引いた口元をほころばせ、

「そういうことじゃ、風太郎」

と朗らかに笑った。

「そういうことって――、何がだ？」

「つくづく、頭の動きの鈍い男だな」

果心居士が舌打ちとともに一歩前に進み出て、

「この果心居士の力が加わったときは、もちろん簡単にたどり着くことができる。そういうことさ」

とこちらが身構える間もなく、ぱちんと指を鳴らした。

何が起きるのかと身体が勝手に構えたが、別段変わった気配はない。

「これで誰に見つかることもなく、櫓までたどり着ける。さあ、おぬしらにはもう用はない。好きなところに行け、ほれ」

「ちょっと待て。儂らに何をした」

すぐさま蟬が刺々しい声を放つ。

「気を消してやったのさ。もはや、おぬしが番兵の目の前を歩いても、誰もおぬしを咎めることはないぞ。たとえ犬の前を通っても、気づかれまい。いっそ、裸で千の軍勢の正面に立っていても、誰からも声をかけられんだろうな」

クケケと得意げに笑い声を上げる果心居士の顔を眺め、どこかで聞いたことのある話だと思った刹那、柘植屋敷の縁側を歩く竹のひょろりとした立ち姿が脳裏を過ぎった。そう、竹が教えてくれたのだ。気を完全に消し去ることで、門番の前を平然と通り過ぎ城内に潜入したという果心居士の話を。まさか、こんなところで当人から同じ話を聞くことになろうとは――。

「ただし、そこの男は別だ」

「え？　拙者？」

いきなり男に指差された黒弓が間抜けな声で応じる。

「おぬしだけは、ほかの二人ほどはオレの力が加わらぬ。ひとまずは同じように気は消してやったが、いつまでもつかはわからんな」

「どうしてだ？」

俺の問いかけに、「言葉がちがうからだ」とひさご様のほうが答えた。そう言えば、黒弓が蛾の粉を吸っても何の影響もないことを問い詰めたときも、同じ答えを聞いた気がする。

「そうだ――。だから、さっきもその男には術がかからなかった。まあ、オレがさほど力をこめなかったこともあるけどな。今度はうんと力をこめてやったわ」

果心居士の言葉に、俺は思わず振り返った。

「お前、溺れなかったのか？」

「え、どこで？」

怪訝な表情を浮かべる黒弓に、「おいッ、どうやって術を破ったんだ、教えろ」と横から蝉が加わってきたが、

「おぬしら、そんな下らぬことを話している時間はないぞ」

というひさご様の重々しい声に続きを封じられた。

「風太郎――、これでよいか」

俺は二人のもののけに顔を戻した。

「フン、気を消したなどと言われても、確かめようがないがな」

「オレは天下の果心居士だぞ。よいか、おぬしらは石になったのだ。そこにあることさえ気づかれぬ石にな。ただし、生きているものには触れるなよ。直に触れるも、刀で斬るも、石を投げるも同じだからな。もしも人に触れたら、おぬしらの力は一瞬にして消える」

果心居士は己の細腕を持ち上げ、指で触れた。途端、肘から先が、煙となって消えた。しかし、ほどなく煙がふたたび集まり、その中から何事もなかったかのように腕が現れた。

「待てよ、それでは櫓に入ったとしても、誰にも気づかれんではないか」

「姿を見せたい者の前では、この呪（まじない）を唱える。その者にだけ、おぬしらの姿が見えるようになる」

髭にまみれた口元から、何やら奇っ怪な音が発せられた。

「何だって？　まったく聞き取れんかったぞ」

もう一度だ、と催促しようとしたとき、

「ひょっとして今の言葉――、目を開けよ、って意味？」

という黒弓の声が急に背中に届いた。

「ほう、天竺の言葉がわかる者にこんなところで会うとはな。そうか、おぬし、もとよりこの国の者ではないのだな。どこから来た？」

と異国の男が目を細めた。

「天川――、だけど、船が向かった先々で天竺の商人と話すことも多かったから」

「ならば、支那か天竺の言葉で術をかければよいのかな？　いや、おぬしは拝む相手がちがうから、どちらにしろオレの言葉は十全には届かんか……。まあよい、それにしても天竺とは懐かしい響きだ。儂とこやつは、こうして二つの身体に分かれてそろそろ千年になる。同じひとつのひょうたんに収まっていた頃に、天竺から支那を経てこの国まで、ざっと二千年かけてのんびりやって来たのだ――」

豊かなあごの髭をしごき、むかし語りを始めた果心居士の肩に、ひさご様が静かに手を置いた。

「ふむ――、そろそろ時間らしい」

男は鼻から大きく息を吐き出し、わかったわい、と階段の炎に身体を向けた。すでに馬印はもちろんのこと、因心居士のひょうたんさえも跡形なく燃え尽きている。

「こんな呆気なく燃やしてしまうなら、わざわざ本阿弥光悦のところで粧う必要などなかったんじゃないか？」

「おぬしが見ているのは、紛いものの炎さ。オレがおぬしらのために動きを止めていた。本当はこうだ」

果心居士が指を鳴らした途端、押さえつけられていたものが一気に解放されたかのように急激に火勢が増した。満杯の甕の水を地面に流したかの如く炎が天井を這い、頭上をすべて覆い尽くし、あっという間に四方の壁までたどり着いた。

「風太郎よ、よくここまでつき合うてくれた」

ゆっくりと前に進み出たひさご様が、頭上の火の迫力に思わず腰を落とした俺の頭に、その大きな手のひらをぽんと置いた。

「おぬしらにも世話になった」

蟬と黒弓にも目で礼を伝えてから、ひさご様は踵を返した。先ほどまであれだけ燃え盛っていた炎が、積まれていた長持や屛風ごと、階段からかき消えていた。木板の表面には焼け跡さえ見当たらず、それどころか敷かれた毛氈まで復活し、段の途中に、天井の炎を照り返しあやしく輝く金銀のひょうたんが二つ、形を戻し、整然と並んで立っていた。

「天守からは、なるべく離れろよ。まだまだ火が足りぬ。これから派手に燃やして、元の世に戻る祝い火とするからな」

達者でな、そこの天川の者、オレの名を忘れるでないぞ、と笑い、果心居士はまるで餓鬼のような軽やかさで、とんとんと階段を上っていった。途中、己の金ひょうたんを胸に抱え上げた。そのあとをひさご様がのっそりと続く。銀ひょうたんを手に取り、めらめらと燃える天井の手前で振り返った。

「この男に刀を届けたら、無事に帰るのだぞ。そして、都で息災に暮らせ。おぬしが働くあのひょうたん屋には、繁盛するよう儂からも願かけしておこう。もしも、また光悦に会うことがあったなら、よい出来じゃったと伝えてくれ」

ひょうたんを顔の前に掲げ、

「さらばじゃ、風太郎」

とどこか気恥ずかしそうに笑って、身体の向きを戻した。大きなひょうたんが逆さになって描かれた背中がゆっくりと三階へと消えるのを待っていたかのように、天井の火が手すりを伝い、毛氈を舐めるように降りてきて、あっという間に階段全体を炎で覆い尽くした。

「おい、出るぞ」

振り返ると、すでに階段へ移動した蟬が、顔だけを出してあごで呼んでいた。頭上からの熱を受け、額から流れ落ちる汗を拭い、俺も蟬を追った。一階に降り立つや否や、上階の天井が崩れる凄まじい音とともに猛烈な熱風が吹き下ろし、三人揃って逃げるように玄関から飛び出した。

外は外で、煙たい空気が鼻をくすぐってきた。蟬は止まることなく壁を蹴り、通路に沿って続く城壁の屋根に軽々と跳び移った。

「櫓は天守の東側とか言っていたよな。てことは、この塀を乗り越えるのがいちばん手っ取り早い。まだ天守の外には火が出ておらんようだ。このまま天守の屋根に移るぞ。そこから櫓を探す」

「おいおい、そんな目立つところに突っ立っていたら、下から丸見えだぞ。いい鉄砲の的だ」

「だから、あのもののけどもが術をかけたのじゃろうが」

「おい、まさか信じているわけじゃなかろうな」

俺の言葉を無視して、蟬はさっさと屋根を歩いていく。

「ま、待てよ」

壁に背中をつけ腰を落とした黒弓の膝を借り、屋根に這い上がる。すでに蟬は天守の甍（いらか）にそのまま乗り移ろうとしていた。続けて上ってきた黒弓が「撃たれないか見ておこうよ」となかなか意地の悪いことを言ってくる。

黒の外壁から突き出た巨大な破風（はふ）を蟬は歩みを緩めることなく上りきり、てっぺんから堂々と姿を晒し、下をのぞきこんだ。しばらく様子をうかがったが、蟬を狙って銃を撃ってくる気配はない。

「櫓は見えるか？」

声が届かないのか、蟬は同じ姿勢のまま動かない。「おい、蟬」ともう一度呼びかけたら、

「うるさい――、聞こえておる」

と妙に静かな声とともに顔を向け、ゆっくりと泥鰌髭に手をやった。

「石垣の下にもう一段、曲輪がある。その向こうに櫓があるかもしれんが、ここからは見えん。だが、別のものが見える」

「別のもの？　何だ、それ」

「己の目で確かめろ」

どちらからともなく顔を見合わせたのち、「何だろう、行こうよ」と先に黒弓が小走りで蟬の元へ向かった。まだ気が消し去られたことを確信できぬ俺は、中腰でそのあとを追う。破風までたどり着くと、黒弓が蟬の足元にしゃがみこみ、屋根のへりから顔をのぞかせていた。

「おい、何が見えるんだ？」

しかし、黒弓は何も答えない。

どいつもこいつも勿体ぶりおって、と煤に覆われた瓦に手をつき、奴と同じ姿勢で、慎重に眼下に視線を落とした。

天守を支える石垣の付け根あたりを、蟬が言っていた幅五間ほどの狭い曲輪がぐるりと囲んでいた。そこに黒い装束を纏った連中が二十人ほどたむろしていた。さらには、

曲輪を囲む塀の上にも、瓦の色に溶けこむようにして、同じ装束の男がひとり、腹這いになり下の様子をうかがっている。

忍びだ――、と息を呑んだとき、瓦の上で腹這いになっていた男がむくりと上体を起こした。

「まさか……」

それ以上、言葉が続かなかった。

ただ唇を嚙みしめ、瓦の黒を背景にくっきりと映える残菊の白い顔を見つめた。

*

「最悪だね」

と黒弓がつぶやいた。

俺たちだけで櫓に入るのは無理だと果心居士が告げたのは、このことだったのか。

蟬の言うとおり、残菊が屋根に伏せている塀に遮られ、ここからその向こうを見ることはできない。だが、あの塀を乗り越えた先に朱三櫓（しゅさんやぐら）とやらがあるのは間違いあるまい。

これだけの数の忍びが集まっている理由は、それしか考えられないからだ。

「あの男、祇園社で会った奴か。いつの間に、こんな大勢で入りこみやがった」

泥鰌髭をつまみながら、蟬が不愉快そうに言葉を放った。

「残菊だ。まわりの連中は月次（つきなみ）組だろうな」

塀の手前に、ひときわ大きな坊主頭が立っている。琵琶であろう。柳竹という男もきっとそのへんに紛れているにちがいない。

「月次組か――、儂の手柄を横からかっぱらって、挙げ句が百市を殺した連中だな」

暗い声に思わず蟬の顔を見上げた。途中、隣の黒弓の表情が視界に入ったが、百の名前にも、いっさい反応を示さなかった。まばたきもせず、ただ下の様子をのぞきこんでいた。蟬だけではなく、俺の視線さえも避けようとしていることが、逆に確かな答えを伝えていた。この男、やはり俺の知らぬところで百と会っている。

「こんなことになるなら、あの男、坊舎で殺しておけばよかったわ」

「でも、逆にやられたかもしれない」

「儂があんな奴に？　ハッ、冗談はよせ」

「蟬は知らないだろうけど、風太郎はもう少しで殺されるところだった」

「殺される？　何の話だ？」

へりから首をひっこめ急に蟬と会話を始めた黒弓の背中を、「おい、黙れ」と慌てて小突いた。

「吉田山のあばらやで、月次組の連中の待ち伏せを食らったんだ。残菊には胸のところをざっくりやられて――、よく生き残ったっていうくらいひどい傷だよ」

髭をいじる指の動きを止め、

「おい、本当か」

と蟬は険しい視線を向けた。

俺が首を横に振ろうとしたとき、黒弓の頭越しに強烈な突きが襲ってきた。かわす間もなく胸の正面で受け止め、俺は声を出すこともできぬまま、その場にうずくまった。

「な、何するんだよ、いきなり。怪我してるって言っただろッ」

「ふざけるなッ、そんな身体でいくさに来たのか？　おぬしがヘマをしたときは、こっちの命まで危なくなるのだぞッ」

「そんな言い方ないだろ。自分には何の得にもならないのに、風太郎はここまでやって来たんだぞ」

俺は胸を押さえながら面を上げた。いつの間にか立ち上がり、蟬と睨み合っている黒弓の腰帯をぐいと引いた。

「やめろ、蟬の言うとおりだ」

「でも――」

俺は黒弓の腰帯をつかみ立ち上がった。今さら、下の様子をうかがったが、残菊らのいる曲輪に変化はない。これほど言い争っても、俺たちの声はまったく届かないのだ。

「そうじゃった――、あまりに尋常ではないことばかり続くせいで、すっかり忘れておったわ。風太郎よ、おぬしはあの化け物のために、わざわざこの城に潜りこんだと言うのだな？　ハッ、そりゃあ、何の得にもならんじゃろうよ。それで、あれはいったい何だ？　果心居士だとか何とか言っていたが、儂らは揃って夢でも見ていたのか？」

勝手についてきた相手にいちいち説明する義理などないが、同じく強い眼差しを向けている黒弓は別だった。こんな場所まで付き合わせた理由を、俺はそろそろ伝えなければならなかった。

「すまぬ、黒弓。お前にまだ話していないことがある。覚えているか？　お前が俺のあばらやにはじめて訪れたときのことを。萬屋の者からひょうたんの荷物を頼まれてきただろう。あれからすべては始まったんだ」

本丸に撃ちこまれる銃声が、明らかに激しさを増しつつあった。二の丸の屋敷はすべて火が放たれ、もうもうたる煙に覆われている。そんないくさのまっ最中に、人目も憚らず天守の甍の上で何を話しているのか、と思いつつ、あばらやの裏ではじめて因心居士に声をかけられたこと、蛾の粉を吸ったせいで、ひょうたんに取りこまれたこと、因心居士と果心居士の因縁、新たなひょうたんに因心居士が身体を移し替え、それを携え大坂を目指す羽目になったこと、目当ての果心居士はかつてねね様に封じこめられ馬印になっていたこと――、途中大いに駆け足になりながらも、俺はひょうたんを巡るどこまでも奇妙な話を洗いざらい語った。

「あの二つのひょうたんは、これから元いた世界に戻るのだ。派手に天守を燃やすと言っていたから、いつまでもここにはおれんぞ」

俺が話を終えても、蟬は薄暗くなってきた空を見上げ、黒弓は煙の向こう側に広がる、葦に覆われた城外の沼地を黙って見つめていた。あと一刻もすれば、日も完全に暮れる

だろう。果たしてすべてを伝えられたかどうかはわからなかった。しばらく経ってようやく、

「まさか、あんな鼻の大きな奴が本物の果心居士だったとは……。ちくしょう、術のひとつやふたつ、教えてもらえばよかった」

と蟬がくやしそうにつぶやくのを聞いて、こいつは放っておいていいと思った。

「黒弓よ、今まで黙っていて悪かった。だが、俺も説明しようがなかったのだ。あのときいっしょに蛾の粉を吸いこんだのに、お前には何の変化もなかったわけだからな」

煤に汚れた鼻頭を指でこすり、「よくわからないけど、そのひょうたんのおかげで、無事ここまで来られたんだ」と己を納得させるように、二度、三度とうなずいたのち、

「実は……、拙者も風太郎に黙っていたことがある」

と黒弓は急にたどたどしい声を発した。百のことかと、思わず唾をひとつ呑みこんだとき、

「知っておるわ——、おぬし切支丹じゃろう」

とぞんざいな口ぶりで蟬が横から割って入ってきた。

「いきなり何を言い出すんだ、お前」

「ほれ、図星といった顔をしておるわ」

あごで示され当の黒弓に視線を戻すと、明らかに虚を衝かれた表情で蟬を見遣っている。

「そうなのか？」

黒弓がぎこちなくうなずいたとき、冬のいくさが終わったのち、この男が泊まってい た上町の宿のすぐ近くに、南蛮寺が建っていたことを思い出した。

「まさか、お前が冬のいくさのとき城に閉じこめられたのって、南蛮寺があったからか ――？」

「あそこにはポルトガル人の神父がいてね。拙者は言葉もできるから、いろいろと用を手伝っているうちに、出るに出られなくなってしまって」

なるほど、それで代わりに俺がはるばる吉田山から引っ張り出されたのか、と今さら隠された事情を知ったはいいが、

「何でそんなことを急に言い出す？　俺は別にお前が切支丹であれ、赤牡丹であれ、いっこうに構わぬぞ」

と腕を組んで相手の顔を見返すと、

「つくづく、おぬしは鈍い男じゃのう」

とまたもや蟬が横槍を入れてきた。

「わからんか。だから、こやつにはあの化け物どもの術が効かなかったのだ」

思わず「あ」とのど奥から声が漏れた。

「拝む相手がちがう、と言っておったろうが。そもそもが天川生まれの南蛮野郎だぞ。真っ先に切支丹を疑うのが普通じゃろう」

蛾の粉を吸ったときから、因心居士が言葉がちがうと言っていた意味がようやくすとんと腑に落ちた。そりゃあ、異国の神を拝む黒弓に、あんなうらぶれた社に祀られたひょうたんの力は届くまい。

「黒弓よ、お前はいつから切支丹だったんだ？」

「生まれたときからだよ。天川の日本人は今はほとんどがそうだよ。そもそも、あそこじゃ、ポルトガル人と同じ切支丹じゃないと、仕事が貰えないからね」

「でもお前、切支丹が常に持っているとかいう証を首からぶら下げていたか？　井戸端で水浴びしているときも、さんざん貧相な裸を晒しておったろう？」

「ああ、十字架（クルス）のこと？　ならここに縫いこんでいる。人に見られると、いろいろ面倒だから」

と襟元のあたりを指で示した。試しに触れてみると、確かに小さな金属を感じることができた。

そのとき、視界の端で残菊が動いた。

塀から降り立ち、待機する連中に指示を放った。ほんの少し奴が口を動かしただけで、弾けるように忍びたちが散る。十人ほどが改めて屋根に上り、残りは日暮れに向けてか、松明（たいまつ）の準備を始めた。それを見て、

「よう躾けておるわ」

と蟬が嫌味たっぷりにつぶやいた。

　改めて、憎らしいほどよい場所を、残菊たちも押さえたものだと思った。連中はちょうど曲輪の行き止まりに陣取っていた。元から詰めていた守兵だろう、十人ほどの死体が塀の隅に捨てられている。俺たちがここに立ってから、まだひとりの城兵も顔を見せていなかった。つまり、曲輪の入り口を何らかの形で塞ぎ、周囲からまったく気づかれぬ己らだけの陣地を築いてしまったということだ。

「風太郎よ、朱三櫓はあの塀の向こうかのう？」

「だろうな」

「そこの目障りな連中はどうする？」

「ねえ――、もしも、拙者たちの気が完全に消えているなら、このまま石垣をずり降りても、誰にも気づかれないわけだろ？　なら、連中の横を通り抜けて、そのまま櫓まで行けないものかな？」

　呑気な黒弓の提案に、

「試してみるか？」

　と蟬がじろりと睨みつける。「いや、拙者は結構」と黒弓は慌てて首を横に振った。これだけ頭上で騒いでも何の反応もないのだ。きっと連中の隣を歩いても何事も起こるまい――、とは思うが、もしも気づかれたときは即座に死が待っている。試すのも命がけだ。

「確か果心居士が、山里曲輪を抜け、ひさご様の一行は櫓に入ったと言っていたな。遠回りになるが、俺たちも同じ道で行こう」

と二人に説こうとしたとき、蟬がすうと黒弓の後ろに回り、その背中をどんと突いた。

短い悲鳴とともに、黒弓の身体が視界から消えた。

「黒弓ッ」

とへりからのぞきこんだが、忍び連中の姿を見て、慌てて声を吞みこんだ。真下に落ちた場合、それこそ松明を並べている連中のまっただ中に突っこむことになる。少しでもそれを避けようと、黒弓は何とか落ちる途中で石垣に指を引っかけ、横へ横へと天守台の石垣を蹴り、最後は大きな跳躍とともに地面に着地した。

そのまま脱兎の如く走りだしたが、数間駆けたところで振り返った。さすがの身のこなしで、ほとんど音を発することなく降りるも、否応なしに、その姿は曲輪の通路に晒されている。にもかかわらず、誰ひとり奴に視線を向けようとしない。

「ほら見ろ、大丈夫だ」

いかにも得意げな顔で泥鰌髭をつまむ蟬の胸ぐらをつかんだ。

「フンッ、遠回りしている暇などないわ。おぬしにも聞こえるじゃろう、城内を逃げ惑う大勢の悲鳴が。途中、あいつらに間違ってぶつかられたら、術は消えて櫓には容易に近寄れんようになるのだぞ。それに万が一、儂らが櫓にたどり着く前に、連中がとっとと攻め入って、玉たちを皆殺しにしたらどうするつもりだ?」

傲岸な眼差しとともに放たれた言葉に、何も返すことができなかった。これ見よがしに唾を吐き捨て、蟬は俺の手を払った。

「先に行くぞ」

来た道を戻るように屋根を伝い、蟬は塀によじ登ったあたりから軽やかに曲輪へ飛び降りた。そのあとを追って、俺も瓦から跳躍する。急な勾配の石垣を何度か蹴って着地すると同時に、胸にずしんと痛みが響くのを歯を食いしばってこらえた。

蟬はすでに次の塀をひらりと乗り越えている。

「もう少しの辛抱だ、風太郎」

何のあいさつもなく真横を通り過ぎていった蟬に、冷たい眼差しを送りながら、塀の上で待つ黒弓が手を差し伸べた。そうだ、あと少しの辛抱だ。櫓に着いてひさご様に刀さえ渡せば、俺の役目は終わる。助走をつけ思いきり壁を蹴った。黒弓に腕をつかまれ屋根に引き上げられたときに気がついた。俺ははじめて、授けられた仕事を最後までやり通すことができるのではないか、と。

＊

黒弓とともに、塀から飛び降りた先には、幅三間ほどのとても狭い曲輪が通っていた。塀に穿たれた銃眼から外をのぞいた。真下に水堀が見える。対岸の二の丸はもはや煙の巣だった。

「あれだな」

蟬が指差す先、曲輪の突き当たりに、すっぽりと道幅にはめこんだような小さな櫓が建っていた。確かに、果心居士の言ったとおり、櫓というよりも蔵である。天守からも見えぬはずで、残菊らの待機する曲輪の塀よりよほど低い位置に屋根がある。

「本当にこんな小さなところに三十人も入っているのかな？」

至極まっとうな感想を黒弓が漏らした。「奥行きがあるのだろうよ」と蟬は無防備に櫓に近づいていく。左手の石垣に築かれた塀の屋根には、月次組の忍び連中が貼りついているはずだが、いっさい気配は感じられない。

櫓の正面には、鉄板を張られた引き戸が備えつけられている。もちろん、ぴたりと閉められ、中からは何の物音も聞こえない。果たして、これを引いていいものなのか。いくら気を消したとはいえ、櫓の入り口が勝手に開いたら、さすがに気づかれるだろう。

「どうするんだい、風太郎？」

「ここから入るのは無茶だろうよ。だいたい、隠れているなら、内から閉めきらないか？」

「じゃあ、屋根に上って、瓦を剝がして入るかい？」

「この櫓、二階なんかないぞ。瓦をひっぺがして、いきなり真上に穴を空けるのか？どちらにしろ中は大騒ぎだ」

腕を組み、黒弓と並んで鼻からうなり声を発していると、

「いつまで考えても、答えなど出んわ。試しに開けてしまえ。それから考えたらよいの

だ」

と蟬が強引に黒弓を押しのけ、扉の前に立った。

「阿呆ッ、やめろ」

と引き戸に伸びた手を押さえようとしたとき、突然、頭上ですさまじい爆発が起きた。首をすくめ、何事かと見上げると、天守の側面が吹っ飛び、そこから巨大な火のかたまりがうねりながら姿を現したところだった。ちょうど、俺たちが眼下をのぞいていた破風の真上にぽっかり穴が空き、真っ黒な煙とともに炎が踊り上がり、吹き下ろす熱風に思わず腕で顔を守った。

遅れてばらばらと木の破片が降り落ちてきた。櫓の屋根にも硬質な音を立てて跳ね返り、

「わ、わ」

と黒弓が大げさな声を上げながら、大きな板の切れ端が回転しながら飛んでくるのをよける。そこへ何の前触れもなく、櫓の引き戸が重い音を立てて開いた。

「何事じゃッ？」

と差し迫った声とともに、甲冑姿の侍が二人、櫓から飛び出してきた。

引き戸の前に立っていた蟬が素早く跳び退り、危うく侍とぶつかりそうになった黒弓の襟元を力いっぱい引き寄せる。「うげ」と妙な声を上げて、黒弓は地面に転がった。

「天守が燃えておりまするッ」

とひとりが報告の声を上げる後ろで、蟬と一瞬、視線が合った。

迷っている暇はなかった。「行くぞッ」と倒れている黒弓の尻を蹴り、櫓の引き戸に走った。

半分開いた戸から、身体を滑りこませたとき、先に飛びこんだ蟬の姿はもう見えなかった。目の前に積まれた俵を蹴り、天井の梁に手をかけた。すでに待機している蟬が俺の腰帯をつかみぐいと引き上げる。侍たちが興奮の声とともに外から戻り、ふたたび引き戸を閉め、かんぬきをかけたときには、蟬、俺、黒弓の順で梁を伝い、奥へと長細い造りになっている櫓の天井を進んでいた。

櫓は片側に俵や櫃がうずたかく積まれ、見るからに狭苦しい。わずかに開いた堀側の窓から入りこんだ淡い光が、薄暗い場所に肩を寄せ合う甲冑姿の男たちを浮かび上がらせていた。その数、およそ十五。

櫓の内側は梁から下ろされた幕で三つに仕切られていた。入り口の付近には侍たちが、奥には女中たち、そして真ん中の仕切りに、壁の窓を完全に閉ざし、ひさご様が座っていた。燭台を挟み、その横でうつむく女性は、噂に聞くひさご様の生みの母だろうか。げっそりと窶れた表情で、男どもが騒いでいる隣の仕切りを見つめていたが、

「修理(しゅり)やッ」

と甲高い声を発した。

仕切りの向こうが俄に静まり返り、「は」とひとりの男が幕をめくり現れた。年は五

十手前だろうか、怪我をしているようで、首からかけた布で腕を吊り、頼りない足取りで女の前に進み出た。

「何事だったのじゃ」

「天守に火が及んだ様子、さだめし中の火薬に火がついたのでございましょう。大丈夫でございます。まわりに兵の姿は見当たりませぬ」

それを聞いて、先ほどの爆発は因心居士らの細工ではなかったか、とふと思った。俺たちの到着を見計らったかのような、あまりに出来すぎた爆発だったからだ。そもそも、ああも盛んに内側は燃えていたのに、俺たちが破風に立っていた間も、ほんのわずかな煙しか天守の窓から漏れ出ていなかったことからして妙だった。もしも、本当に天守内に火薬があったのなら、あの火勢だ。とうにどかんと来ているだろう。

それからも、噛んで含めるような口調で、修理と呼ばれた男は、女にくどくどと説明を続けた。男の言葉の締めには必ず、「大丈夫でございます」という一句が添えられた。何が大丈夫なのかがわからず、天井からしばらく耳をそばだてたが、どうやら「皆の命は助かる」ということを伝えたいらしい。

阿呆かと思った。

これだけのいくさを起こしておいて、なぜ無事で済むと思えるのか、まるで理解できなかった。何のために大御所が老体を引っさげ、わざわざ攻めこんできたのか？　ぶ厚い土壁に隔てられ、間断なく聞こえてくる銃声は何を目指し放たれているのか？　都の五歳の餓鬼だってわかる話だ。しかし、女は男の言にいちいち首を縦に振り、「そうか、そうか」と大まじめに応じている。

話の最中、修理は始終、女を見上げ、ひさご様には一度も目を向けようとしなかった。ひさご様もひさご様で、「しばしのご辛抱でございます、上様」と最後に修理が頭を下げても、「さよか」のひと言を口にしただけだった。

そこへ隣の仕切りをのぞきに行った蝉が戻ってきた。

「奥に常世がおったわ。女どもの中で、しおらしげにしておる」

そうだった、この男のそもそもの目的は常世を見つけることだったと、今さらながら思い出した。

「なるほど、あれが御大将か。化け物ひょうたんが扮していたとおりじゃな。おい、聞いたか、今の返事。阿呆だろ、ありゃ」

蝉の辛辣なささやきに敢えて否定はせず、俺は甲冑姿で胡坐をかくひさご様を見つめた。さすがにその顔は祇園会のときに比べ、よほど精悍になったように見える。しかし、どこか茫洋とした雰囲気は相変わらずで、具足を纏った飾りひょうたんが鎮座しているようでもあり、一軍の総大将のはずがどうにも様にならぬ。

修理が下がり、ひさご様とその母、さらには老尼二人だけが控える中央の仕切りに沈黙が舞い戻ったのを見計らって、

「黒弓」

と後ろを呼んだ。梁にまたがるようにして、下の様子をうかがっている黒弓に、

「さっきの果心居士の呪を言えるか？」

と訊ねた。

「もちろん、覚えてるよ」

「玉にだけ聞こえるようにしろよ。そっちのお袋様のほうは絶対になしだ」

と遠慮なく蟬が天井から女の頭を指差す。

わかった、と黒弓はうなずき、ひらりと梁から降り立った。そのまま つま先立ちで老女と仕切り幕に挟まれたところを進む。尼僧の真後ろを抜けるとき、黒弓はひょっとこのように唇を突き出し、顔を真っ赤にして気張るものだから、俺も思わず息を止めて梁をつかむ指に力をこめた。

「果心居士のじじいめ、奴については効き目があるかどうかわからぬ、などと言っていたがどうしてどうして、改めてとんでもない術じゃな」

黒弓が無事ひさご様の真横までにじり寄ると、俺よりも先に、蟬が詰めていた息をほうっと吐いた。

「いくよ、風太郎」

「頼む」

黒弓はひさご様の耳に顔を近づけ、何事かささやいた。

しかし、相手に何の変化も現れない。

「おい、言い間違えたんじゃないのか？」

「そんなことない。教えられたとおりの天竺の言葉だよ」

そのとき、ひさご様の目玉に映し出された燭台の光がほんの一瞬、震えるように動いたのを俺は見逃さなかった。まさかと思いつつ、

「ひさご様――、おひさしゅうございます。風太郎でございます。いえ、百成でございます。隣にいるは祇園会でご一緒した、千成でございます。拙者の声が聞こえても返事は御無用。右手を挙げてくださいませ」

と梁から呼びかけた。

顔は依然正面に向けたまま、膝に置かれたひさご様の右手が、ほんの少し浮いた。

隣の蟬が梁の上ながら急に居住まいを正し、黒弓も慌てて後退り、頭を下げる。

「ひさご様――、このようなところから申し訳ありませぬ。訳あって、忍びの術を使っておりまする。拙者どもの姿はひさご様にしか映りませぬ。ほかの御方の目には見えざる、聞こえざるの術でございます。どうか、そのままで話をお聞きくださいますよう。拙者どもは、決して敵ではございませぬ。高台院様のお使いで参上つかま――」

話の途中で、ひさご様は唐突に「む」とくぐもった声を発した。

思わず俺が言葉を止めた拍子に、じゃらりと甲冑の音を響かせ、ひさご様は立ち上がった。

「ど、どうなされました」

御大将は六尺を超える偉丈夫である。二人並んで地蔵のように押し黙っていた老尼の片方が、はるか頭上を仰ぎ訊ねた。

「小である」

それから櫓はちょっとした騒ぎになった。

侍どもの仕切りでどたどたと物をひっくり返す音が響き、糒を詰めていたらしき空の甕がまず用意された。次に、おのおの派手な色合いの着物を纏った女たちが真ん中の仕切りにすべて移り、替わりに甕は奥の仕切りの隅に運ばれた。

すべての用意が整ったのち、ひさご様がゆっくりとした足取りで、隣の仕切りへ向かった。

ひとり、甕の前に立ったところで、

「これでよいか、百成」

と俺たちを見上げた。俺たちと話す時間と場所を作るため、ひさご様が小用を言い出したことにようやく気がついた。急いで梁から降り、三人揃ってひさご様の前にひざまずいた。

「ひさしぶりじゃのう、百成」

ひさご様は隣の仕切りまでは届かぬ声で、静かに俺の顔をのぞいた。

「千成も」

まるで祇園会のときと同じ口ぶりでも、あの日のように俺たちが返すことは許されなかった。俺たちはもう知ってしまった。相手が一国のあるじであり、一軍の総大将であり、太閤秀吉の遺児であり、豊臣秀頼という誰もが知る名の持ち主であることを。

口が渇いて、すぐには言葉が出ない俺の代わりに、

「おひさしゅうございます。ひさご様もお元気そうで、あ——」

と黒弓がどうしようもないことを言った。しかし、ひさご様はこくりとうなずき、

「そこの者も、ようこんな狭苦しいところまで来てくれた」

と俺と黒弓とは少し離れて控える蟬に言葉をかけた。

「そうじゃ、常世も呼んだほうがよいかの」

ぽかんと口を開けてひさご様を見上げている蟬に、どうする？　と視線を向けたが、奴が口を閉じる前に、

「常世をここへ」

と誰に命じるわけでもなく、ひさご様は虚空に向かって告げた。

「あと、大助（だいすけ）もである」

仕切りの向こう側でにわかに動きが起き、ほどなくいくさとはまるで無縁の明るい色合いの着物を纏った常世が姿を現した。幕を潜るなり、鋭い眼差しで俺たちが控えるあたりを睨みつけるので、姿が見えているのかと腰を浮かしかけたが、

「その三人が見えぬのか」

とひさご様が訊ねると、常世は「は」と訝しげな表情を返した。

「儂からは説明できぬ。常世にも見えるようにしてくれ」

蟬と視線を交わすと、奴は黙ってうなずいた。冬に本丸で会ったときより、さらに瘦せた観のある常世をどこかまぶしげに眺めている黒弓に、「もう一度、頼む」と声をかける。黒弓は仕切り幕の前に立つ常世に、ぎこちない足取りで近づき、耳元で何事か唱えた。

「おい、常世。聞こえるか？」

はじめのうちは声が届かぬ様子だったが、突如ぎょっとした顔を向け、

「おぬしらいつの間に――」

と言ったきり常世は絶句した。

俺は慌てて口元に人差し指をあて、

「常世、これは術だ。こちらから呪を聞かせて解かぬ限り、俺たちの姿や声はほかの者には届かぬ。今、俺たちが見えるのは、お前とひさご様だけだ。だから、黙って聞いてくれ。俺は高台院様の御使いで来た」

と告げた。さすが忍びだけあって呑みこみも早く、戸惑いを眉間のあたりに残しつつも、常世は無言でうなずいた。

そこへ「お呼びでございますか」とひどく小柄な侍が、仕切り幕をかき上げ入ってきた。妙にいがらっぽい声だなと顔を見たら、その正体は十二か十三ほどの餓鬼である。

「大助――、この鎧は重すぎる。それに暑い。小用にも邪魔ゆえ、外してくれ」

とひさご様はいかにも窮屈そうに羽織を脱ぎ捨て、両手を真横に挙げた。大助と呼ばれた若侍が素早く近寄り、脇の下の紐を解き始める。

「それで百成、まんかか様は何と仰せか」

一拍置いて、かつてねね様が北政所（きたのまんどころ）と呼ばれていたゆえの、「まんかか様」かと思い至った。

「は」

俺は慌てて頭を下げた。

つくづく馬鹿な話だが、こうして当人と面と向かってはじめて、因心居士に導かれ、いざ本丸に忍びこむ段になっても、本気でひさご様に会えるとは思っていなかった己に気がついた。ねね様の心をどうひさご様に伝えるべきか、まるで考えていなかったからである。

「どうした――、まんかか様の使いで、はるばる来たのであろう」

ひさご様の大きな草鞋の先を見つめながら、やはり声が出てこなかった。

俺は腰に差していた革袋を急ぎ抜き取り、

「これをお届けするように、とのことでございます」

と早口で顔の前に掲げた。

他に何の言葉も添えられぬ己を、どこまでも卑怯だと思った。

ひさご様は両腕を挙げたまま、俺の手元を見つめていた。きっと誰もいないところに向け声を発しているように映るのだろう。ときどき、あるじに不審げな眼差しを送りつつ、大助と呼ばれた若武者は金具がいちいち輝いている、まったく汚れの見当たらぬ鎧を取り外した。

ひさご様は二度、三度と肩を回し、ふうと吐息を放った。それから、ゆっくりとした動作で俺の正面に膝をついた。

手渡しであっても、果心居士の術が消えてしまうかもしれぬ。非礼とは知りつつ、肉づきのよい、薄闇でもその肌の白さが伝わる手が伸びてくる前に、革袋を床板の上に置いた。

「ご苦労であった」

何ら気にする様子もなく拾い上げた革袋を一度押し頂き、ひさご様は「まんかか様はお達者か」と訊ねた。はい、と俺が答えると、「よう間に合ったのう」と満足そうにうなずいた。中身についてひさご様は何も訊ねなかった。しかし、革袋に触れる手つきから、すでにひさご様はその中身を承知している、と不思議と感じ取ることができた。

「おそらく、亡き太閤様の御刀かと」

自然に言葉が口を衝いて出た。

さよか、とひさご様は革袋の表面を撫でつけ、

「もしもあの世でお目にかかったなら、さぞ怒られるであろうなあ――」

と小さく笑った。

ああ、駄目だと思った。

こんな人のよい笑いを浮かべているようでは、この凄絶ないくさに勝てるわけがないではないか。

*

ひとつ、またひとつ、と途切れて鳴ったのち、突然、銃声がまとめて響き渡った。これまで聞こえていたものより、ずいぶんと近い。真ん中の仕切りから、女たちの悲鳴がいっせいに湧き起こる。それに紛れるようにして、

「常世よ」

とひさご様は呼びかけた。それまで幕の前に突っ立ったまま、硬い表情で俺たちのやり取りを見つめていた常世が、「は」と女の仕草で腰を落とす。

「そちの仕事も、もう終わりじゃ。この者たちとともに去るがよい。母上はまだ覚悟を決められておらぬようだが、儂の心はとうに決まっておる。儂はここで決着をつける。まんかか様も、それでよいと言ってくれた」

受け取った革袋の口元を解き、ひさご様は中身を丁寧に取り出した。

「上様、常世は最後までお供いたします」

いらぬ、とひさご様は簡単に首を横に振った。

「これまで、儂はひとりでは何ひとつ成せぬ男だった。今だって鎧は大助に、小用は常

世に頼まねばできぬ」

　無礼にも「え」と隣で声を発した黒弓に、

「ひとりで下帯を結ぶことができぬのだ。これまで結んだことがないゆえ」

と困ったように眉で表情を作った。

　ひさご様はねね様の脇差しを抜いた。薄闇を吸い寄せるようにものすごい光がきらめき、刀身をすうと浮かび上がらせた。

「だが、己の始末はひとりでできる。常世よ、冥土への道連れは、どこへも行き場のない者たちだけでよい。知っておるぞ。そちの役目は儂の死を見届けることじゃろう。しかし、それを見届けたときは、そちもこの櫓から生きて出ることはできまい。無用の死じゃ。そちには帰る場所がある」

「ちがいまするッ。上様、私めにそのようなところはございませぬ。常世は必ず上様と――」

　声を潜めつつも、気色ばんで膝を進める常世の眼差しに、ああ、こいつは本気で死ぬつもりだと思った。それはつまり、心の在りかがすでに伊賀にはない、ということだ。

「こうして大助も戻ってきてくれた。心配は要らぬ。ああ、そうじゃ――、これまで何ひとつ成せなんだ、というのは嘘じゃな。おぬしらと祇園会に行ったからのう。むろん、母上には内緒だったが」

　ひさご様は音もなく刃を鞘に収め、

「あんな楽しいことは、生まれてこのかた、なかった」

とひとつ蹴鞠を蹴る真似をした。「六百十八じゃ」そのどこか誇らしげな口調に、少し遅れて、坊舎で蹴った数のことだと思い出した。

「大助――、そこの戸を開けよ。そんな顔をするでない。儂は別に幽霊と話しているわけではないぞ」

曲輪に埋めこむように建てられた櫓だけあって、建物の両端に戸が備えつけられている。小用のために持ってきた甕が置かれた壁際には、俺たちが入ってきたのと同じ造りの引き戸が、太いかんぬきを抱えていた。

「上様、常世は残りまする」

改めて地面に頭をすりつけ、常世は低い声で訴えた。

「まあ――、それがよかろうな」

突如、隣からの蟬の忍び言葉が耳を打った。

「こやつ、采女様が本丸に入れた忍びを全員、始末しおったのだ。どうせ外に出ても、生き長らえぬ。ここで死ぬのがいちばんじゃ」

「まさか――、お前が常世に会おうとした目的って」

「玉の生死を確かめたあとに、常世を始末せよ――、そう采女様に命じられた」

泥鰌髭を指でつまみ、冷たい眼差しを常世に向けたまま、蟬は俺についてきた理由を告げた。

「お、おい常世、何でお前、そんなことをしたんだ？」

「さだめし、隙を狙って手をかけられたら困るとでも思ったのであろうよ」

フンと鼻を鳴らし、蟬は常世からひさご様へと視線を移した。

「もはやこやつは忍びでも何でもない。忍びは人のためになど死なぬ。勝手に死にたがる阿呆を、いちいち殺すのも面倒じゃ。さすがに儂も、こやつを殺すのは寝覚めが悪くなるゆえ気が進まぬ」

地面に額ずいていた常世がゆっくりと面を上げた。

「すまぬ、蟬左右衛門」

「ハッ、おぬしに謝られる筋合いなどないわ」

と舌打ちして、蟬は立ち上がった。それを見て、「と、常世殿は？」と忍び言葉を聞き取れぬ黒弓が、不安げな声を上げた。

「ここに残る。こやつは伊賀を裏切った。どちらにしろ、外では生きてはゆけぬ」

と蟬が低い声で答えた。

「そ、それでいいのか、風太郎？」

助けを求めるように、黒弓は俺の顔を見つめた。俺は返すべき言葉を持たなかった。もしも蟬が言っていた話が本当ならば、当然、常世も死を覚悟しての行動だろう。伊賀ではなく、ひさご様のために残りの生を懸けることを奴は選んだのだ。

「行くぞ」

俺は黒弓の視線を断ち切るように腰を上げた。

「と、常世殿ッ、いっしょにここから出よう」

突然、黒弓は膝の向きを変えると、地面を這うようにして常世に詰め寄った。

「いくらでも伊賀からなんて逃げられる。あんな暗くて狭いところに捕らわれなくちゃいけない理由なんてひとつもない。世の中はもっと明るいし、もっと広いんだ。常世殿、拙者と海に出よう。常世殿だけじゃない。百市も伊賀を出たことを知ってるかい？ いくさが終わったら、拙者と船に乗ってこの国を出ることになっている。だから、常世殿もいっしょに——」

まるで堰を切ったかのように、黒弓は思い詰めた声で語りかけた。何の前触れもなく登場した百の名に、「おいッ、何だ、今の話は」とすぐさま蟬が嚙みついてきたが、

「上様にこのままお仕えすることが、儂の望みだ。儂はもう何ものにも捕らわれてはおらんのだよ、黒弓」

とどこまでも穏やかな常世の声に遮られた。男の俺でもどきりとするほど、常世は美しい顔をしていた。

それまで俺たちのやり取りを黙って聞いていたひさご様が、

「たかが小用じゃ。あまり長い時間はかけられぬ」

と引き戸の前に立った。

「もしも、都でまんかか様にお会いすることがあれば、あの世で太閤でんかとお待ち申

す、どうぞごゆるりとお越しくだされ——、そう愚図なひさごが申しておった、とお伝えしてくれ」

必ず、とかすれた声で俺は応えた。今もひさご様の大きな手に握られているねね様の脇差しを見つめ、やり遂げたのだ、と己の心に投げかけてみたが、何ら返ってくるものはなかった。これがひさご様との別れになることも、この場所がいくさ場の最果てであることも、すべてが朧で遠いものに感じられた。何もかもがひどくむなしかった。いったい、俺は何をしにここまでやってきたのか——。

大助、という声に、若武者がかんぬきに手をかけた。

そのとき、不意に隣の仕切りから泣き声が聞こえてきた。

なぜか、赤子のものだった。

「おお、起きてしまわれた」

仕切り幕の向こうで、女たちのざわめきが広がる。いかにも目覚めたばかりであると櫓じゅうに伝えるように、よりいっそう激しく泣き始めた赤子の声に、ほうほう、よしよし、と女がしきりにあやす声が重なる。

肩を落としようやく立ち上がった黒弓と、どちらからともなく顔を見合わせたとき、

「ああ、うるさいッ。さっさと黙らせりゃッ」

と甲高い女の叫びが響いた。

も、申し訳ございませぬ、という声とともに、まわりの女たちも加わり必死であやし

つける様子が伝わってくる。しかし、それが逆に気に障ったのか、いよいよ赤子は盛大に泣き始めた。

「だから、黙りゃッ」

ふたたび、甲高い声が破裂した。

常世、とひさご様が低い声で呼んだ。

「ここに連れてくるがよい。小用をするつもりはもとよりないゆえ構わぬ。母上もお疲れなのだ」

どこかさびしげな笑みを口元に漂わせひさご様が命じると、常世は素早く立ち上がり、隣の仕切りに消えた。

ほとんど間をおかず、赤子を抱きかかえた侍女に付き添い、常世が戻ってきた。すぐに泣きやませますゆえ、と当人も泣きそうな顔になっている女に、「構わぬ」と声をかけ、ひさご様はその腕に抱かれた赤子の顔をのぞいた。

ずいぶん上等そうな布にくるまれ、手をばたばたさせて元気にもがく姿に、「女の子だね」と黒弓がささやいた。

その声が届いたのか、ひさご様は振り返り、

「儂の子じゃ」

と何事もないようにつぶやいた。

「え」

黒弓と同時に声が漏れた。

「いくさの前になってわかったのだ。もう少し早く知れていたら、落ちさせることもできたのに、かなわなんだ……。不憫なことじゃ」

と大きな身体を屈め、「よいか」と女の腕から赤子を譲り受けた。ぎこちない動きで抱きかかえた途端、赤子が泣きやんだ。「ほ」と自分でも驚いたのか、ひさご様の顔がほころぶ。

巨大な胸と太い腕に抱かれた赤子は、とてつもなく小さな生き物に見えた。

なぜだろう、急にまぶたの裏側に、あの日のことが蘇った。ここに至るまで、さんざん炎に舐め尽くされ、無惨に崩れ落ちる建物を間近に見ても、一度も思い出すことがなかったのに、こんな薄暗い湿気た空気のなかで、茶臼山の麓で蟬とともに焼き払った、赤い村の眺めが、逃げ惑う村人の悲鳴とともにはっきりと呼び起こされた。乾いた木が燃える音と、風に煽られ寄せる熱が、今にも耳に頰に届きそうなくらいなまなましく感じられた。男がひとり地面に倒れている。蟬が手裏剣でのどを裂き、俺がとどめを刺した相手だ。その手前で、燃え盛る炎の影をその眼に踊らせ、女の童が俺を見上げていた。

「ほう、百成を見ておる」

不意にひさご様の声が耳を打ち、ハッとして顔を向けると、腕の中から赤子が俺を見上げていた。

とてもきれいな目をした赤子だった。薄闇でも光を帯びたかのように白目がはっきりと浮かび上がっている。

どこかで見た目だと思ったとき、

「誰かを救えばよい」

という芥下(げげ)の声が耳の底に響いた。

いつの間にか、芥下は茶臼山の村に立っていた。火の粉を舞い上がらせ、ごうごうと音を立てて暴れる炎を背に、

「風太郎もいつか誰かを救えばよい」

と白目を光らせた。

＊

これまで赤子を抱いたことはない。

抱きたいと思ったこともない。

だから、どうしてそんなことに及ぼうとしたのか、己でもよくわからない。赤子からふと顔を上げたとき、じっと俺を見下ろすひさご様の眼差しにぶつかった。言葉のやり取りを交わすわけでもなく、ごく自然に俺は足を前に踏み出した。ひさご様もまた、それがすでに決まったことであるかのように、「うむ」と抱えていた赤子を差し出した。

腕の中に預けられた赤子は、驚くくらい軽かった。

「お、おぬし……、気でも狂うたか」

押し殺した蟬の声を背後に聞いたとき、薄闇から突然人が現れたように映ったのだろう、侍女は口元に手をあて声にならぬ悲鳴をのど奥で発し、大助のほうは「なに奴ッ」と腰の刀に素早く手をかけた。

「構わぬ。この者はまんかか様からの使いじゃ」

ひさご様が手を挙げ、二人を制した。

「何じゃ——、そちたちにも見えるのか？」

「人に触れると破れる術でございますゆえ」

ひさご様は目を見開き、顔を向けた。

「よいのか」

どう答えたらよいかわからぬまま、「は」と頭を下げた。ひょっとしたら、ひさご様の目には少しばかり泣きだしそうな表情に映ったかもしれない。

目の前には、赤子の顔があった。髪の豊かな赤子だった。相手はじっと俺を見つめていた。餓鬼に好かれる顔ではないことは重々承知している。薄暗いことだし、俺がよく見えていないのではないかと訝しんだとき、唾の音をちゃっちゃと放ち、赤子が口を開閉させ、急に胸に鼻をこすりつけてきた。

それを見た侍女がもぞもぞと身体を揺らし、常世に何か耳打ちした。「何だ」と訊ねると、「乳だ」と常世が短く答えた。布越しに鎖帷子に顔を押しつけ、確かに乳を探している赤子を慌てて女に返した。その目に怯えと咎める色を隠そうともせず、女は赤子を受け取り、すぐさま胸元をはだけ乳を含ませた。膨らんだ乳房に顔を埋め、小さな五本の指でその肉を押すように触れながら、赤子は忙しく頰を動かした。

ごくごくと元気にのどが鳴る音が仕切りの内側に響き、誰もがそれを無言で見つめた。

この子が明日には生きていないことを、皆が知っていた。

でも、子は乳を飲む。腹が減ったから飲む。生きるために飲む。

「百成」

ひさご様が静かに言葉を放った。

「は」

「いっしょに、連れてはいけぬか」

言葉を最後まで聞かぬうちに、身体じゅうに雷が走った。何を連れていくのか、ひさご様は口にしなかった。しかし、その視線の先で、赤子は変わらず勢いよく乳を飲み続けている。

「おぬしらのように、気ままにどこにでも行けて、気ままに町を歩いて、気ままに蹴鞠ができたらのう。好きな着物を着て、白粉を塗って、毎日、祇園会のように暮らせたらのう。うどんというものは、ずいぶんうまいものと聞いたが、そんなものも好きに食べることができたらのう。そうか……、女なら蹴鞠はできぬな」

生まれてこのかた、ほとんどの月日をこの城で過ごした貴種ゆえか、どこかずれている気がする。そもそも、赤子がそう育つことを望んでいるのか、ただ己がやりたいこと

を言っているだけなのかもよくわからない。しかし、

「儂のことなど知らず、ただの人として当たり前の生を送ってほしいのだ」

というつぶやきが聞こえたとき、ひさご様の求めんとするところが、すうと胸の奥に染みこんだ。この巨大な城のあるじとして、あらゆる栄誉を生まれながらに得ていても、こんな狭苦しい場所で小声でしか話せぬ今の姿が、皮肉なことにその思いを何よりも明確に伝えていた。

赤子が乳から口を離した。

しばらく宙を見つめていたが、軽くげっぷすると、きゃ、ひゃっ、とくすぐられたように笑った。

絶え間なく届く銃声の合間を縫って、その声はどこまでも明るく仕切りの内側に響いた。

果たして生みの母なのか、それとも乳母なのか、女が赤子の口元を拭うと、さらに瑞々しい笑い声が漏れた。それに引っ張られ、始終難しい顔で赤子を眺めていたひさご様の頬がほんの少し緩んだ。大助も口元に笑みを浮かべている。常世も女の隣から、柔和な眼差しを注いだ。驚いたことに蟬さえも、目元の表情をわずかに崩していたが、俺の目に気づくなり、急に不機嫌な顔に変わった。黒弓だけが心配そうな視線を、俺に向けていた。その目は明らかに「やめろ」と言っていた。この男は俺がどうするつもりかわかっている——。俺は奴にうなずいてから、ひさご様の前にひざまずいた。

「百成」

「は」

「この子を頼む」

「承知つかまつりました」

それだけだった。

ひさご様は女からふたたび赤子を譲り受けた。たった今まで浮かんでいた笑顔は掻き消え、目を真っ赤にしている女に、

「この者たちなら大丈夫じゃ。以前も儂のことを命懸けで助けてくれた」

とひさご様は告げた。「この者たち」と言われても、女には俺ひとりしか見えぬだろう。もっとも、そんなことを女が気にしているとは思えなかった。手から離れた赤子をうつろな眼差しで追ったのち、女は急に顔を伏せた。そのまま髪で顔を隠し、声を殺して泣き始めた。

俺が背中に縛りつけていた刀を外し、腰に差し直す隣で、それまでずっと黙っていた蟬が、

「何て馬鹿なことをしたのだ、おぬしは」

とぼそりと忍び言葉を放った。

「わかっている」

「いや、わかっておらぬ」

その強い語気に、俺は首をねじった。

「おぬし——、死ぬぞ」

奴の目には、はっきりとした怒りの色が浮かんでいた。

「まさか、忘れたわけではあるまい。外には月次組の連中がわんさと待ち構えている。赤子を抱いて、そのロクに走れぬみっともない身体で、どうやって、ひとり逃げきるつもりだ？」

「蝉よ、俺はもう決めたのだ」

「こんなもの、忍びがする仕事ではないぞ」

「なら、俺は元から忍びではなかったということだ」

蝉と無言で睨みあった。

奥歯をぎりりと嚙みしめたのち、「阿呆が」と吐き捨て、先に顔を背けたのは蝉のほうだった。

草鞋の紐を締め直し、俺は立ち上がった。

誰よりも俺自身が、阿呆なことをしたとわかっていた。外で待ち受けるのは月次組だけではない。この城を取り囲む、万という軍勢の目を盗み、無事に抜け出さなければならないのだ。

目算など何もなかった。

なのに、心は妙に落ち着いていた。

「風太郎」

振り返ると、いつの間にか赤子を抱いた常世が立っていた。先ほどまでの上等そうな布から、くすんだ色合いのものに、赤子はその装いを変えていた。全身をくるんだ布から首だけを突き出し、乳を飲んだばかりゆえか朦朧とした表情で視線を宙にさまよわせ、赤子は大人しく常世の手で俺の背中に収まった。

「泣かぬな。百成が好きなのかもしれぬ」

ひさご様のつぶやきに、何とか笑みを作って返した。常世が手際よく赤子を背中にくくりつけ、胸に回ってきた布の端をできるだけきつく結んだ。赤子はどこまでも軽いが、走り続けるとなると話は別だ。決して乱暴な動きはできない。さらに、胸の具合もよくない。試しに胸の前にできた結び目を押してみた。まさか傷が開いたわけではないだろうが、ほんの少しの圧で、嫌な痛みが鋭く走った。

暗い気持ちがこみ上げるのを中断したのは、「百成」というひさご様の声だった。

「そちの本当の名は、何という?」

思いもしない問いかけに、痛みの余韻も忘れ、

「風太郎……、でございまする」

と答えた。

「そこの者は?」

「黒弓でございまする」

「そこの者は？」

「蟬――、左右衛門でございまする」

さよか、とうなずき、

「常世」

と俺の後ろで、火の粉がかからぬよう赤子の頭に覆いを被せようとしている、あとひとりの忍びの名を呼んだ。

「そちはこの者たちとともにここを出よ」

手の動きを止め、常世はすぐさま押し殺した声で返した。

「上様、常世は最後までお側に――」

ならぬ、とひさご様はにべもなくその言葉を遮った。

「これは儂からの命じゃ。そちは風太郎を助けよ」

これまで聞いたことのない、有無を言わさぬ強い調子で、ひさご様は常世に告げた。

「風太郎、黒弓、蟬左右衛門――」

身体が勝手に動き、ひさご様の前にひざまずいた。赤子の存在を一瞬忘れていたため、ひやりとしたが、背中からはうんともすんとも聞こえてこない。

「吾子を頼む。親がおらぬのは不憫であるが、せめて穏やかな生を送れるよう、そちたちの力を貸してくれ」

ひさご様は窮屈そうに身体を縮こめ、いかにも不慣れな動きで頭を下げた。

この城を脱出できるかどうかも定かではないのに、その後の生など約束できるはずがなかった。そもそも、常世はいまだ沈黙を守り、赤子を抱いて逃げるのは俺ひとりしかいないことをひさご様はわかっていない。にもかかわらず、

「必ずや」

と勝手に口から言葉が出ていた。さらに続けようとしたとき、

「無事、お守りいたしまする——」

と斜め後ろから声が響いた。

驚いて振り返ると、いつの間にか黒弓と並び蟬もひざまずいていた。

なぜ、お前が言う、とその顔を確かめる前に、奴はのっそりと立ち上がった。腰に差していた千畳敷で奪い取った刀を抜き取り、「使え」と常世に投げ渡した。さらには背中の赤子にその泥鰌面を近づけ、

「別嬪じゃのう」

と忍び言葉でそっと頭を撫でた。

「蟬……、お前」

何じゃ、と蟬は不愉快そうに泥鰌髭を指でつまみ、俺を見返した。

「櫓から出た途端、否が応でも連中の目に止まる。連中はおぬしの顔を知っているから、必ず追ってくるじゃろう。下手すれば、数間も進まぬうちに、上から好き放題に襲われて、あっという間にお陀仏だぞ——」

連中？　何のことだ？　と訝しげに忍び言葉で訊ねる常世に、

「お目出度い奴め。ずっとつけられていたくせに、何も気づかなんだか。この櫓はな、とうに徳川の忍びに囲まれておるのだ」

と蟬はぞんざいに返した。まさかという顔で俺に視線を寄越す常世に、「月次組だ。残菊もいる」と俺は口にしたくもないその名を告げた。

「しかも、今度は全員が忍びだ。祇園会のときのような半端者はたぶん混じっていない」

「何人いる？」

「二十人かそこら――、だったかな」

「二十三人じゃ。そのくらい数えておけ、抜け作が」

余計なひとことを添え、蟬がすぐさま正確なところを伝えた。

手に預けられた刀を見つめ、

「蟬よ、これは何だ。儂を斬るのがおぬしの役目ではないのか？」

と常世は目を細め、問いかけた。

「フン、気が変わったのだ。おぬしを斬るよりも、よほど相手にして楽しそうな連中が現れたからな。それに、儂もさっき触れてしもうた。わかるか？　この身にかかっていた術はもう消えたのだ。まったく、天下の果心居士も頼りない術をかけたもんじゃ。人を斬ったら解ける術など、いくさ場では何の役にも立たぬじゃろうに。ならば、たとえ裏切り者であれ、使えるものを使うしかなかろう。この腕の悪い出来損ないだけでは、はなはだ頼りないからな」

出来損ないとは言うまでもなく俺のことだろう。しかし、そのことに腹を立てるより、赤子に触れたときから「まさか」と思っていたことが、蟬の口から語られたことへの驚きのほうが大きかった。

「蟬……、お前、わかってものを言っているんだろうな？　月次組の奴らは所司代の手下なんだぞ。あとで采女様に知れたら――」

「所司代？　ハッ、そんなものどうでもよいわ」

薄ら笑いを浮かべ、蟬は泥鰌髭を根元から先までゆっくりと指でしごいた。

「儂はもう好きにすることに決めた。おぬしらを見ていたら、つくづく阿呆らしくなったわ。おぬしも、常世も、黒弓も、あと百も死んではおらぬのか？　どいつもこいつも好き勝手に生きおって。儂ひとりが真面目に伊賀で我慢を続けて、まるで戯けではないか。それに、あの残菊とかいう野郎とは、今度会ったときは最後まで相手すると祇園の坊舎で約束したからな。こんな派手な舞台で、決着がつけられるなど願ったり叶ったりじゃ」

先端まで進んだ指を髭から離し、蟬は己の手のひらに唾を吐いた。

「昨日から、木偶のような連中ばかり斬って飽き飽きしておったところだ。忍びなら、少しくらいは歯ごたえもあろう」

両の手のひらをこすりつけ、蟬は刀の柄に手を置いた。

「あいつら、都で儂の手柄を横取りしおって――。斬って斬って、斬りまくってやる」

グケケとのどの奥から下品な声を上げ、極めつけに残忍な笑みを浮かべた。

＊

己の腰に刀を立てかけ、常世はたもとから一本の組み紐を取り出した。手早く髪を解いて後ろで結び直し、さらに腰の帯を解き始める。帯とともに脱ぎ捨てた着物の下からは、忍び装束が現れた。常世、とひさご様の口から漏れた声に、もはや反論の言葉を返すことなく、

「命に替えて、御子をお守りいたしまする」

と低く発し、刀を手に取った。呆気に取られている大助と侍女の視線を受けながら、鯉口を切り、刃の具合を確かめる。俺と目が合うと薄く笑い、常世は刀を腰に差した。

俺たちが忍び言葉でやり取りする間、脇で黙って立っていた黒弓に、「おぬしはどうする」と蟬が問いかけた。

常世が準備を進めるのを見つめながら、俺は耳だけで黒弓の答えを待った。

「拙者は……」

言い澱んだのち、しばらく経って、

「拙者は、いっしょには行けない」

と蚊の鳴くような声が聞こえた。

背中の赤子がもぞ、と動いた。続いて窮屈そうに身体をねじるので、泣かれるかと思ったが、いい体勢を見つけたのか、大人しくなった。

「何じゃ、おぬしが切支丹だからか」

蟬が妙なことを言い出し、思わず顔を向けた。

「伊賀で切支丹狩りがあったときに聞いたのだ。切支丹は自死ができんそうじゃな。だから、儂らにはついてこれんのか？　祇園会のときは、おぬしも月次組と刃を交えたんじゃろう。なのに、どうして今度は無理と言う？　儂らより二十人も多い相手では、命がいくらあっても足りんか」

蟬から視線を移す前に、黒弓は逃げるように顔を伏せた。どうやら、図星を指されたらしい。相変わらずわかりやすい男だと思いながら、

「黒弓は連れていかぬ。はじめからそのつもりだ」

と蟬に伝えた。ハッとした表情で黒弓は顔を上げたが、俺と目が合った途端、ふたたびうつむいた。

「なぜじゃ、動けぬおぬしよりよほど役に立つのだぞ？」

いちいち癇に障る言葉を聞き流し、落ちつきなく足下に視線を這わせる黒弓に語りかけた。

「黒弓よ、これからお前は天川に戻って、お袋様に会わなくちゃいけないんだろ？　お

袋様も、お前が帰ってくる日を、首を長くして待っているんだろ？　約束したんだろ、奴隷の身から買い戻す、って。なら、そんな奴は連れてはいけぬな。ただ——、百市のことだけは何があったのか教えろ。俺が知らぬことを、お前は知っているはずだ」

華奢な腕の先で拳を強く握りしめ、黒弓は沈黙を守っていたが、

「百市とは……、このいくさが終わったら、会うことになっている。いっしょに長崎に行って、そこから南蛮船に乗って海に出るんだ」

と土壁越しに響く銃声にまぎれ、聞き取りにくい声でぼそぼそと続けたと思ったら、

「拙者も——、拙者も知らなかったんだ。風太郎のところから、来たばかりだったなんて。月次組とのことだって何も——」

と急に面を上げた。つい高まった調子を慌てて抑え、

「偶然、上町のあたりで出会って声をかけたら、いきなりのどに毒針を突きつけられて、顔を見られたから殺すって言われて……。でも、必死で、待ってくれ、何でこんなところにいるのか教えてくれと頼んだら、伊賀を抜けたばかりだ、って言うから、じゃあ、拙者といっしょにこの国を出ようと誘ったんだ。そうしたら、百もついてくることになって。だから——、だから、常世殿にも言ったんだ。ただ死ぬより、そっちのほうがずっといいと思ったから」

と切羽詰まった表情を常世に向けた。

「おい、待てよ、百が生きているって本当だったのか？　まったく、おぬしら儂の知ら

ぬところで、ごちゃごちゃと――」

蟬が割りこもうとするのを手で遮り、

「じゃあ、百は今どこにいる？」

と黒弓の目をのぞきこみ訊ねた。

「わからない。でも、いくさが終わったら、落ち合う場所は決めてある。覚えてるかな、前の冬のいくさのあと、風太郎とひさしぶりに会ったところに木が立っていたこと」

「一本だけぽつんと残っていた槐のことか？　確か、小さな祠がくっついていた」

「そう、あの巳さんの近くで会うことができたら、そのまま長崎に向かう話になってい
る」

「でも――、何であそこなんだ？　惣構えの内側じゃないか。もっと城から離れたところで、いっそ大坂を出て会えばよかろう」

「巳さんの下に、拙者、金を全部埋めたんだ」

ああ、とのど奥から吐息のように声が漏れた。そうだった、そもそもこの男、堺が焼き討ちに遭ったから、それまでの商いで稼いだ蓄えを抱え大坂に逃げこんだのだ。そこでばったり百に出くわしてしまった、ということか。

「黒弓、ひとつだけ頼んでいいか」

うん、と言いつつも、ひどく緊張を帯びた奴の視線が、俺の顔を素早く撫でまわす。

「俺もここを出たら、巳さんを目指す。だから、お前は先に行って待っていてくれ。こ

の格好のままでは、遠くまで逃げられぬ。落ち武者狩りもすぐに始まるだろうからな。着替えを用意してほしい。それくらいなら頼めるか？」

もちろん、とどこかほっとした響きを言葉の端に乗せ、黒弓はうなずいた。

どこにあるんだ、その巳さんとやらは、という蟬の問いに忍び言葉で答えながら、祠に鎮座する白蛇の置物を思い返したとき、不意に薄闇にぼうっと浮かぶ蒼白い百の裸体が脳裏を過った。不思議と奴にもう一度、会えないかと思った。あの女のことだから、いくらでも心変わりして、もう大坂にいないなんてこともありそうだが、今ならひと言くらい、胸の傷を手当てしたことへの礼を伝えてやってもよい。

「そろそろ、出立せよ。さすがにいつまでも小用というわけにはいかぬ」

俺たちの準備が整うのを見守っていたひさご様が、ゆっくりと口を開いた。

急ぎ並ぶ四人の忍びを見下ろし、

「結局、儂は最後までひとりでは何もできなんだ。子の命すら、己で守ることができぬ。こうしてそちたちに頼むことしかできぬ。大勢の者を死なせておいて、儂にこんなことを頼む資格はないかもしれぬ。だが――、この世は生きている者、これから生きようとする者のためにある。どうか、この子を生かしてやってほしい」

と一語一語を丁寧に踏みしめ進むように言葉を重ねた。

ひさご様は振り返った。

「大助」

開けよ、という声に、おさなき侍がかんぬきの前に進む。先におぬしが行け、さっさと逃げるがよい、と嫌味たらしく蝉に促され、黒弓が先頭に立つ。その後ろに俺と蝉が並び、常世は殿（しんがり）についた。大助が腰に力を入れて、かんぬきを外す間、俺はそれとなく蝉の横顔をうかがった。

「勘違いするなよ」

正面を向いたまま、蝉が忍び言葉を放った。

「断じて、おぬしのためではないぞ。別にそこの赤子が気の毒になったわけでもない」

「じゃあ、なんでだ――。もしも采女様にこのことが知れたら、間違いなくお前の首は飛ぶぞ」

そんなことわかっておるわ、と蝉は鼻を鳴らし、

「そこの御大将じゃよ」

とひさご様の大きな身体に目を遣った。

「こんな得体の知れぬ素破（すっぱ）ふぜいに、会うなりねぎらいの言葉をかけてくれた。さらには、頭まで下げてくれた。まったく、さっきは己の目と耳を疑うたわい。これまでどれほど死ぬ思いで働こうとも、采女様からまともな言葉のひとつ、儂はかけてもろうたことがない。それどころか、ロクに見られたことすらない。儂はあの方に人と思われておらぬ。柘植（つげ）屋敷のときからずっと、儂はただの動く石ころじゃ――」

そう言えばこの男、はじめてひさご様に声をかけられたとき、ひざまずいた姿勢のま

ま呆けたように口を開けていた。

「儂はとてもうれしかったのだよ、風太郎。人として見られて、とてもうれしかった。ただ――、それだけじゃ」

少しかすれた声とともに、蟬は泥鰌髭をつまんだ。思わず、その肩に手を置こうとしたとき、

「そうじゃ。この際だから、教えておいてやろう。全部、儂がやったのだ」

と唐突に話を変えてきた。

「全部？　何のことだ」

「おぬしが伊賀から追い出されるよう、裏で儂がすべて仕組んだ。あの橋番も、おぬしのせいで死んだかどうかなどわからぬ。もともと、重い心の病があったらしいからな。目障りなおぬしを追い出すためじゃ、何でも使ってやったわ。いや、追い出す前に、儂の目論見では、鉄砲に撃たれて死ぬはずじゃったからな」

「ま、待てよ、お前が御殿に渡した鉄砲の照準をずらしたって――」

「嘘じゃよ。むしろ、当たれ当たれと念じておったわ。それなのに、何発撃ってもかすりもせぬ。儂が代われば一発で仕留めるのに――、と思いのほか下手糞な御殿に、銃を渡しながら心で野次っておったわ」

奴に対し芽生えた雪解けの気持ちは、一瞬で搔き消えた。

「おい、蟬」

「何じゃ」

「あとで殴らせろ」

クケケとことさらに嫌らしく笑い、「おうよ」と蟬は俺の肩を叩いた。しかし、それに驚いたのか、赤子が急に動き出すと、慌てた様子で「すまぬ」と背中に顔を近づけようとして、後ろの常世に「下がれ」と冷たく言い放たれていた。

音を立てずに外したかんぬきを、大助が壁に立てかけた。

「冬のいくさが始まってから、まんかか様には便りのひとつも出せなんだ。じゃが、これで思い残すことなく、別れを告げられる。改めてそちたちには礼を言う」

とひさご様は腰の脇差しに手を添えた。

「行くがよい」

胸を張り、厳かに告げた。

たとえ狭苦しい櫓の中でも、その姿は確かに一軍の総大将の出で立ちだった。

だが、この櫓の外に何が待ち受けているのかまるで知らぬのが、どこまでもひさご様らしかった。俺たちは三人。いや、赤子を抱いた俺は半人前の勘定だろう。対して、相手は二十三人。祇園会のときとは質がちがう。あれだけの人数で易々と本丸に侵入していることからも、それは明らかだ。さらには残菊がいる。背中の赤子とともに、無事抜け出すことができるかどうか、俺もわからぬ。蟬も常世も何も言わぬが、黒弓ははっきりとそこに死を見極めた。

それでも、不思議と恐れはなかった。一銭の金にもならぬ、割が合わぬにもほどがある頼まれごとなれど、ねね様や因心居士や果心居士に導かれ、己がここに立つ理由を今なら不思議と了解できた。図ったようにこうして腐れ縁に囲まれ、いくさ場へと戻るのも、結局のところ、柘植屋敷から続く定められた道を、今も変わらず歩いているということではないのか。

「黒弓」

「は」

「母上を大切にな」

俺たちの話を聞いていたのだろう。ひさご様の言葉に、黒弓の顔がくしゃりと歪んだが、何とか保ち直し、深く頭を下げた。

ひさご様自らが引き戸に手をかけ、身体ひとつ分がすり抜けられるぐらいまで戸を開けた。

「巳さんで待ってる」

振り返った黒弓と、一瞬だけ目が合った。

「Ｂｏａ（ボア）　Ｓｏｒｔｅ（ソルチ）、風太郎」

懐しい言葉だった。幸運を、という意味だったか。

「ああ。Ｂｏａ　Ｓｏｒｔｅ、黒弓」

何を泣いている、とつけ加えようとするより早く、黒弓は引き戸の向こうへ消えていた。一拍声をかけるのが遅れたのは、ひさご様の後ろで、なぜか大助が黒弓の動きに視線を合わせたように見えたからである。しかし、そのことについて確かめる間もなく、

「常に三人で固まれ。外に出たら、ひたすら走れ」

という蟬の声に、意識をぐいと引き戻された。

「引き戸の先は山里曲輪につながっておる。本丸から出るには、曲輪を突っ切り、極楽橋を渡って二の丸に向かうしかない」

城の縄張りを早口で説明しつつ、火の粉が落ちぬよう、常世が赤子の頭をすっぽりと布で覆った。俺たちも顔の下半分を布で隠す。

「怖がらぬか、強い御子じゃ」

常世のつぶやきに、壁際に立つ侍女がしゃがみこみ、無言で肩を震わせた。

「蟬左右衛門――、達者でな」

ひさご様を仰ぎ見て、蟬は声にならぬ「は」を発した。

「風太郎よ」

「は」

「また会えてうれしかった。蹴鞠ができぬのは、残念じゃったが」

口元に穏やかな笑みを浮かべ、「常世も今までよう勤めてくれた」とひさご様は背中の赤子の頭に、布越しにそっと手を置いた。

「さあ、行け」

蟬がまず飛び出し、俺も引き戸の隙間に身体を滑りこませた。すぐ後ろを赤子を守るように常世が続く。

櫓の外に出たとき、

「さらばだ」

というかすかな声が聞こえた。

首をねじった先でゆっくりと引き戸が閉まり、まっすぐな眼差しを残し、ひさご様の顔が視界から消えていった。

*

走るのに合わせ背中の赤子が揺れた。ただ前を行く蟬の膝の裏あたりだけを見つめ、決して左手に巡らされた石垣には目を向けなかった。たとえその上から、百丁の鉄砲が筒先を向けていたとしても、俺たちは逃げるしかないのだ。月次組の連中が動き出すまでに、どれだけ距離を開けられるか、すべてはその一点にかかっている。

狭い曲輪の道を抜けたら何が待ち構えているか、目よりも先に鼻が予感していた。

櫓に入る前とは比べものにならぬほど、周囲は煙と焦げた匂いに包まれていた。まだ日は暮れていないのに、空が暗い。本丸全体が煙に覆われているのだ。

前方の視界が急に開けると同時に、蟬の足が一瞬止まりかけた。俺に至っては完全に立ち止まり、すぐさま「風太郎ッ」と常世の叱声を喰らい、弾かれたようにふたたび走り始めた。

山里曲輪と名づけられただけあって、祇園社の境内を丸ごと移したかのような、本丸の内側にあるとは到底思えぬ広大な庭に、鬱蒼と木々が生い茂っていた。目に映るもののほとんどが、すでに紅蓮の炎に焼かれていた。右も左も正面も、炎が一本の太い帯となって連なり、さながら巨大な蛇が踊り狂い、すべてを食い漁るような、すさまじい眺めだった。強烈な匂いからわかっていたはずなのに、いざ濁流となって視界を舐め尽くす炎を前にしたとき、ともすれば足が竦みそうになった。

おそらく、平時なら松の巨木があちこちに悠然と立っていたのだろう。だが今は、それらが折り重なるようにして倒れ、燃え盛る建屋とともに、俺たちの行く先を塞いでいた。ひどい火傷を覚悟するなら、潜り抜けるか、飛び越えるかで突破できるかもしれない。だが、俺の背中には、何よりも大切に扱わねばならぬ小さな荷物がある。

もっとも、炎は確かに厄介だが、一方で俺は、ほんの少しだけほっとしていた。なぜなら、炎が暴れる限り、建屋に待ち伏せされることもなければ、頭上から月次組が襲ってくる心配もないからだ。後ろを確かめても追ってくる影はない。連中も虚を衝かれ、俺たちを追う機を逸したのか。それとも、狙いはひさご様だけで、雑魚が三匹逃げただけ、と見逃されたのか。

「右だッ。建屋の裏を回って、極楽橋に向かえ」

火を避けて新たな道を指示する常世の声を受け、蟬が突っ走る。赤子のためにも、一刻も早く曲輪を抜け出したいが、まるで俺たちが奥へ進むのを拒むように、道を変えた先でも、激しい炎を纏った松の巨木が横倒しになり、行き止まりを告げていた。

「まずいな」

足を止め、振り返った蟬の目には、ひどく険しい光が宿っていた。

「おぬし、匂いに気づいたか？」

「匂い？」

「一瞬だけ、油の匂いがした」

俺に向けられた蟬の目が、細かく揺れていた。そんな奴の表情はこれまで見たことがなかった。嫌な具合に心が揺れるのを感じながら、「何が言いたい」と俺は低い声を発した。

「誘われたかもしれぬ」

「誘われた？」

「どこもかしこも、倒れた松が道を塞いでおったろう。松は全部、根元から折れていた。妙じゃなと思っていたが、油の匂いでわかったわ」

一拍の間を置いたのち、

「まさか――、それって」

と思わず声の調子が跳ね上がった。

「連中の仕業だ。松を切り倒し、油を使って建屋もろとも一気に火を放ったのだ。松明をやけに揃えていたのも、このためだ。儂らが櫓に入っている間に仕掛けたのだろう」

天守から下をのぞいたとき、残菊の指示を受け、連中は松明の用意を始めていた。日が暮れてからの備えかと呑気に構えていたが、そもそも忍びに明かりなど要らぬ。櫓から人を逃さぬため、つまり、回り回って俺たちを閉じこめるための策だったのだ。

これ以上進めぬのなら、来た道を戻るしかない。だが、戻ったところで新たな道はない。まさか、櫓にふたたび逃げこむわけにもいかぬ。いい加減、暑くなってきたのか、赤子がもぞもぞと動き始めた。後ろに手を回し、

「大丈夫、大丈夫だ」

と半ば己に言い聞かせるように赤子の尻を揺すったとき、「蝉、風太郎」と押し殺した声が背中に聞こえた。

「連中が来たぞ」

ぎょっとして振り返った。

来た道に、人影を確かめることはできなかった。先ほどまでは煙の通り道ではなかったが、風に乗って訪れた煙幕が今はぶ厚く視界を覆っている。

「何も見えんぞ。確かか?」

「ああ、五人いる」

仕方ない、やるか、と背中の刀に手をかけた蝉を、常世が手を上げて制した。

「無駄だ。戦ったところで、極楽橋へ向かう道はない」

「なら、どうするんだよ」

「儂が話す」

「話す？　何をだ？　本丸を出たいから、そこの燃えている松をどけてくれ、とでも頼むか？」

一度は放した手をふたたび柄に戻し、刀を半ばまで抜いた蟬に、常世は冷たい一瞥をくれ、

「儂らが藤堂家の忍びだと伝える。御殿の命で、和議の密書を櫓に届けた帰りで、大御所様の内々なるご意向でもある、とな。相手は簡単には信じまい。そこで残菊の名を持ち出す。残菊殿なら儂を知っている、お目通り願いたい、と言えば、少なくとも儂らに手は出せぬ。そのまま、連中と来た道を戻るのだ。城壁が見えたところで、おぬしらは壁に向かって逃げよ」

とどこまでも淡々とした口調で続けた。

「逃げるって……、どこへだよ。城壁の向こうは堀なんだぞ」

「そうだ、堀に飛びこめ」

俺の顔を見上げ、常世はあっさりとうなずいた。

「ま、待てよ。それは無茶だ。わかってるだろう、俺の背中には――」

「月次組の連中を相手にするか、火に突っこむか、水に突っこむか――、そのどれかしかない」

顔を覆う布の隙間にのぞく目から放たれた、炯々たる光を受け止めきれず、俺は逃げるようにふたたび赤子の尻を揺すった。

何も大丈夫なことなどなかった。

無茶と思う理由なら、いくらでも頭に浮かぶ。月次組に追われながら、丁寧に石垣を降りる余裕などあるまい。おそらく伊賀上野の高石垣よりも高さのあるところから、一気に水堀に飛び降りることになる。着水の衝撃で赤子が怪我したらどうする。よしんば、うまく堀に降りたとして、潜らずに無事渡りきれるのか。泳いでいるときに、上から狙撃されたら逃げようがないではないか——。

俺が触れたことに反応してか、赤子が窮屈そうに身体をねじった。膝か、足か、小さな圧を背中に感じた。考えている暇などないわ阿呆、と無言の叱責を投げられた気がした。わかっている。堀に飛びこむしか、この本丸から脱する道はもう残っていない。

「わかった、それでいこう」

渇ききった口から何とか言葉を絞り出し、俺はうなずいた。

常世が腰の刀を抜いた。手元に用意していた布きれに、刃をすうとあてる。布の内側に小さな白いものが見えた。らっきょうだ。おそらく、内側にたっぷりの毒を染みこませているのだろう。伊賀上野の御城に忍びこんだとき、黒弓の間抜けがこれの代わりににんにくを買ってきたことをひさしぶりに思い出す横で、常世は刃の反りに合わせ、布を素早く根元から切っ先へと走らせた。

「よく、そんなもの用意していたな」

「己の命を始末するためだ」

その言葉にハッとして、俺は常世の顔をのぞいた。

「お前――、よかったのか？」

「何がだ」

「本当は、残りたかったんだろ？」

常世はちらりと俺の顔に視線を走らせ、

「よいも悪いもない。儂は忍びじゃ。命じられたとおりに動く。女として生きろと言われれば女になる。忍びとして死ねと言われれば死ぬ。それだけの生きものじゃ」

と表情のいっさいうかがえぬ声を放ち、刀を腰に戻した。

「ハッ、嘘をつけ」

そこへ、蟬がこれ見よがしに鼻を鳴らした。

「何が命じられたとおりに動くじゃ。誰もおぬしに、本丸に入った仲間を始末しろなどと命じておらぬぞ。誰もおぬしに、あの御大将に心から仕えろなどと命じておらぬぞ。笑わせるな、おぬしはとうに忍びでも何でもないわ。まったく、あの屋敷の生き残りは皆、頭がどうかしておるの。風太郎、百市、おぬし――、まともな忍びはひとりだっておらぬではないか。どいつもこいつも、出来損ないばかり。挙げ句がその阿呆の筆頭につられ、儂までどど阿呆に成り下がったわ」

常世は何も答えなかった。ほんの一瞬だけ、目元にかすかな笑みを浮かべ、あとは煙幕に向かって油断なく視線を走らせている。その様子を見て、蟬はまたもフンと鼻を鳴らし、「オイ、儂にも寄越せ」と常世の手に残っている布きれを指差した。

「中身には触れるな、それだけで膚がやられる」

ああ、とぞんざいに返事し、蟬は背中の刀を抜き、先端に布きれをあて一気に引き下ろした。刀を鞘に戻したのち、今度は襟元に隠していた針を、布越しに次々とらっきょうに刺した。

風の動きに合わせ、ようやく前方の煙が薄れていく。

その向こうから、五つの人影がひと目で忍びとわかる歩き方で近づいてくるのが見えた。

俺たちが炎に邪魔され立ち往生するとはじめから承知している、そんな余裕さえ感じさせる動きで、連中は距離を詰めてくる。しかも、この曲輪を完全に我がものにしたという自信があるのか、顔を布で覆うことさえしていない。

およそ二十間離れたところで五人は立ち止まり、前後に陣形を組んだ。先頭に立った男の顔を認めるなり、俺は蟬の名を呼んだ。

「常世は駄目だ。お前が連中と話せ」

「なぜじゃ」

「先頭の痩せた男――、柳竹という名だ。俺と常世は、あの細いのに面が割れている。

特に常世は祇園会の一件のときに、相当恨みを買っている。用心しろ」

こちらの出方を待っているのか、刀を抜くこともなく距離を保っている相手に冷たい眼差しを向け、「任せろ」と蟬はつぶやいた。一歩、二歩と進み、連中に向かって大きく両手を挙げ、

「おうい、儂らは味方じゃッ。おぬしら、徳川殿の手の者じゃな？　儂らは藤堂家の者じゃ。話を聞いてくれいッ――」

と大音声で呼びかけた。百の一件があるゆえ、藤堂家の者と名乗るのは危険を伴うかもしれぬが、忍びを使う大名などもはや片手にも満たぬ数しかいないのだから仕方がない。

常世の描いた筋立てに従って、蟬はよく通る声で出鱈目を並べていった。案の定、大御所の名を持ち出した途端、相手に動揺が走るのがここからも見て取れた。そこへ「残菊殿にお目通りを」である。いきなり頭領の名まで口にされては、無視もできまい。要は己らで判断できぬ、と思わせることができたなら、それでよいのだ。蟬が話し終えるなり、柳竹が隣の忍びに耳打ちした。それから二、三人が頭を突き合わせ、相談を始めた。

「どうなることやら」

さすがに蟬の声にも緊張の色がうかがえた。少しでも顔が隠れるよう、俺は口を覆う布を引き上げ、手を握った。気味が悪いくらいに、手のひらに汗が滲み出ていた。

「おぬし、名は、何と言う」

相談を終えたのか、柳竹がいがらっぽい声を放った。

「小介だ」

すぐさま蟬が返す。

「隣の、二人は？」

「佐助に、才蔵」

来い、と柳竹は手招きした。

蟬が振り返ってうなずく。俺も無言のうなずきを返し、奴に従って足を踏み出した。

俺たちが近づくにつれ、連中は脇に退き、道を空けた。まだ誰も刀を抜いていない。だが、いつでも斬りかかる用意ができているのは、殺気だけでじゅうぶんに伝わってくる。

「おぬしらが、先に進め」

柳竹があごで促した。

「風太郎、前を行け」

蟬の忍び言葉に、俺はさりげなく先頭に進んだ。

連中の眼前を歩くとき、常世が俺の横で歩を合わせ、通り過ぎてからは常世と蟬が重なるようにして後ろに立った。言うまでもなく、連中の注意を赤子から逸らすためである。

俺は背中に祈った。

どうか、堀に面した白壁が見えるまで大人しくしていてくれ、と。

＊

手から滲むだけでは間に合わなくなったか、脇からも汗があばらを伝って落ちていく。来た道を戻るも、煙が前方を覆い、視界はすこぶる悪い。場に居合わせる全員が忍びだけあって、後ろからは何の足音も聞こえない。乾いた木が炎に焼き尽くされる音が響くばかりである。月次組の五人はもちろん、常世と蟬の足音も消え、まるでひとり焼け野原を進むような心細さが心を過る。

その不安がまさか伝わったわけではなかろうが、ほんの一瞬、背中の赤子が「ふぇ」と泣き声のしょっぱなを放った。

俺は咄嗟に赤子の尻に手を回した。泣き声に重ねるように、蟬が草鞋の裏で土をこすりつけ、派手な音を立てた。さらには、

「ああ、まったく、参ったぞ。どこもかしこも火、火、火で、危うく焼け死ぬところじゃった。御殿が、儂らの帰りを首を長うして待っておられるというのに、こんなところでもたもたしておっては、帰ってからひどい目に遭うわ。おぬしらも噂に聞いたことがあるじゃろう。とにかく短気な御殿様でな、早く本丸を出ねば、儂らの首が危ない」

とことさらに声を張り上げ、後ろの柳竹らに向かって話し始めた。さいわい赤子の声はあとに続かず、何とか誤魔化せたと思ったが、

「何だ、今のは」

と柳竹がやはり気がついていた。

「赤子の、泣き声が、聞こえたぞ」

「赤子？　何を言っておる。こんなところに赤子がいるわけなかろう。炎に焼かれて木が裂ける音を聞き違えたのではないか？」

蟬が目一杯とぼけたのも空しく、

「おい、先頭の男――、佐助と言ったな。おぬしの、その背中の荷物は、何だ？」

とさらに一段低くなった柳竹の声が、鋭く背中を射貫いた。

思わず足が止まりそうになったところへ、

「そのまま歩け」

と常世が忍び言葉で間髪を入れずに伝えてきた。

「これか？　この籠には儂らの忍び道具が入っておる。さすがに中身は見せられぬが、城に忍びこむための道具じゃ。おぬしらが使うものとさして変わらぬはずじゃぞ」

と蟬がうまい言い訳を放つ。赤子は手も足も頭も、外には出ぬように布で覆っているので、蟬の言うように籠を担いでいるように見えぬこともないはずだ。

「では、それを使って、おぬしらは、密書とやらを、届けに、あの櫓に入ったのか」

「まあ、そういうことになるな」

蟬が軽快に受け答えたとき、

「止まれ」

と柳竹が短く命じた。

「どうした？　残菊殿のところまで、早う連れていってくれぬか。御殿が待って――」

「止まれ、従わねば、斬る」

蟬を遮り、柳竹が暗い声で繰り返すのに合わせ、背後で左右に開く連中の足音が聞こえた。

「わかった、わかった。おい、佐助に才蔵、ちょっと止まれ」

唇を嚙みしめ、俺は足を止め振り返った。炎の明かりを受け、柳竹の右半分だけが、蟬の正面にぼうっと浮かび上がっている。

「おぬしら――、ちがうな」

「ちがう？　何がじゃ？」

「それを使って、櫓に入った、だと？　玉の一行が、櫓に入ってから、儂らはずっと、櫓を上から、見張っておった。あとから、櫓に入った者など、ひとりもおらぬ。おぬしら、いったい何者じゃ。どこから、櫓に忍びこんだ？」

「だから、言ったじゃろう。儂らは藤堂家の使いだと」

「問いに、答えろ。どこから、櫓に入った」

柳竹は常に一語、二語(くみ)と声を発してはつまずくような、たどたどしい言葉遣いで話す男だった。それを与しやすしと見たか、途中から蟬は明らかに相手を吞んでかかる口ぶりに変わっていた。それゆえに、足をすくわれた。思いもよらず柳竹が仕掛けた言葉の罠に、まんまと引っかかった。そう、この泥鰌野郎はいつだってこうなのだ。調子に乗って余計なものを招き寄せ、結局最後にしくじる——。心で散々に毒づきつつ、俺は左右に散った五人の位置を素早く確かめた。

「おぬし、口元の布を、取れ」

蟬を睨みつけたまま、柳竹は口を歪め命じた。

蟬はフンと鼻を鳴らし、口元を覆っていた布をあごまで引き下ろした。

まだ蟬と顔を合わせたことがない柳竹は、胡散臭げな眼差しを遠慮なく注いでいたが、

「そこの、二人もだ」

と俺と常世を指差した。

もっとも、当人は指を出したつもりかもしれぬが、ほとんどが切り落とされた左手を見つめ、

「どうする」

と俺は忍び言葉で問いかけた。

「儂は左の二人、常世は右の二人——、風太郎、おぬしは走れ」

すでに決断を下した忍び言葉が、蟬の背中から放たれた。それから、ゆっくりと首をねじり、蟬は顔を向けた。ふたたび露わになった泥鰌髭をつまみ、

「おい、佐助。この疑り深い御仁に、おぬしの男前な顔を見せてやれ。才蔵もだ」

といかにも物憂げな口調で声をかけながら、柳竹には見えぬ位置で、髭に仕込んだ針を唇に滑らせた。

「早う、取れ」

苛立ちを隠さず、柳竹が甲高い声とともに唾を飛ばす。

「いちいち取らねば、わからぬか」

それまで沈黙を守っていた常世が、静かに言葉を発した。

「何？」

「その指が疼かぬか。あやつが儂らの先を奪っていったのだ、と騒がぬか」

常世が口元を覆う布を、引き下げたのが合図だった。

柳竹が声にならぬ叫びを上げたとき、すでに左端の男は、蟬の飛ばした針に顔をやられ、隣のひとりは蟬の抜刀の一撃を避けきれず、肩の肉を切っ先で弾かれた。それだけで十分だった。常世の毒がたちどころにその牙を剝き、二人が異様なうなり声とともに地面に転がる。同じく常世も早々に右端の男を、隠し持っていた棒手裏剣で仕留め、その横の忍びに斬りかかっていた。

「走れッ、風太郎ッ」

吊り上がった蟬の目と視線が合うなり、俺は踵を返し、地面を蹴った。

急な動きに驚いたのだろう、背中の赤子が火がついたように泣き始めた。だが、今は構っておられぬ。死なずにここをともに脱するためには、俺は走り、赤子は泣くしかないのだ。片手をその尻にあて、少しでも揺れを減らしながら、二十間ほど走ったところで、俺は一度振り返った。

常世と柳竹が対峙していた。

残りの月次組の四人は、どれも地面に倒れていた。うちひとりは首が飛んでいた。蝉はすでに場を離れ、俺のあとを追っている。

「行けッ」

手にした刀を振り、蝉は叫んだ。

一瞬でもよそ見せずに走るべきとわかっていたが、どうしても常世から目を離すことができなかった。

柳竹は刀を構えていなかった。

おそらく、あの手ではまともに刀は握れまい。代わりに、右手に鎌を持ち、指を失った左手で鎖で繋げた分銅を操り、身体の横でそれを回転させていた。分銅には油が塗ってあるのか、炎を纏っている。間合いを計りつつ、柳竹は獣のような雄叫びとともに、それまで弧を描いていた分銅を真正面に飛ばした。線の動きで襲ってくる炎のかたまりを常世が刀で弾く。しかし、構え直す前に、もう一方の鎌が至近に迫っていた。

常世が後ろに跳び退る。しかし、鎌の刃が先にその小柄な身体を捕らえ、胸のあたりから血しぶきが飛び散るのが見えた。

「常世ッ」

思わず足を止め、その名を叫んだ。女の着物の下に忍び装束は用意していても、ひとりで死ぬ気だったゆえ、鎖帷子を着こんでいないのだ。

蟬が横に追いついた。俺の腕を強引に取り、「阿呆ッ」と耳元で怒鳴りつけた。

「走るのだ、風太郎ッ」

そのとき、いったんは間合いを取った柳竹がふたたび分銅を繰り出した。しかし、常世はよけない。顔の真ん中に向かってきた炎の玉をそのまま受け止めた――、ように見えたが、実際に弾かれたのは分銅のほうだった。

刃を後ろに刀の柄を前に構え、その柄頭で、向かってくる分銅を正面から突き返したのである。

そのまま、実に自然な動きで常世は刀を振り下ろした。

鎌と長刀では、勝負は歴然だった。

これから鎌で襲おうと振り上げた柳竹の右腕が、その頭の上で切り離され、宙に飛んだ。

返り血を浴びた口元に薄笑いを浮かべ、体勢を崩した柳竹の腹に、常世は容赦なく刀を突き刺した。柳竹の背中を貫き、向こうまで抜けた刃が、炎を受けあやしく光を放った。

「フン、常世の奴め、やりおるわ」

腕にかけた蟬の力が弱まったときだった。

なぜか柳竹が、にいと笑った。

腕を失い、腹を刺し貫かれたにもかかわらず、ひどく満足げな表情とともに、まだ無事な左腕を挙げ、手にした鎖を引いた。地面に転がっていた分銅が、ふわりと浮かび上がる。腕の動きに導かれ、炎のかたまりが持ち主の元へ戻るが、常世は腹に突き刺した刀を手放し、軽々とそれをよけた。

柳竹がふたたび笑った。

歯を剝き出し、心の底からうれしそうに口を開き、舌を常世に向かって突き出した。己に向かってきた、炎に包まれた分銅を、柳竹はいきなり素手でつかんだ。そのまま、目の前の常世に見せつけるように、己の胸に押しあてた。

次の瞬間、轟音が響きわたった。

空気がしなるように顔を叩き、蟬とともに思わず身体を伏せた。一度はすべて白に染まった視界が徐々に色を取り戻し、耳の真後ろで泣き叫ぶ赤子の声が、ようやく遠くに聞こえてきた。

呆然と前方を見つめた。

常世と柳竹がいた場所に、人の姿は見当たらなかった。

俺は常世を探した。

奴の名を唱えながら、どこかでむくりとあの華奢な身体が起き上がらぬかと、目玉を虚ろにさまよわせた。

「行くぞ」

先に立ち上がった蟬が、刀を背中に戻し、ぼそりと声を放った。

「起きろ」

背中では赤子が、今まででいちばんの激しさで泣き喚いている。

「待て、どこかに常世が――」

「今の音で連中も何かあったと気づく。次が来たら終わりだ」

「で、でも、常世が」

あごの下に強引に手を回し、蟬は有無を言わさず俺を起き上がらせた。

「走れ、風太郎」

ふらつきながら立ち上がった俺の肩に手を置き、蟬は煤まみれの顔を近づけた。常世の名を口にした途端、思いきり頰を張られた。

「立ち向かうのだ」

とかすれた声で告げた。真っ赤に充血した目が、もう一度、「走れ」と言った。

「その赤子を守る、と御大将と約束したじゃろうが」

改めて、己の生を主張するかのように、ひときわ甲高く赤子が泣き声を上げ、あまりの勢いに耳がふたたび、つんと遠くなった。

常世が立っていた場所を最後に見返した。

声を出さずに奴の名を呼んでから、俺は地面を蹴った。蟬がぴたりと併走し、煙が垂れこめる道を駆けた。四方から木が焼け焦げる苦しげな音が押し寄せ、熱が風を生み出しているのか、ごうごうという異様なうなりが空全体に鳴り響いた。

正面に城壁が見えた。

銃眼が連なる白壁を認めた途端、自然と足の動きが速まり、蟬もぐんと勢いを増し、俺との差をあけていく。

しかし、壁まで十間というところで、蟬が急に足を止めた。俺も草鞋で地面を削るようにして、動きを止めた。

空がうなる音が、さらに大きさを増していた。それに負けじと放たれる赤子の泣き声を聞きながら、俺たちは無言で城壁を見つめた。

黒い忍び装束を纏った連中が十人ほど、城壁の瓦の上にどれも片膝を立て、俺たちを待ち構えていた。

「畜生め」

蟬の暗いつぶやきが聞こえたとき、空のうなりがいきなり雄叫びに変わった。そこへ、すさまじい爆発が重なった。思わず首をねじって、音の源を確かめた。

ゆったりと流れる煙の合間から、まるで起き上がるかのように巨大な天守が姿を現そうとしていた。

いつの間にか全身を燃え上がらせた天守が、空もろとも鳴動させるかのような勢いで咆えた。とうに日は暮れていても、最上層まで蝕む炎は、勢いそのままに夜を圧し、爛れた夕焼けのような禍々しい明るさでもって本丸を包んだ。黒一色に覆われた天守を包む炎は、どこかその火までもが、黒く染まっていた。ふたたび大きな爆発の音とともに、中層から炎のかたまりが噴き出した。これほど離れていても、頬に熱が伝わってくる。弾き飛ばされた木片や瓦のかけらが、炎に照らされ、いっせいに舞い落ちてくる様を呆然と目で追う途中、ひとつの影に視線が引っかかった。

天守を支える石垣の下には、俺たちが立つ山里曲輪よりも一段高い曲輪が巡らされている。天守から真下にのぞいた、月次組が我がもの顔で占拠していた曲輪だ。その曲輪の塀の上に、男が立っていた。

爆発が放ったかけらが、小さな炎を引き連れ、雨となって降り注ぐ。たとえその顔が影になっていようとも、火の雨にたたずむ男を、その身体つきだけで容易に判別できた。

「残菊だ」

のどから絞り出した俺の声に、蟬は静かに背中の刀を抜いた。

*

俺たちが天守に目を奪われている隙に、素早く城壁を降りてきた連中が音もなく背後に迫っていた。

「ど、どうする」

「どうもこうもあるまい、やるぞ」

腰を落とし、蝉は刀を構えた。何かを考えている時間などなかった。目が勝手に相手の頭数を数え、右手は刀の柄を握った。右足を一歩前に、指が鯉口を切ったとき、横一列となって間を詰めてきた忍びたちが、急に足を止めた。

連中はまだ刀を抜いていない。

相手はきっかり十人。七人は俺と同じく刀の柄に手をかけ、残る三人は吹き矢をすでに口元に用意している。

待っているのだ——。俺は素早く振り返った。

すでに曲輪の塀の上に、残菊の姿はなかった。

真下に視線を落とすと、火の粉と薄煙が漂う向こうから、ゆっくりとした足取りで近づいてくる人影が見えた。そこへ朱三櫓の方向から駆けつけた四人が加わる。四人の先頭を走る、他よりも頭ひとつかふたつ飛び抜けて大きな図体の持ち主は琵琶であろう。待機していた忍び連中がいっさいの物音を立てることなく左右に分かれた。俺と蝉の三間先で琵琶を従え残菊が足を止めたとき、俺たちは見事に月次組が描く輪の中に閉じこめられていた。

それまで昼間のように明るかった周囲に急に影が差した。炎にまみれた天守が、曲輪の森から湧き上がる煙のかたまりに呑みこまれたのだ。煙の流れに合わせ、夜は昼になり、また夜になり、目まぐるしくその明るさを変えた。その間、残菊は微動だにせず、俺たちに冷えた眼差しを注いでいた。刀を構え、その切っ先を向けている蝉よりも、頻繁に俺のほうに視線を寄越すのは、背中で泣き続ける赤子のせいだろう。顔を覆う布からのぞく部分もきっと煤だらけゆえ、残菊はまだ俺には気づいていない。それでも、視線が交わるたびに、胸の傷痕がちりちりと嫌な疼きを発した。

あやすこともせず、ただ突っ立っているだけの俺への抗議か、赤子はいよいよ激しく泣き声を上げる。それに呼応するように、天守も風もごうごうと咆える。ただ、忍びだけが沈黙のまま、石となっている。炎に照らされ、長く伸びたその影を、地面にゆらゆらと踊らせている。

円陣を敷く連中の数は十五。残菊はじめ、誰も顔を隠していない。蟬が櫓で言っていた二十三という総計から、柳竹ら五人をさっ引いても少々勘定が足りぬが、残りは櫓の監視でも続けているのか。どちらにしろ、死地のど真ん中に立っていることに変わりはない。

「おい、風太郎」

無言の睨み合いの隙間を縫って、忍び言葉が耳に滑りこんだ。

「常世の筋立ての続きをやる。押し通せるところまで、押し通す」

ほんの一瞬、視線を寄越した蟬に、

「気をつけろ、奴はお前の名前を知っている。藤堂家に仕えていることもな。百が全部、教えたのだ。余計なことは――」

と急ぎ忍び言葉で返したが、すでに奴は刀をふらりと下ろし、

「よう、残菊。ひさしぶりじゃな」

といかにも気安げな口ぶりとともに声をかけていた。

いきなり名を呼ばれ、訝しげな表情を一瞬浮かべた残菊だったが、蝉が鼻の付け根まで戻していた布を無造作に引き下ろし、汗まみれの泥鰌面をさらすなり、「ほう」とその口から小さな音が漏れた。

「おやおや、まさかこんなところでおぬしに会うとは――、蝉左右衛門」

すぐさま、いつもの余裕たっぷりの表情に戻り、残菊はその薄い唇の端を引き上げた。

「ずいぶんと妙なところで子守をしているではないか。どうした？　迷子にでもなったか？」

「そっちこそ、こんな暑苦しいところで、男ばかり集めて散歩とは、なかなか洒落ているではないか」

フンと鼻を鳴らし、いつもの横柄な口調で蝉が返した途端、残菊の隣に立つ琵琶が「ワリャアッ」と叫び、肩に担いでいた十文字槍を振り下ろした。祇園坊舎で敢えなく昏倒させられた因縁があるからだろう、槍を構え、そのまま一気に突きかからんと足を踏み出すのを、

「待て、琵琶」

と残菊が鋭く制した。蝉の刀に触れる一寸手前で穂先は止まった。ぎりぎりとこちらまで聞こえるほど奥歯を鳴らし、琵琶はくやしそうに体勢を戻し、憤然と槍の尻で地面

を突いた。それからは食らいつかんばかりに目を見開き、一瞬たりとも視線を離さず蟬を睨みつけた。いつもの蟬なら、注がれた執拗な視線を受け、挑発の言葉のひとつでも返すところだろうが、さすがに沈黙を守っている。

「ここで何をしているのだ、蟬左右衛門」

「汗水たらして仕事に励んでいるところじゃ。見てわからんか」

「後ろの者がおぶっているのは何だ?」

「赤子に決まっておろう。聞いてわからんか」

どこまでも木で鼻をくくったような蟬の返事に、残菊の眉間に明らかに不愉快そうな影が寄った。

「へらず口を叩くのもほどほどにせよ。儂が指を鳴らすだけで、おぬしらは即刻、骸に成り果てるのだぞ」

「フン、ならば、とっとと殺せばよかろう。だが、忘れるな。儂らは藤堂家の忍びじゃ。これから、続々と仲間がこの本丸に潜りこんでくる。儂らが行方知れずになると、あとで困ったことになるのは、おぬしらのほうじゃぞ」

「なるほど、それなら余計に、お仲間が来る前に始末しておくべきだな。藤堂家に玉の居場所を知られると、儂らの手柄が減るゆえのう。何、いくさ場で忍びが行方知れずになるなど、めずらしいことではあるまい。お仲間とは、あの世で会うがよい」

切れ長な目の端に酷薄な笑みを浮かべ、すうとその片腕を挙げたとき、

「まあ、待て——、残菊」

と下ろしていた刀をさっさと背中の鞘に収め、蟬はおどけるように両手を挙げて見せた。

「冗談じゃよ。こんな大勢と喧嘩するほど、儂も阿呆ではないわ」

まるで場の空気を楽しむかのように、蟬はぐるりと周囲を見回した。しかし、その声の底にほんの砂粒ほどの、常ならぬ固さが潜んでいることを、長い付き合いゆえ、俺の耳は敏感に察していた。蟬もぎりぎりのところで綱渡りをしているのだ。いったい、どこに突破の道筋を見出しているのか、皆目見当もつかぬが、ここは奴のいい加減な才覚にすべてを委ねるほかなかった。

「ならば答えよ。先ほど、櫓から飛び出した三人はおぬしらだな？」

「ああ、そうじゃ」

「見たところひとり減っておるようだが、どこへ行った？　それに、柳竹はどうしたのだ？　おぬしらを迎えにいったはずだ」

「柳竹？　ああ、あの分銅野郎のことか？　聞こえたじゃろう、爆発の音が。あいつなら、いきなり己の胸に火まみれの分銅をあてて、派手に吹き飛びおったわ。言っておくが、儂らはいっさい手は出しておらぬぞ。ひとりで勝手に——」

どこまでも出鱈目を並べる蟬の言葉に、腕を挙げたまま、能面のような表情を守っていた残菊の細い眉がわずかに上がった。

「そうか、やはり常世だったか」

　唐突に登場した常世の名に、身体が勝手にびくりと反応した。さすがに蟬も咄嗟には返すことができず、

「フッ、図星のようじゃな。柳竹め、我が身もろとも、常世の命を奪いおったか」

　とまさかいくさ場にまで、紅を塗ってきたとは思わぬが、横手の炎に照らされ、あやしく赤に染まる残菊の唇から白い歯がこぼれた。仲間を失ったとは到底思えぬ、どこか楽しそうな響きすら感じ取れる声で奴は続けた。

「柳竹はな、身体にたっぷりの火薬を巻きつけていたのだ。あやつの手を見たか？　ロクにものもつかめず、いくさ場ではもはや何の役にも立たぬ者に成り下がったが、ただ常世と刺し違えるためだけについて来たのだ。そうか、常世を見つけて、相果てたか。さぞ、柳竹の奴め、本望であったろうな」

　右腕を飛ばされながら、ほとんど愉悦と言っていい表情を浮かべる柳竹に、一瞬、気が狂うたかとも思ったが、奴にとっては祇園会から募らせた怨念が、一気に晴れた瞬間だったのか。

「もっとも、常世なら、儂がこの手であの世に送りたかったが――。奴には散々、祇園会で恥をかかされ、煮え湯を飲まされたからのう」

　その口元から薄ら笑いが消え、残菊は右手で指を鳴らした。囲んでいた忍びがいっせいに刀を抜き、待ちわびていたとばかりに、琵琶は槍を構えた。ただし、残菊自身は刀

を抜かない。右の腰にはいつもの脇差しが見える。さらには、かぶき者が腰に差すような長大な刀を、背中に斜めに携えている。

「蟬左右衛門、その赤子は何者だ。おぬしら、櫓で何をしていた。答えなければ殺す。その赤子もろともな」

「よいのかのう、そんな短気を起こして。目の前に開けたとんでもない出世の道を、みすみす閉ざすことになるのだぞ」

「どういうことだ」

冷たく据わった目のまま、残菊はわずかに口を動かした。

「そこそこの手柄では駄目なのだ、残菊。仕事に励んで、何とか下っ端の侍に引き上げてもらったところで、所詮、儂らは忍びじゃ。いつまで経っても、『忍びの出』と蔑まれ続ける。口ばかりが達者な、いくさ場では何の役にも立たぬ、洟垂れ侍どもにな。わかっておるぞ。おぬし、こんな忍びの仕事は己が力量には釣り合わぬ、と腹の底でじっと我慢している口じゃろう？　どれほど命を賭けて勤めてもロクに報われぬことばかりで、うんざりきている口じゃろう？　フン、いちいち訊かずとも、そう顔にはっきり書いておるわ。だがな、儂らにはもう、それしか生きる道は残っていないのだ」

どこまでも横柄な態度を崩さずに言葉を投げかける蟬に対し、残菊はいっさい表情を変えることなく、

「それで？」

と乾いた声で返した。

「ただし、この赤子を連れて、陣に戻ったときは話がちがう。葉武者ふぜいの首を百取っても、この餓鬼ひとりを連れ帰る手柄に敵わぬ」

蟬はにやりと口元をねじ曲げ、俺の背中を指差した。

思わぬ話の流れに、俺はギョッとして蟬を見返した。だが、蟬は素知らぬ顔で、

「この餓鬼ひとりが、千石の扶持になる。いや、ひょっとしたら万となって、小さな城になるやもしれぬ。嘘ではないぞ」

とさらに煽りの言葉を放った。

いつの間にか、全員が引きこまれるように蟬の話に聞き入っていた。琵琶さえも、俺の背中に視線を釘づけにして、その槍の穂先がすっかり下方に傾いている。挙げ句が、

「そ、その赤子――、誰の子じゃ」

残菊よりも先に口を開き、途端に、

「黙るのだ、琵琶」

と残菊の叱責を食らっていた。

「誰の子かじゃと? あの櫓から、わざわざ担ぎ出してきたのだぞ。言わずとも、わかるじゃろうが」

残菊と琵琶が立つ背後で、曲輪から空へと、化け物のように膨らみながら昇っていた煙のかたまりが急に二手に分かれ、その向こうから、またゆっくりと天守が姿を現した。

「この城のあるじのじゃよ」

炎に蝕まれた天守を正面に捉え、蝉は呵々と笑った。煤と汗が混ざり合ったその汚らしい顔が照らしだされ、まるで鬼が哄笑しているかのような凄絶な面相を浮かび上がらせた。

「取引だ、残菊」

傲然と胸を張り、蝉は声を放った。

「この赤子をおぬしに渡す。代わりに、儂らを見逃せ。儂は手柄よりも、己の命が大事ゆえな」

「ま、待て、何のつもりだ。勝手に何――」

俺の忍び言葉も、何ら耳に届かぬとばかりに、

「儂らはな、この赤子を大御所に届けるよう託されたのだ。おなごゆえ、命だけは大目に見てほしいとな。わかるじゃろう？　儂らの御殿が得るはずだった大手柄を、おぬしらに譲ろうというわけじゃ。まさか、断るまい。のう？」

とさらに挑むような口ぶりで問いかけた。

上空の風向きが変わったのか、煙が揃って棚引き、城の全景がいよいよくっきりと現れた。空を覆う夜を軽々と追いやり、ふたたび昼が訪れたかのような明るさが曲輪を包みこむ。都で長羽織を着ているときはわからなかったが、思いのほか細い残菊の身体の線が、城を背に火影となって浮かび上がった。

「もしも、断ったら?」

たっぷりと間が空いたのち、残菊のどこまでも平坦な声が聞こえた。

「おぬしらと斬り結び、くたばるまでよ。もちろん、いちばん最初に手をかけるのは、この赤子じゃ」

蟬は俺の襟首をつかみ、強引に引き寄せると、もう片方の手を赤子の頭にかぶせていた布に伸ばした。「や、やめろ」と思わず地の声が漏れる。首をねじっても赤子まで視線は届かぬが、急にはっきりと聞こえるようになった泣き声が、赤子の頭がすでに剝き出しになったことを伝えていた。

「どうする? 城を手に入れるか。それとも、儂らの小汚い骸が欲しいか。おい、おぬしらも黙って突っ立っとらんで、何とか言えッ。偉い侍にひと飛びに成り上がって、豊かな暮らしを手に入れるか。それとも、いつまでも素破と呼ばれ、馬鹿にされ続ける、惨めな生をこれからも続けるか——。どちらが望みじゃッ」

割れるような声を叩きつけたのち、蟬は周囲を睨みつけた。

蟬の視線が走るや、まるでそこに無形の圧が生じたかのように、刀の先がまばらに揺れた。

ぐるりと一周して蟬が正面に顔を戻したとき、残菊が静かに口を開いた。

「蟬左右衛門、その赤子が形見という証は?」

「ここにある。刀と書状がな」

いったい、何の話かと驚く間もなく、蟬は赤子を包んでいた布から、一本の小刀を取り出した。

「先ほど櫓で、秀頼公からじきじきに拝領した刀じゃ。亡き太閤の銘刀とか言っておった。あとで目利きにでも出して確かめるがよい。おそらくこのひと振りで、大判十枚は下るまい。証だけなら、大御所様への書状ひとつでじゅうぶんじゃろう。ならば、この刀、おぬしらの好きに始末できるぞ。わかるか？　儂の言いたいことが――」

大判十枚の声に釣られ、また周囲の刀の木立が揺れたとき、俺はハッとして、赤子の尻の下に手を回した。櫓でねね様からのひと振りを差し出したのち、代わりに懐に潜ませていた小刀を腰に移したのだが、どこにも手応えがない。

「さっさと決めろ、残菊。ほれ、ここは怖い怖い、と赤子もずっと泣いておるわ――」

蟬のこめかみを汗がひと筋、伝っていった。からからに渇いた口に唾を集めながら、俺は蟬の手に握られている、都の糞小路で買い求めたばかりの、二束三文の小刀を見つめた。

まだ、奴の必死の綱渡りは続いているのだ。

＊

残菊の背後で天守の側面が大きく崩れた。

まるで赤い吹雪のように火の粉が吐き出され、空に激しく渦を巻く。砕けながら落下する木と瓦のかたまりが曲輪から沸き上がる煙に沈むまでのほんの短い時間、ふと、あのもののけひょうたんどもはちゃんと出立できたのだろうか、とひどく場違いなことを考えた。

遅れて聞こえてきた地鳴りのような音にちらりと後ろを確かめ、

「よかろう」

と残菊は短く応えた。

「赤子を置いてどこへでも行くがよい。ただし、二度と儂らの前に現れるな。藤堂家であれ、何であれ、今度その無様な泥鰌髭を見たときは問答無用で殺す」

それまでどんなやり取りにも、受け身の反応というものをいっさい見せなかった蝉が、泥鰌髭という言葉が飛び出た途端、びくりとその肩を震わせた。

「ああ――、もちろんじゃ」

のど奥から発せられたやけに抑揚のない声に、ひやりとした。何せ、柘植屋敷の時分、髭のことをからかった相手を、修練の最中に殺した男である。しかし、妙な真似に出やしないかという、俺の心配をよそに、

「ハッ、こっちからも、おぬしらの辛気くさい顔を見せられるのはお断りじゃ」

といかにも戯れるように、蝉は手で払う仕草を見せたのち、

「その前にまず、そっちの刀を収めてもらおう。赤子を渡した途端、串刺しなんて目に遭うのは御免じゃからな」

と手にした小刀の先を、残菊の左右に並ぶ刃に向けた。

指示されたのが気に入らぬのか、鼻じわを寄せながらも、「琵琶」と残菊が小さく名を呼んだ。それを引き取って、

「刀を収めえッ」

とすぐさま琵琶の胴間声が響き渡る。

「そこの吹き矢もだ」

蟬は鋭く背後に視線を向け、筒を構えたままの三人をあごで示した。琵琶がうかがうように残菊の顔を見下ろし、奴がうなずくと、吹き矢も収めよと続けて命じた。

ぐるりと連中を見回したのち、「さて、儂らはとっとと退散するかのう」と蟬は赤子の真後ろに立った。まさか本気で渡すつもりではないだろうなと、「お、おい」と狼狽を隠せぬ声が漏れたとき、

「走れ」

と忍び言葉が耳を打った。

え？　と振り返ろうとする俺に、

「阿呆め、まだわからんか。儂はこやつらに術をかけたのだ。今なら、おぬしが逃げ出しても、誰も手出しはできぬ。何しろ、おぬしの背中には、城に化ける赤子が乗っているからな」

と赤子の泣き声に紛れ、早口の忍び言葉が告げられた。

「走るのだ、風太郎」

背後から両肩に手を置き、蟬はぐいと俺の身体の向きを変えた。

「お、お前は？」

「儂か？　儂は残菊の野郎を殺す。いや、殺すだけでは足りんな。膾にして、堀の魚の餌にまいてやる。誰が泥鰌髭じゃ、泥鰌の髭はもっとうんと長いわ」

残菊に背を向けて立つ俺の正面には、堀に面した城壁が連なっている。月次組の連中を挟んではいるが、その距離およそ十間。

「ほれほれ、泣くことはないぞ。暑かったかのう。今、外すからな、待っておれ」

残菊の視界を邪魔するように立ち、「前の二人の間じゃ」とささやいた。

「あ、いかん、いかん――、そうじゃ、残菊よ。大事なことを伝え忘れておったわ」

素っ頓狂な声を発し、蟬が大きく手を振りかざしたのが合図だった。奴が注意を一身に引きつけた隙に、俺は地面を蹴った。月次組の連中が遅れて反応したときには、すでに目の前にいた二人の間を高々と跳躍していた。蟬が吹き矢と刀を収めさせたおかげで、俺は易々と円陣を突破した。白壁がぐんぐんと近づいてくる。壁を乗り越えた先は知らぬ。今はこの本丸を脱し、堀へ飛びこみさえすればそれでよい。城壁の根元に築かれた石段を駆け上がった。壁に穿たれた銃眼のへりに足をかけ、一気に屋根まで跳んだ。

屋根瓦の向こうに、どこもかしこも火に包まれた二の丸の屋敷の群れが見えたとき、俺はギョッとして手前に視線を戻した。

なぜか、そこに人がいた。

屋根に伏せるようにして待機していた忍びが三人、むくりと身体を起こし、

「逃げられると思うたか」

という暗い声とともに、ひとりがすでに抜いた刀を、殴りつけるように振り下ろした。

身構える間もなかった。

何とか顔をそらし刃を避けたが、鎖帷子越しに胸への強烈な衝撃が訪れ、俺は叩き落とされるように地面に逆戻りした。赤子を下敷きにするわけにはいかず、必死で身体をねじり胸から固い土の感触を受け止めた。一瞬、耳が聞こえなくなるくらいの痛みに息が詰まったが、俺は土をつかみ、上からのとどめの一撃を避けるため、這うようにして身体を起こした。

しかし、背中の赤子が急にずり落ちてきて、俺は慌てて小さな尻を支えた。胸元を見下ろすと、先ほどの一撃で、赤子を背負うための帯紐や、その身体を覆うための布がほとんど断ち切られていた。素早く覆いを捨て、帯紐を解き、布でくるんだ赤子を胸に持ってきた。ひさしぶりに顔を見た赤子は、かわいそうに口のまわりを洟水と涙とよだれでぐちゃぐちゃにしながら泣いていた。上からの刃はまだ降ってこない。胸の痛みに咳きこみながら、赤子を抱きかかえ、蟬はどうなったかと顔を上げた。

視線の先で、首がひとつ飛んだ。

血しぶきが上がる中、蟬が首のなくなった身体をそのまま盾にして、己を取り囲む十

人近い月次組を相手に立ち回っていた。すでに地面には死体が二つ。さらには、毒を打ちこんだのだろう。首や顔を押さえながら、のたうち回るのも二つ。わずかな時間で、これだけの忍びを倒すとは、やはりとんでもない蟬の腕だった。もはや奴は俺のことなど見ていなかった。ただ、己の前に立ち塞がる忍びを打ち倒し、その向こうに待ち構える残菊だけを目指していた。

吹き矢を構え、蟬の背後に回りこむ連中も、蟬の巧みな場所取りに惑わされ、吹くことができない。己の盾としていた死体を前に投げ出し、首を失った仲間を思わず避けた相手の太ももに、蟬が棒手裏剣を放った。うめき声を上げ屈む男の顔に肘鉄を打ちこみ、さらに前へと跳び、一気に残菊との間合いを詰めた。

背中の長刀ではなく、腰の脇差しを残菊はすさまじい勢いで抜き放った。

その逆手の一閃を、蟬は真正面から跳ね返した。さらに蹴りでもって残菊の足を払い、相手が体勢を崩したところへ次なる刺突を繰り出した。しかし、残菊は叩きつけるようにその一撃を弾き、同時に空いた左手で蟬の目を突こうとした。咄嗟に顔を逸らした蟬の横手から、十文字槍を構えた琵琶が雄叫びとともに加勢する。

蟬の脇腹を正確に捉えたかに見えたその穂先だが、獲物に触れることはなかった。ひらりと蟬は宙を舞い、琵琶の槍を蹴って、逆に後方に戻るように飛んだ。

身体をねじりながら、蟬は琵琶と残菊に背を向けるように着地した。すぐさま駆けだす体勢に入った奴を見て、残菊を膾にするなどと言っていたが、元より最後まで戦うつもりなどなく、俺たちが逃げるために人減らしと時間稼ぎを企てていたのだ、とようやく気がついた。

そのとき、蟬ははじめて俺に視線を寄越した。

そこで何をしているのだ――、とその目が言っていた。

俺の左右に忍びが音もなく降り立った。首筋にひやりとした感触が訪れるとともに、鈍く光る刀の切っ先が視界にのぞいた。

腕が勝手に、赤子をより深く抱えこんだ。

俺の姿を見つけ、ほんの一瞬、蟬の動きが止まったのを連中は見逃さなかった。いっせいに吹き矢が放たれ、咄嗟に蟬が腕で目を守ったとき、ぐらりと奴の身体が揺れた。

蟬の背後に、血走った目を爛々と輝かせ、奇声を放つ琵琶の顔が見えた。十文字槍が蟬の太ももを裏側から貫き、穂先が顔をのぞかせた。

「蟬ッ」

叫び声が口を衝いた途端、頭の後ろに重い一撃を食らった。意識が遠のきそうになるのを必死で引き留める間に、腰の刀を奪われ、鑐に隠した棒手裏剣をすべて引き抜かれた。

「赤子を寄越せ」

男の殺気立った声が聞こえたが、いよいよ縮こまって赤子を抱き寄せた。今度は耳のあたりを横から蹴られた。それでも、決して赤子は離さなかった。いつの間にか、赤子は泣きやんでいた。耳が聞こえなくなったのか、と思ったが、天守がまた崩れたのだろう、地面が震え、轟音が響くのが嫌というほど伝わってきた。

襟首を後ろからつかまれ、強引に立たされた。朦朧(もうろう)とした気分を引っさげ、小突かれるままに、ふらふらと前へ進んだ。赤子を抱いていると、不思議と接する胸の痛みが薄らいだように感じられた。もっとも、それは意識自体が飛びかけているからなのか、己でもよくわからなかった。

止まれ、とまた襟首をぐいと引かれた。

顔を上げると、そこに蟬が立っていた。

いつぞやの俺のように、琵琶に後ろから羽交い締めにされ、蟬はだらりと首を下げていた。刀はすでにその手になく、毒矢を受けたのか妙な具合に腕が痙攣していた。

「このろま……め――、何、してやがる」

うつむいたまま、まだ意識はあるようで、蟬がたどたどしい忍び言葉を放った。

「うるさい……、待ち伏せされていたのだ。お前の、猿芝居なんぞ、とっくに、見破られていたって、ことだ」

俺も酔っ払いのような、おぼつかない忍び言葉で返す。

「赤子は」

「無事だ」

そうか、と蟬は面を上げた。

すでに相当殴られたようで、鼻はひん曲がり、目は腫れ、己のものか他人のものか、べっとりと血に覆われた顔で、蟬は俺の胸元に視線を止め、「おう、泣きすぎたかのう、寝ておるわ」とつぶやいた。

そこへ男がいきなり視界に割って入り、蟬の顔に肘鉄を食らわせた。さらには、「これ、返すぞ」と手にした棒手裏剣を、蟬の左の太ももに突き刺した。鼻血を噴き出しながら、蟬は唇を嚙みしめ、決して声を漏らさなかった。もう一度、蟬を殴りつけ、男は足を引きずりながら脇へ退いた。琵琶の槍が貫いた右太ももの穴からは、今も黒い血が着物へと染み出している。蟬は左太ももに深々と突き刺さったままの棒手裏剣を見つめ、フンと鼻を鳴らし、

「すまぬ……な」

とか細い忍び言葉を発した。

「何が、だ」

「儂のこと、もう……、殴れぬようになってしもうたわ」

何の話かと一瞬、思ったが、櫓を出る際にあとで殴らせろと言ったことかと気がついた。俺は声なく笑った。

「終わりだよ――、蟬」

風太郎、と蟬が血塗れの顔を向け、俺の名を呼んだ。

「この木偶の坊は、儂が……始末する。おぬしは何とか……、逃げろ。終わりだと？

ハッ、忘れるな阿呆。何のため——、儂と常世がおぬしに命を預けたか」

腫れ上がった奴の目の奥には、まだ光が瞬いていた。

じゃあな、風太郎。

小さな声が聞こえたとき、蟬の身体がびくりと震え、続いて訪れた激しい痙攣とともに口元から白い泡を吐き出し、がくりと頭を垂れた。

「ヘッ、汚い奴じゃ」

横からのぞきこんだ琵琶が、後ろに立つ残菊に「くたばりおったわ」とうれしそうに報告した。

「それにしても、十本も毒矢を食らって、これほどもった男ははじめてじゃ。さすがは伊賀者じゃな。祇園では、儂も油断して針の不意打ちを食らったが、最後はこうして己が針の毒でやられるとは、何とも間抜けな話じゃのう」

大口を開けて笑いながら、琵琶が羽交い締めにしていた腕を解いた。壊れた傀儡の如く、蟬が崩れ落ちる。

ふと、地面に倒れこむ蟬の指に、白い小さなものが挟まれていることに気がついたとき、奴の腕がひょいと跳ね上がり、今ものけぞって野卑な大笑を続けている琵琶の口へ、指の間のものを狙いを違わず放った。

獣のような悲鳴を上げ、琵琶が身体をねじ曲げ、口の中のものを吐き出した。土の上に転がったのは、らっきょうの小片だった。

「毒にやられるのはおぬしじゃ、この蛸坊主め」

間髪を入れず、己の左太ももから棒手裏剣を抜き取り、真下から放った。口を押さえ、狂ったように喚き声を散らす琵琶ののど元に手裏剣が突き刺さったところへ、蟬は腕の力で地面を押し返し、とどめの一撃を加えた。すなわち、琵琶の首に食らいついた手裏剣を、逆立ちの姿勢で、下方から蹴りつけ押しこんだ。刃はのどの肉を一気に切り裂き、盛大に血しぶきをまき散らしながら、琵琶は巨体をその場で一度、二度と回転させたのち、どうと倒れた。

蹴り終えたあと尻餅をつくと同時に、蟬は地面に放られていた琵琶の十文字槍を拾った。連中が奴を囲むより早く、それを杖に立ち上がり、横に薙ぎ払う。機先を制され、男たちの足が止まった隙に、槍ごと前方に突進した。

奴の目は残菊ひとりしか捉えていなかった。

琵琶の身体を踏みつけ、正面に槍を投げ放つ。寸分過(あやま)たず顔の真ん中に向かってきた槍を、残菊が逆手の抜刀とともに弾き落としたときには、琵琶の腰から引き抜いた脇差しを手に蟬が襲いかかっていた。

残菊が甲高い声を発し、刀を真横に払った。俺はその刀身の動きを目で追うことが出来ず、ただ、何を斬ったのかだけを理解した。

脇差しを握ったままの蟬の右手が、宙に舞った。

両ももを貫かれた蟬に、己の身体を支える力などなく、つんのめるように崩れ落ちた背中を、俺は呆けたように見つめた。

残った左手で地面を押し返し、両膝をついた姿勢で蟬は身体を起こした。首をねじり、俺に顔を向け、「ケッ」と口の端をひん曲げ笑った。

次の瞬間、四方から繰り出された刀が蟬の身体を貫いていた。

まだ細かく痙攣している琵琶の頭の横を抜け、残菊が近づいてきた。蟬の前で歩を止め、その顔に無言で唾を吐きかけた。

脇差しを収め、代わりに背中から長刀を抜いた。

蟬を貫く刃がいっせいに引き抜かれ、ふらつく蟬の上体に、長刀が振り下ろされた。

とんという音とともに、蟬の首が飛んだ。

*

地に伏した蟬の胴体を見下ろす俺の前を、何かが通り過ぎた。唇に風を感じ、ハッとして赤子を抱いたまま指を近づけた。鼻まで覆っていた布は斬り裂かれ、あごに触れた指の腹には血がついていた。

下から長刀を斬り上げた体勢のまま、残菊は俺の顔を凝視した。

「風太郎――、おぬし、だったのか」

もはや感情というものが、その表情にも声にも、いっさい乗り移っていなかった。

俺は視線をそらすことなく、残菊の顔を見返した。

残菊は刀を上段に構えた。

やたら長い刀身の向こうで、天守の中層から、破風の部分がごっそり剝がれるように崩れ落ちた。途中、残骸が砕けるたびに、煌々とした光が、舞い散った火の粉とともに夜を灯した。いつの間にか、天守の最上層はその建物の半分を失い、歪な形を保ったまま、内側から巨大な火柱を噴き上がらせていた。二の丸で湧き起こった銃声のかたまりが、びりりと空気を震わせて背中を叩く。遅れて正面から、破風が地面に到達したことを伝える、重い地鳴りが膝へと這い上がってきた。

終焉のときは、刻一刻と近づいていた。曲輪の炎を映しこむ刀の先を見上げ、俺は赤子の身体を少しでも腕の内側に閉じこめようと身体を屈めた。

不意に、残菊が刀の構えを解いた。

斜め後ろに首をねじり、仰向けに倒れたまま、のどを塞ぐ自らの血に溺れるような荒い息づかいを続けている琵琶を見遣った。「楽にしてやれ」と低い声で命じた。すぐさま、男がひとり、琵琶の横に屈んだ。ほどなく、投げ出された琵琶の太い足がびくりと震え、脇差しを手に男が音もなく立ち上がった。

「風太郎――、儂にとっての疫病神は、おぬしだったか。何の役にも立たぬただの忍びくずれと思うて、運が良ければ生き残るかと、あのときくだらぬ情けをかけたのが間違いだったわ」

動かなくなった琵琶を見下ろし、残菊は乾いたつぶやきを発した。赤子がもぞと動き、俺は腕の中に視線を落とした。今も赤子は健やかに眠っている。長いまつげが、遠い炎の明かりを受け、櫛の歯のように影を引いた。身体をくるんだ布から、少しだけはみ出した指の何と小さなことか。その手が何か黒いものをつかんでいた。蟬が長広舌をふるったのちに戻した小刀の鞘の先だと気づいたとき、

「最後に訊く。その赤子は玉の形見か」

という声が耳を打った。

顔を上げると、残菊がふたたび刀を上段に構えていた。

問いかけを無視して、俺は周囲を確かめた。地面に転がる連中の死体は六つ。円を描き俺を囲む月次組は、残菊を含め十二人。柳竹とともに死んだ人数を足すと、蟬が言った全員の数に合う。だが、俺が相手にすべきは、これだけではなかった。よしんば、本丸を抜け出したとしても、二の丸に充満する寄せ手を、さらには城の外に待ち構える、昨夜藤堂家の陣で聞いたところでは十万は下らぬという囲みを突破しなくてはならない。何と言うことはない。要は、ひとりで十万を相手にしろということだ。

「風太郎、答えろ――。先ほどの蟬左右衛門の言はまことか」

常世や蟬のように、舌先三寸でこの場を乗り切る才覚など、俺にはなかった。常世や蟬のように、刀の腕でもって連中を斬り伏せる力もなかった。

つくづく、出来損ないの忍びだと思った。

もう、隣に常世はいない。

蝉もいない。

いつだって飄然(ひょうぜん)として、どんな危地をも乗り越えそうに見えた常世だった。それが呆気ないほど簡単に、死に連れていかれた。同じく、たとえ死んだとしても、平気で生き返るくらい図太いと思っていた蝉は、首と胴体を切り離され、どうしたって戻ることはできなくなってしまった。

それでも、不思議なほど、常世と蝉を失ったと思わなかった。むしろ、己も片足くらいは、すでに二人がいる場所に踏みこんでいるように感じられた。

残菊の背後で、また天守が大きく崩れた。やがて訪れる地響きが、本丸全体を鈍く揺らす間に、残菊は赤子を抱く俺の腕の前に、すうと刀を下ろした。

「答えねば、このまま突き殺す。赤子もだ」

すでに刃の先が、俺の腕に食いこんでいた。俺は残菊の目をのぞきこんだ。おそろしく暗い――、怒りも、悲しみも、何もない、どこまでも空っぽな眼差しが俺を捉えていた。

「それは、玉の形見か」

さらに切っ先が、腕の肉を突く。

俺は下がらず、己の血がひと筋の流れとなって奴の刀身を伝っていくのを見つめた。

「ああ――、そうだ」

これ以上、意地を張るには、あまりに刃と赤子との距離が近すぎた。何のために己と常世が命を預けたか忘れるな、と蟬は言った。だが、この状況で俺に何ができる。赤子が抱える小刀たったひと振りで、何ができる。

「赤子を渡せ」

「断る」

それでも考えるより先に、言葉が勝手に出た。刀に力がこもるのを感じ、一気に腕を貫かれるかと歯を食いしばったとき、急に残菊は刀を引き、俺の顔を何か妙なものでも見つけたかのように眺めた。

「おぬしは——、誰かに雇われているのか」

「誰にも雇われておらぬ」

「ならば、もはやその赤子を抱かねばならぬ理由はあるまい。それとも、それを餌に、もう一度、藤堂家に雇ってもらうつもりか？」

「忍びになど戻るつもりはない。俺は都に戻って、ひょうたん屋になるのだ」

ひょうたん？ と残菊の口がかすかに動いた。妙なことを言ったと思ったが、本当なのだから仕方がない。

「風太郎よ、まさか生きてここを出られるとは思っていまい。その赤子を使って、金を手に入れる目はもうないのだぞ」

そうではない、と俺は首を横に振った。

「俺は約束したのだ」

「約束？」

「この子を無事、城の外まで連れ出す、と。だから、お前には渡さぬ。大御所にも渡さぬ。それから先は――、まだわからぬ」

俺の言葉を聞く残菊の目に、はじめて色と言っていいものが浮かんだ。それは俺を哀れんでいるようでもあり、馬鹿にしているようでもあり、そもそも相手にするのを投げ出したかのようでもあった。

「その約束とやらをもはや果たせぬことは、おぬしがいちばんよくわかっているはずだ、風太郎――」

突然、残菊の声を掻き消す轟音が、地面はおろか、空をも激しく震わせ響き渡った。ここからは見えぬ天守の裏側が大きく崩れたのだろう。地鳴りが静まってからも、城が最期を迎え慟哭しているかのような、ごうごうとしたものすごい音が空から降ってきた。風向きが変わり、奥へと撫でつけるように棚引いていた煙の群れは、急に真上に昇り始め、天守は見る間に煙幕に包まれていく。

「赤子を残して、大人しく死ぬか。それとも、赤子を盾にして、最後まで不様に死ぬか――、己で決めろ」

残菊は静かに正面に刀を構えた。それに合わせ、まわりの連中もいっせいに切っ先を、さらには吹き矢を向ける。

赤子の小さな指が触れる小刀の鞘を見下ろし、最後の足掻きを仕掛けるべきかと問いかけた。蟬ならば、今このときにでも赤子を置き、いっさいの躊躇なく残菊に斬りかかっただろう。だが、俺はもう、この赤子の確かな感触を手離す気にはなれなかった。

やはり、どこまでも俺は出来損ないの忍びだった。いや、まともな忍びになる前に、伊賀を追い出されたから、出来損ないですらなかった。きっと、あの世で蟬に会うなり、さんざんに悪態をつかれるのだろうな、と心でつぶやきながら、その場に膝をついた。この姿勢なら、たとえ次の瞬間に首が飛んで赤子が腕からずり落ちたとしても、大事には至るまい。

「フン、好きにしろ」

太ももの上に赤子を置き、面を上げた俺にほんの一瞥をくれたのち、残菊はゆっくりと刀を振り上げた。

せめて血に汚れぬようにと、赤子の顔を煤だらけの手のひらで覆い、俺は目を閉じた。

不思議とまぶたの裏側に浮かんだのは芥下の色の黒い顔だった。そうだ、ほんの一日前、俺を雇えとわざわざ産寧坂まで仕事の邪魔をしにいったにもかかわらず、この有様だ。まったく出鱈目にもほどがあった。俺は芥下に無事に帰ると約束した。ひさご様にも赤子を最後まで守ると約束した。でも、何ひとつ、最後まで果たすことができなかった。

手のひらにかすかに触れる赤子の頬のやわらかさが、刀で腕を突かれるよりよほど痛く感じられた。「すまぬ」と赤子に謝り、それから俺はもっと強く目をつぶった。

しかし、なかなか来るべきものが来ない。

相手は残菊だ。まさか己も気づかぬうちに、首を落とされ死んでいるなんてことはあるまいな、と馬鹿なことを考えながら目を開けた。

果たして刀を振り上げたまま、残菊は同じ姿勢で立っていた。

妙なことに、奴は俺を見ていなかった。

左右の連中も、刀を構えたまま、目玉だけを俺の背後に向けている。

視線の先を追って、俺は首をねじった。

すぐには目に映ったものが理解できず、一拍置いて、ようやく「なぜ、お前がいる」と思った。

俺が乗り越えようとして叩き落とされた、堀に面した城壁の瓦屋根を、黒弓が腰を屈め、ひょこひょこと渡っている。手元ばかりをのぞきこみ、こちらがすでに気づいていることを、当人はまったく察していない。

「あやつ――、祇園会にいたもうひとりか」

残菊の低い声に、ハッとして顔を戻した。

見えているのだ。そう言えば、櫓を出るとき、ひさご様の隣で大助と呼ばれていた者は、まるで黒弓を見送るかのような視線を向けていた。だが、櫓の外で張っていた月次組には、俺たち三人しか見えていなかった。ちょうど、果心居士の術が消えかける境目だったということか。

「始末しろ。余計なものに、これ以上かかずらっている暇はない」

迷わず下された命に、残菊の左右から三人が音もなく輪から離れた。

「おぬしは、前を向け」

連中を目で追おうとした俺の首筋に、残菊が冷たい声で刀を添える。しかし、首の動きを止められた寸前で、黒弓がひょいと面を上げた。

「逃げろ、風太郎ッ」

愚かにも無防備なまま屋根に立ち上がり、黒弓は叫んだ。

「阿呆ッ、なぜ戻ってきた。とうに術は解けておるわッ」

矢も楯もたまらず返した途端、奴の口が「え」という形に開いた。己が立つ城壁を目指し忍びが駆けてくる意味を理解したときには、すでに三人から放たれた棒手裏剣が迫っていた。

上体をひねり、さらに跳躍し、驚くほど鮮やかな身のこなしで、黒弓は軽々とそれらをよけた。しゃがみこむように着地し、すぐに身体を起こしたとき、奴の両手には黒い丸いものが握られていた。それが火薬玉だと気づいたとき、俺は咄嗟に赤子の耳を指で塞いだ。

黒弓は城壁の手前の石段に差しかかった男たちの足元に、ぞんざいに火薬玉を放りこんだ。一瞬の閃光とともに、派手な爆発の音が、耳をつんざき、次いで顔を引っぱたいた。

薄い白煙が漂う先、ちょうど石段を上ったあたりで、ねじれた格好のまま動かぬ二人と、右膝あたりから下を失い、のたうっているひとりの姿が見えた。まさか、こんな火の気がそこらじゅうにある場所で火薬を使うとは思いもよらなかったのだろう。明らかに月次組の連中には、黒弓の反撃に対しての油断があった。いや、待て。ということは、あの男、本丸御殿でも天守内でも、さんざん火のそばに突っ立っていながら、その懐か袖の内に、ずっと火薬玉を忍ばせていたのか――。

「こっちだ、逃げろ、風太郎――」

徐々に耳の感覚が戻ってくる。深く潜った水の中から聞くような遠い声が届き、奴はまだ用意していた火薬玉を、屋根の上で高々と掲げた。

そのとき、不意に黒弓の動きが止まった。

先ほどと同じ「え」という口で、黒弓は下方に顔を向けた。その視線の先で、片足を失った男が、何かを投げつけた格好のまま、上体を起こしていた。黒弓はぎこちなく首を曲げ、己の脇のあたりをのぞきこんだ。ちょうど、奴が挙げている右腕の付け根から、棒手裏剣の影が飛び出ているのが見えた。

「小賢しや」

耳の横で、風を切る音が聞こえた。大きく勢いをつけ、何かを投げ放った残菊の半身が視界に濫入してきた。奴の腰に、空になった脇差しの鞘を認めたと同時に、

「黒弓ッ」

と力の限りに叫んだが、残菊の手を離れた脇差しは、俺の声が届くよりも早く、棒立ちになった黒弓ののど元を狙い違わず襲った。

一瞬、そこに火花のようなものが散って見えたのは、俺の目の錯覚だったのか。それとも、刀身が照り返した炎の残像だったのか。

弾かれたようにのけぞり、黒弓はのどを両手で押さえた。宙に放り出された火薬玉が、手裏剣を放った男の真上に落下するほんのわずかな間に、身体をねじらせた黒弓の目は、確かに俺の顔を捉えていた。

赤子の耳を押さえながら、黒弓の名を絶叫したとき、ふたたびの爆発が視界を白い光で覆い尽くした。

＊

気がついたとき、俺は立ち上がっていた。

腕の中では赤子が泣いている。強く耳を押さえすぎたのか、それとも爆発の衝撃に驚いたのか、身体をねじって嫌がる赤子の顔から慌てて指を離した。

城壁の周囲に、薄い煙のほかに動くものは何もなかった。死体がひとつ増え、瓦屋根の上にも、地べたにも、黒弓の姿はどこにも見えなかった。

「また、死んだわ」

顔を戻すと、すべての表情を消し去った残菊の目が、まっすぐ俺を貫いていた。

どうして、黒弓は戻ってきたのか。あんな刀もロクに抜けぬ男がひとりで何かできる場でないことは、遠目からも容易にうかがい知れたであろうに、なぜ？　奴は今、どこにいる？　堀に落ちたのか。生きているのか。もしも何かあったときは、天川で待っているお袋様はどうするのだ？

「三人も死んだ。どうでもよいひとりと引き替えにな――」

吐き捨てるように告げられたその言葉に、常世のときも、蟬のときも、決して表に出さぬよう押さえつけていた怒りが、たがが外れたかのように、胸の内に一気に噴き出した。

「ざんきッ――」

奴の名を叫び、一歩前に踏み出したとき、ものも言わず、残菊は俺の左の太ももを長刀で刺し貫いた。

目の前で閃光がほとばしり、身体の真ん中を走る太い何かが内側で弾け飛んだ。それでも、決して残菊の顔から視線をそらさず、赤子の頭の横で拳を握りしめた。

「フン――、蟬左右衛門にしろ、声を出さぬよう躾けられておるのか。さすがは伊賀者、立派なことだな」

薄ら笑いを浮かべ、残菊は刀を太ももから引き抜いた。

痛みを理解する限度を超えたのか、一気に太ももの感覚が遠のく。代わりに、激しい耳鳴りが押し寄せ、頰から血が引くのを感じながら、膝から崩れそうになるのを必死でこらえた。眠たいのに寝られぬといった様子で、苦しげに目をつぶったまま、赤子は泣き声を上げている。己の意識を保つため、「泣くな、泣くな」と赤子にささやきかけ、その身体を揺すった。

「風太郎、まず、おぬしの耳を削いでやろう。それから、鼻だ。それから、唇だ。おぬしのせいで、いったい何人が死んだ。たっぷり、償ってもらうぞ」

いったん俺の右耳に長刀の先を添えてから、残菊はゆっくりと刃を振り上げた。

「動くな。動けば赤子を斬ることになる。今、儂がいちばんやりたいことがわかるか。その赤子をとっとと殺して、おぬしが苦しむ顔を見ることだ」

まるで残菊の言葉を解するように、赤子がぴたりと泣くのをやめた。口のあたりをむにゃむにゃとさせ、赤子は俺の腕に頬をこすりつけた。身体をねじった拍子に、まるで俺に示すように、その小さな手で、握っていた刀の鞘をぐいと前に押し出した。

黒い鞘の端を見つめ、ようやく俺は己の間違いに気がついた。俺は、忍びだ。三つのときから柘植屋敷で、それになるためだけに育てられた、忍びなのだ。どれほどの出来損ないであれ、とうに伊賀では用なしになった身であれ、たとえ忍びとして生きることはできずとも、忍びとして死ぬ勝手はあるはずだ。

脈に合わせ、全身に叩きつけるように広がる痛みに息を止め、赤子をくるむ布に手を滑りこませた。残菊のしょうもない鬱憤晴らしに、付き合うつもりはなかった。もはや役に立たぬだろう片方の足を抱え、どこまでできるかわからぬ。だが、あわよくば奴と刺し違えることができるやもしれぬ。

高だかと掲げられた、長刀の切っ先を見上げた。

もっと早くに決断していたら、黒弓が戻ってくる前に始末がついていた。奴が無駄に命を危険に晒す必要もなかった。奥歯を嚙みしめ、布地の下で小刀の鯉口を切った。刀が振り下ろされた瞬間が、奴にもっとも隙ができるときだ。耳ひとつでこの男を殺せるなら、安いものである。

「風太郎――」

不意に、誰かに名を呼ばれたように感じた。

風の音を聞き違えたかと思いきや、

「儂じゃ、因心居士じゃ」

と今度は確かな声が届いた。

一瞬、太ももの痛みを忘れ、正面を見上げた。俺の視線を待ち受けていたかのように、天守の前面を覆っていた煙幕が二つに裂け、まさに一個の巨大な火炎と化した天守が、ぶ厚い幕の向こうから、まともに目を開けていられぬほどの強烈な光源となって現れた。まるで天守がしゃべったかのような感覚に襲われたかと思えば、すぐ真横で誰かがささやいたようにも思える、不思議な感触を残し、聞き慣れた因心居士の声が、

「今じゃ」

と告げた。

いきなり、視線の先で天守が折れた。

実際は、半分だけ残っていた最上層の建物が、自らの重みを支えきれず、ついに外側に剝がれるように崩れたのだが、さながら天守の首が切り落とされたかのように映った。

巨大なかたまりが無数の炎を吹きこぼしながら、俺たちのいる側を目指し落ちてくる。これまでとは明らかに異なる地響きの大きさに、月次組の連中は後退りし、残菊も刀を構えたまま後ろを確かめた。

「走るのだ、風太郎」

今度は頭の中に、因心居士の声が直接語りかけ、ほんの一町先、残菊がその塀に立って俺と蟬を迎えた曲輪に、最上層のかたまりが、すさまじい音と振動を引っさげ突っこんだ。思わず顔を背けるほどの熱が伝わってくると同時に、砕け散った炎の小片が百か、千か、いっせいに花開いたかのように空へと舞い上がる。

「やっと、帰る準備が整ったわい。ほどなく、儂らはこの世を去る。残りの時間はあとわずかじゃ――。風太郎よ、この風はおぬしへの餞別代わりじゃ。あとは、おぬし次第ぞ」

飛び散った炎のいちいちが、いっせいに同じ因心居士の声を放った。そこへ言葉どおり、強烈な風が吹き下ろしてきた。曲輪の上空をさまよっていた煙、さらには曲輪に突っこんだ最上層から一気に湧き立つ煙、それらが風に頭を押さえられ、氾濫した大河の如く押し寄せてくるのを目にしたとき、俺は因心居士の言わんとするところを悟った。

まだ無事な片足で、めいっぱい背後に跳んだ。

俺の動きを察知した残菊が、ハッとした顔で姿勢を戻し、長刀を真横に薙ぎ払った。刃は赤子の額のわずか一寸先をかすめていった。しゃがみこんで着地したとき、俺たちがいる場所は一瞬にして、ぶ厚い煙に呑みこまれた。ほとんど太陽のように輝いていた天守の炎が突如、頭上から消え失せ、月次組の連中は朧な影に姿を変える。

「逃がすなッ」

残菊の甲高い声が聞こえた。

さらに姿勢を低くして煙の中を潜り、目の前に影となって現れた忍びの足の腱を、出会い頭、すでに抜き放った小刀で切断した。ギャッと悲鳴を上げ、身体をくの字に曲げた影ののど元へ、立ち上がるついでに、小刀を刺しこみ、ひとり仕留める。

「そっちだッ。赤子に気を遣う必要はない。殺せッ」

明らかな怒りの色を含んだ残菊の声とは反対の側から、

「この道をゆけ、風太郎」

と重々しい言葉が放たれた。

鼻腔をくすぐる煙の気配が急に掻き消え、俺の正面に、桜門を突破するときに見た、風の道がふたたび現れた。ただし幅はぐっと狭くなり、一尺にも満たぬ、ほとんど帯のような道が城壁まで続いている。今にも残菊の長刀が背中に届くのではないかという恐怖に追われながら、転がるように突き進んだ。左足が地面を踏むたび、激痛の光が瞬く。

そこへさらに胸からのきりきりと差しこむ痛みまで重なる。

天守の崩落が続いているのか、強烈な揺れに足がもつれ、石段の手前で転んだ。赤子を抱いたまま、顔から地面にめりこんだ。土も払わず、すぐさま身体を起こす。ちょうど視線の先に、城壁の手前の石段が崩れ、その石組みの裏側にぽっかりと穴が空いているのが見えた。おそらく、最後に黒弓が放った火薬玉が石段ごと吹っ飛ばし、元からあった洞(ほら)が顕わになったのだろう。

右手から、ぶ厚い煙幕の先を人が走る気配が伝わってきた。途中、煙に耐えられなかったのか、ひとりが咳きこんだ。どれほど忍びの腕を鍛えようとも、煙の中でずっと耐えていられる術はない。口を押さえてはいるのだろうが、またひとつ、くぐもった咳の音を耳が捉えたとき、俺はすとんと覚悟を決めた。

このまま堀に飛びこんで、果たして俺は逃げきれるか。もしも、月次組の連中が三人でもあとを追って堀に飛びこんだら、赤子を抱いたままのこの身体で、到底相手をすることはできない。

「おい、因心居士」

俺は頭のなかに訴えかけた。

「何じゃ」

と奴の声が返ってきた。

「ここを全部、煙で覆えるか？」

「おぬしが無事、堀に逃げたら、勝手にそうなる」

「俺は、堀には逃げぬ」

「逃げずに、どうするつもりじゃ」

「連中を全員、始末する。逃げるのは、そのあとだ」

空白の時間がしばし流れたのち、

「無茶をする男じゃ」

と咎めるような、呆れたような声が聞こえてきた。

俺は赤子を、身体をくるむ布ごと石組みの裏側に押しこんだ。まるで、その大きさを知ってあらかじめ掘ったかのように、赤子の身体はぴたりと洞にはまりこんだ。

「ひとつだけ頼みがある。この赤子を守ってやってくれぬか」

「それは無理じゃ――。人の生死に関わるのは、本来、儂らが決して触れてはならぬ部分なのだ。だから、おぬしらがどれほど窮地に立たされようと、儂は何もできなんだ。儂とおぬしは、互いに別の世界に生きる存在なのじゃ」

これまでさんざん、己の生死に関わる使い走りをさせておいて、今さら何言ってやがる、とのど元までこみ上げた言葉をぐっと呑みこみ、

「なら、守れとは言わぬ。ただ、この子が煙を吸わぬようにしてやれぬか。俺のことは放っておいてくれていい」

と腰の縄を解き、太ももを縛り上げた。濡れた着物の具合から計るに、出血は相当の

ものである。何をやるにも、そう時間は残されていない。

「頼む」

重い沈黙を守っていた因心居士が、

「その穴を死体で塞いでおけ。煙が近づかぬよう風を回そう。だが、これがせいいっぱいのところじゃぞ」

とため息混じりの声で、返してきた。

じゅうぶんだ、と俺はうなずき、煙の壁から足がのぞいている、黒弓が片づけた死体を引っ張りこんだ。

これだけ大騒ぎをしているのだから、赤子はとうに目を開いている。だが不思議と、この子は泣かずに待ってくれるはずだ、という確信があった。

「ほんに賢い子だ」

洞の内側から、じっと俺を見つめ、口元を固く結ぶ赤子の額を、軽く指でなぞってから死体で穴を塞いだ。ついでに、男の腰から大小の刀を、鞘から直接抜き取った。

俺は肺いっぱいに息を吸いこんだ。

「いいぞ」

左右の壁が溶け、いっせいに煙が流れこむ。あっという間に、四方の視界が消え失せた。剝き出しのままの脇差しを腰帯に通し、連中の残りをそらで数えた。十二人のところから、黒弓が三人、俺がひとり片づけた。ということは、あと八人。この出来損ないの俺が、蝉よりも、常世よりも、大勢の相手を始末しなくてはいけない。しかも、その中には残菊まで含まれている。あの蝉でさえも、傷ひとつ与えることができなかったのに。

無茶苦茶な話だ、と我がことながら、口の端に歪んだ笑みを浮かべ、刀を構えた。煙の濃さを、目と鼻よりも、肌が先に感じ取った。さんざん身体を痛めつけられたからか、すべての感覚が異様なくらい研ぎ澄まされていた。左手から、ほんのかすかな呟きこむ音が聞こえた。それだけで、そこに二人が並んで立っている気配を確かにつかむことができた。

連中が立っていると思しき、ほんの一間手前まで近づき、拾い上げた小石を放つ。

地面に落ちてかさりと音を立てる石ころに、素直に二つの気配が反応する。

この視界の悪さでは、正確に首を狙うことなどできぬ。だが、連中が誰ひとりとして顔を隠していなかったことが味方した。俺は刀を振りかざし踏みこむと同時に、有無を言わさずひとりの頭をかち割り、返す刀でもうひとりの腹の下、鎖帷子が届かぬところを突き刺した。うめき声を上げた相手の頭をつかみ、今度は正確に、素早く抜いた腰の脇差しで首を搔っ切る。

すべてを暗闇で成し遂げ、俺はふたたび煙の中へ溶けこむ。興奮のせいか、それとも、かなりきつく縄で縛りつけたからか、太ものの痛みはほとんど感じない。あとは肺がもつ限り、連中を血祭りに上げるだけだ。

まるで柘植屋敷の最期に戻ったかのような気分だった。

あのときもこんな光の届かぬ煙の中を、息を止め、這い進んだ。

忍びとして他より抜きん出た資質など、俺には何ひとつ備わっていなかった。刀の腕は平凡、口が立つこともない。手先は不器用で、きっと頭の動きも鈍かろう。そんな俺が燃え落ちる寸前の柘植屋敷から生還したのは、人よりも肺が強かったから、ただそれだけの理由だった。

*

この煙に閉ざされた暗闇のどこかで、月次組の連中は六人、今も息を止め、俺を待ち受けている。俺は城壁に向かって進む。手にはさっき仕留めた忍びから奪った刀が握られている。脇差しも新しいのを二人分、腰に携えた。俺がこの場から逃げるとしたら、堀に飛びこむしかないゆえ、先回りした連中は網を張っているはずである。つま先が石段に触れ、城壁に身体が向いていることを確認する。腰を屈め、ほとんど這うようにして石段を上った。煙はいよいよ濃さを増し、無理をすれば薄目を開けられても、ほんの一尺先もロクに見えぬ。

俺は刀を構えた。

城壁の手前にしゃがみこみ気配を殺している忍びの横手から、容赦なく刺突を繰り出した。なぜ、そこに相手がいるとわかったのか、もはや己でもよくわからぬ。だが、確かな手応えと、短い悲鳴が上がったときには、俺は相手の襟首を引っつかみ、その身体を盾にして、正面からの一撃に応じていた。喘ぎ声を漏らし、痙攣(けいれん)している仲間の上腕に、襲いかかった刃が食いこむ。煙の向こう側に、もうひとりの影がくっきりと現れた。動かなくなった刀を抜こうと、力んだ拍子に煙を吸いこんだのだろう。己でも止められぬといった激しい勢いで、影が咳きこみ始めた。盾にした身体を離し、腰の脇差しに手を回す。己の口を塞ごうと影が左手を挙げた瞬間に、脇差しを押しこんだ。脇の真下から入った刀身が、ごりと骨を削る固い感触を伝え、男の咳はぴたりと止まった。心臓まで固く食いこんだ刀から手を離すと、男は地面に崩れ落ち、血の匂いだけがあとに残った。残り、四人。

騒がしい始末のつけ方のせいで、はっきりと俺の居場所も知られただろう。すぐさま左右からひとりずつ、間合いを詰めてくる強い殺気を察したとき、

「風太郎よ」

と残菊の声が天守のほう、およそ七間離れたところから唐突に響いた。

「なぜ、赤子を連れて、さっさと逃げぬ？　まさか、儂らと最後までやり合うつもりではあるまい」

口を何かで塞ぎながら発しているのか、くぐもった声が聞こえてくる。先に屠った男の手元を探り、新たな刀を拾い上げた。四方はまるで因心居士のひょうたんに閉じこめられたかのように、おぼつかない闇が漂っている。連中の肺に残る息も、そろそろ底を

つく頃だろう。もっとも、激しく動いたぶん、俺だってもう余裕はない。

「どうやら、おぬしの力を見誤っておったようだ。おぬしの狙いは儂であろう。ならば、回りくどいことはやめにせよ。儂はここにいる。ここそせずに勝負に来い」

連中がまだ、気がついていないことが二つある。

それは、俺が赤子を抱いていないことと、すべての決着がつくまで決してこの煙は晴れないことだ。奴の言うとおり、回りくどいことをしている暇はなかった。このまま煙が動かず、曲輪に逃げ場がないと知ったとき、連中は本丸から脱出せざるを得なくなる。だが、もしも先に奴らに堀へ飛びこまれたら、逆に待ち伏せを食らうのは俺のほうだ。つまり、連中の限界が来る前に、すべてを終わらせる必要があった。

じりじりと近づいてくる左右の忍びの気配を確かめながら、足元の死体をまたごうとして、俺は急につんのめった。残った左足が持ち上がらない。刀を握る手の感覚も妙だと気づいたとき、膚が粟立つような強い痺れが首から頰へと這い上がってきた。急速に意識が遠ざかる感触に、冗談じゃない、と心を叱咤したが、耐えきれず膝をついた。すでにさんざん太ももから血が抜け出たせいか、それとも息を止め過ぎたからか、膝頭に食いこむ砂利の感触はひどくよそよそしい。空いている手で顔を拭った。汗まみれにもかかわらず、とても冷たい手触りの奥から、耳鳴りが迫ってくる。さらに意識が薄れゆく予感に、俺は咄嗟に胸をめいっぱい反らした。背中を丸めていると幾分ましになる胸の痛みが、残菊にやられた傷口が開いたのではないかというくらい、強烈な反抗を示した。目の前で派手に光が飛び散り、全身を貫く針の痛みに、鼻から息を漏らさぬよう必死で歯を食いしばった。

否応なしに意識が引き戻されたところへ、

「風太郎――、赤子はどうしている」

と暗闇からふたたび残菊の声が届いた。わざわざ己の立ち位置を教えるとは、奴もいよいよ焦ってきたということだ。時間切れが迫っていた。俺は刀を土に突き刺し、それを支えに立ち上がろうとした。だが、左足にまったく力が入らない。一度、尻を落ち着け、たっぷり血に濡れた太ももに手を置いた。やけにちかちかするまぶたの裏側に、死ぬ間際の常世の立ち姿を思い起こした。首が離れる前の蟬の顔を思い起こした。のどに脇差しを受けた黒弓の眼差しを思い起こした。太ももから刀の柄に手を戻す。震える腕に力をこめ、奴らの名前を呼んだ。今度は、足も言うことを聞いた。尻を持ち上げ、膝を伸ばしきる前に、死体の腰から脇差しの中身だけを抜き取る。すでにひと振り携えている腰に差すのも面倒で、そのまま刀身の付け根あたりを歯でくわえた。あと四人。左右に二人、残菊と残りひとりは、まだ気配がつかめぬ。

「この煙で、赤子は無事であろうな？　なぜ、苦しいと泣かぬ？」

先ほどよりも、残菊の声の位置は左に移っていた。

「まさか、死んでいるなんてことはなかろうな――」

さらに声の在りかが左へ寄っていく。赤子のことは、今は因心居士を信じ、放っておくしかない。残菊が移動する線を、完全に光が途絶えた煙の向こうに思い描きながら、俺は石段に足をかけた。すべて下りきったとき、背後からいきなり激しい咳の音が聞こえてきた。まず右の男が咳きこみ、ほとんど間を置かず、左の男も同じように咳きこみ始めた。すでに曲輪が煙に包まれてから、かなりの時間が経っている。限界まで我慢していたのだろう。堰を切ったかのようにむせたあと、煙を吸いこんだのか、二人は壊れたようなうめき声を放ちながら地面に倒れこんだ。首をねじっても、もちろん二人の姿は見えない。ただ、連中の忍び装束が土をこする、苦しげな音を闇の向こうに聞くだけである。喘ぎ声が絶え絶えになるにつれ、すれる音は急速に静まっていった。萎んでいく命を置き去りにして、俺はじりじりと進んだ。俺がこの場を動かず、残菊の肺が空っぽになるのを待つというやり方もあるだろう。だが、もしも奴がこの場を放棄し、堀に逃げこんだときは、もはや俺に戦う術は残っていない。

全身を目に変えて、残菊の気配を探った。足の痛みも胸の痛みも、何も感じられなかった。息を止めているという感覚さえもなかった。ほんの数間も離れていないところに奴はいる。一歩足を踏み出すたび、煙の向こうから突如、長刀が突きかかってくるのではないか、という見えもせぬ残像が押し寄せ、足が何度も怖気づいた。絞るように両手で刀の柄を握り、己を奮わせた。奴も俺の居場所がわからぬ。わからぬから、声を発して俺を呼ぶのではないか。

天守の残骸がまたごっそりと落ちたのだろう。遠方から、ずいぶん大きな地鳴りが伝

わってきた。その残響が消えぬうちに、

「風太郎」

という声が耳を打った。身体が勝手にびくりと震え、刀の切っ先が一瞬、跳ね上がる。

予想よりずいぶん右に寄った位置に奴はいた。距離は三間。まだ奴の長刀の間合いではない。奴の正面を避け、回りこもうと身体の向きを変えたとき、つま先に何かが触れた。さらに押しこむと、少し転がった。重いのか軽いのかわからぬ妙な感触に、俺は膝を曲げて手を伸ばした。人の首だった。鼻の隆起の下に髭らしきものを確かめた瞬間に、それが蝉のものだとわかった。

こっちではないわ、阿呆――。

首にそう告げられたような気がした。

そのとき、俺はハタと了解した。

なぜ、残菊は俺の名を呼ぶのか。

それはもちろん、俺を殺すためだ。だが、声を発したとき、当然、己の身も危うくなる。それだけ、奴も窮地に立っているのかもしれなかった。それだけ、己の剣の腕に自信があるのかもしれなかった。

ちがう――。

蝉の首に手を触れたまま、口の脇差しを強く嚙みしめた。残菊は俺を誘い出しているのだ。では、おびき寄せて殺すために、奴なら何をする？　俺なら、まだひとり残っている手下を囮にして、相手の裏をかく。

「すまぬ、蝉左右衛門」

と心で謝ってから、髪をつかみ、首ごと拾い上げた。あの世で蝉に会ったとき、間違いなく一刀のもと突き殺されるだろうな、と思いながら、俺はあと一度、声を待った。

「もう赤子の無事は約束できぬ――、おぬしともども殺す」

何かで口を覆った、くぐもった声が発せられたとき、もしもそこに俺が立ったなら、相手の裏を取ることになるであろう位置に、蝉の首を静かに放り投げた。

首が地面に着地したとき、はっきりと人が動くのを感じ取った。もしも足を止めず、そのまま俺が進んでいたなら、逆にまんまと背中を取られたであろう場所に、声の主とは別の気配が浮かび上がるのを、煙の向こうに見極めた。

俺は動いた。

煙幕をすり抜け、気配の真後ろに躊躇いなく進み、渾身の力をこめて刀を突き刺した。手応えはあった。

しかし、すぐさま相手が逃れたことを、急に軽くなった刀の重みから知った。立て直す間を与えたら、おしまいである。俺はさらに踏み出した。次の一刀を振り下ろそうとしたとき、風を切って何かが目の前を過ぎた。

ぐらりと刀が急に重みを増した。

右手がなくなっていることに気づくまで、ほんの一瞬の時間が必要だった。痛みはまるで感じなかった。何も訪れぬ感覚のなかで、左手一本で支えることになった刀の切っ先が垂れ下がる。

「ハッ、おぬしの……ような、出来損ないに……、儂がやられる……わけなかろう」

苦しそうな息づかいとともに、残菊の声が途切れ途切れに聞こえ、煙の向こうに影が立ち昇ったとき、俺は前方に跳躍した。

すかさず斬り上げてきた刀は、ただ力なく左手に提げていただけの刀に偶然当たって弾かれ、俺は身体ごと残菊に突っこんだ。

くわえた刃が切り裂く煙の奥に、奴の顔が現れた。その鼻先まで近づいた刹那、俺は思いきり首をねじった。

そのまま、俺は地面に倒れこんだ。

手をつこうとしたが、右手がないことを忘れ、顔から突っこんだ。その拍子に煙を吸いこみ、猛烈に咳きこんだところへ、真上から巨大なかたまりのような風がどうと吹き下ろしてきた。

鼻から入りこむ気配で、一瞬にして煙が追いやられたことを知った。因心居士の仕業なのか、咳が収まっても、風はやむことなく吹き下ろしてくる。面を上げたら、薄闇に浮かぶ雲が見えた。紅蓮の炎とともに燃え盛る天守が見えた。

その手前で、炎の赤にさんざん照らされ、残菊が手で押さえた首から血を溢れさせ立っていた。俺はのろのろと腰を上げた。残菊の一撃を受けた右手は肘から先が消えていた。まだ左手にある刀には、俺の右手が柄を握ったまま残っていた。だから急に重く感じたのか、と顔をしかめ刀を捨てた。

残菊は俺を見ていた。

奴は泣いていた。奴の顔をのぞく俺も泣いていた。ともに煙に目をやられていたからだ。

この男がどういう道をたどり、ここにやって来たのか、俺は何も知らない。すっかり充血した眼に涙を浮かべ、俺をのぞく切れ長の目の奥には、やはり色というものが何ら見当たらなかった。この男もきっと、餓鬼の頃から俺や蟬や常世と同じような生き方を強いられ育ったのだろうな、と不思議に感じるものがあったが、それを確かめる術はもうなかった。とどめを刺そうと脇差しを構えるより早く、奴の目から光が消えた。両の眼からこぼれた涙が、煤まみれの頰に筋を作ると同時に、首を押さえていた手がだらりと下がり、根元を断たれた木が倒れるように、残菊は地面に並ぶ死体のひとつに加わった。

振り返ると、最後のひとりが立っていた。

男の手には、大きな革袋が握られていた。これのおかげで、肺がもったのだろう。男は同じく泣いていた。ただし、足を震わせ、顔色は蒼白に染まり、煙のせいで泣いているわけではないのかもしれなかった。

ひどく若い男だった。歳も十五か、そこらだろう。冬のいくさのときに、臑当の紐を結んでやった、銃に頭を吹っ飛ばされ敢えなく死んだ男のことを思い出しながら、俺は足を引きずり男に近づいた。

「た、助けてくれ。お、おらは忍びじゃなく、た、ただの手伝いじゃ――。普段は都で放下師(ほうかし)の修業をしておる。よ、よい金になる仕事があるから、と誘われて、それだけで――。さっきは声を真似て、お前さんの名を呼べと命じられて」

この男を助けた場合、俺が赤子を連れ城を抜け出たと知る者が残ることになる。俺は男の前で足を止めた。「すまぬ」と告げ、脇差しを一閃させ、相手の首を切り裂いた。

終章

赤子が俺を呼んでいた。

石段の穴を塞いでいた死体を足で引っくり返し、赤子を洞から取り出す。大粒の涙を浮かべ威勢よく泣いている赤子に、「おう、おう」と声をかけ、代わりに蟬の首を包んだ布ごと洞の奥に押しこんだ。合掌くらいしてやりたかったが、右手がないので片手で軽く拝んだだけで、立ち上がった。

もしも今、このまま立って寝ろと言われたなら、即座にやって見せられるほど、くたびれ果てていた。幾重にも布を巻きつけて縛った右手の血はようやく止まったが、重石をくくりつけたかのように、足も腕も動きが鈍い。痛みはもはや俺が生まれたときからそこにあったかと思うくらい、あらゆる部分を無愛想に責めたてた。

これから赤子を抱いて石垣を降り、なみなみと水を湛えた堀を渡り、さらに攻め手の連中の目を盗んで城を抜けるなど、到底無理な話に思えた。まだ泣いている赤子を左腕に抱え、これだけでもう刀は使えぬではないか、と改めて右手を失った不便さを感じたとき、

「風太郎(ふうたろう)」

と背後から呼びかけられた。

振り返るなり、あまりの光の強さに顔を伏せた。赤子の顔を腕で隠し、目を細めた先で、本丸じゅうから湧き上がる煙を左右に従え、一個の火炎が天を目指していた。

「まったく、どこまでも血腥(ちなまぐさ)い始末をつけおって。見ているこちらまで、気分が悪うなったわ」

天守の表面をすべて焼き尽くし、剝き出しになった骨組みを薪にして噴き上がる火柱は、今にも空に届きそうなまで勢いを増していた。

「ようやく、出立のときが来たようじゃ。人の世界とも、これでお別れじゃ。風太郎よ、そのひどい身体では、とても堀を渡りきれまい。そこの城壁に登れ。最後の餞別をくれてやろう」

因心居士(いんしんこじ)の言葉が終わるのを待ち受けていたかのように、頭上を始終覆っていたごうという音がぴたりとやんだ。妙に間の空いた静けさの向こうで、改めて曲輪の森が、天守の木組みが、炎に焼かれる乾いた叫び声を上げる。

「そうではない。赤子は背負わず、そのまま胸に抱くのだ。急げ、置きみやげを貰いそこねるぞ」

赤子をふたたび背中におぶおうと、帯の準備をしていた俺に、因心居士が注文をつける。

「今から二十数えよ。数え終わったときに、城壁から飛ぶのじゃ」

「飛ぶ？　赤子がいるのだぞ。そんな危ないことができるか」

「無駄口を叩いている時間はない」

　叩きつけるような厳しい調子に押され、帯をたすきがけにした胸元へ、赤子を収めた。目の前には、無惨なほど死体がそこかしこに散らばっている。首を失った蟬、横に身体を傾け、ねじれた格好で倒れている残菊と視線を運び、大の字になって仰臥する琵琶のもとへと、足を引きずり向かった。奴の血まみれの頭のあたりに落ちていた十文字槍を拾い上げたとき、

「あと、十じゃ」

　と因心居士の声が響いた。そこへ重ねるように、低い爆発の音が天守の内側から連なって聞こえてきた。火薬に点火したものとは明らかにちがう、外に破裂するのではなく、内へと何かを蓄えるような得体の知れぬ響きに、自然と城壁を目指す足の動きが速まる。

「あと、五」

　槍を杖に石段を上るときでさえ、胸の赤子の重さがひどく足にこたえた。それでも俺はめいっぱい勢いをつけ、白壁の手前に槍の底の部分を突き立てた。左手一本で槍を支え地面を蹴る。途中、白壁に足をかけ、腕の力を加えて一気に屋根まで身体を持ち上げた。

　物干しの竿に引っかかった洗い物のように、俺は腹から屋根瓦に落下した。赤子を下

敷きにはできぬと寸前で身体をひねったら、左太ももですべての体重を受けてしまい、息が止まる。

「あと三じゃ。飛べッ、風太郎」

容赦なく響く因心居士の声に顔を上げると、いきなり正面で天守の横っ腹が盛大に吹っ飛んだ。炎を四方に吐き出し、天守全体が軋む音を鳴らしながら、一気に傾き始める。

「飛ぶ？　どこへ？」

「堀に決まっておろう。思いきり飛ぶのだ」

あまりの音の大きさに怯え、激しく泣きじゃくる赤子の背中をさすり、俺は歯を食いしばり立ち上がった。堀を隔て二の丸を埋める屋敷は、見渡す限り炎に嘗め尽くされていた。すでに城方は完全に制圧されたのだろう、攻め手が悠々と松明を掲げ、堀際に陣地を築き始めているが、今は誰もが手を止め、呆然と天守を仰ぎ見ている。

「今じゃッ、風太郎――」

因心居士の叫びに合わせ、本丸全体が崩れるのではないか、というくらいの大爆発が起こった。どんな具合に天守が崩壊したのか、確かめる余裕などなかった。ほんの少し振り返っただけで、爆風に押され、とんでもない勢いで煙の群れがこちらに向かってくるのが見えた。

「飛べッ」

先駆けのように訪れた突風が、早くも踏ん張る俺の足の左右から、瓦を剝がしていく。

堀に飛びこむより、ここに立ち止まることのほうがよほど危ない、と感じた瞬間、俺は赤子を抱え、無我夢中で跳んでいた。

耳をつんざく、すさまじい爆発の音が立て続けに背中で鳴り響いた。

曲輪からなだれこんだ煙が、城壁を乗り越え俺を包む。いや、包むだけではなく、風の圧でもって俺の身体ごとぐいと持ち上げ、そのまま堀の上空へと吹き飛ばした。

身体が勝手に回転し、天地が逆さまになる。真っ暗な堀が空の位置に見えた。炎に照らされたぶ厚い雲は足もとに広がった。赤子を落とさぬよう強く抱きしめながら、視線を正面に向けたとき、天守が最期の咆哮を放った。あらゆる方向に火花をまき散らし、傾いた巨大な木組みが一気に崩れ落ちる。どんなに激しい夕陽よりも強い光を放ちながら、二度、三度と重なる爆発の音とともに、天守は押し潰されるように沈んでいった。

「さらばじゃ――、風太郎」

ひょっとしたら因心居士に加え、果心居士(かしんこじ)の声も俺の名を呼んでいたかもしれぬ。いやらしいほどの高笑いが響き渡ると同時に、天守のあった場所に一本の火柱が轟然(ごうぜん)と噴き上がった。火の粉を飛ばしながら飛翔する柱は、いっさい勢いを失わず天まで達し、雲の中へと消えていった。

身体が急に風の勢いを失い、落下し始めた。慌てて首をねじったら、火に包まれた二の丸屋敷がぐんぐん近づいてくる。「お、おい」とうろたえた声を上げるも、次の言葉を発する間もなく、赤子を腕で守り、固く目をつぶった。

派手な音を響かせ、背中が何かに衝突したのち、全身を包む衝撃が訪れた。粉微塵になるほど打ちつけられるかと思ったが、なぜかほとんど痛みを伴うことなく、存外平気なようであった。やけに藁の匂いが鼻を撲つと思いながら、おそるおそる目を開けたら、ちょうど顔の前に、本当に折れた藁がお辞儀していた。

俺はのろのろと首を起こした。

山と積まれた藁の中に、深々と埋まっている。

頭上の板葺きの屋根に、派手に穴が空いているのを認めたとき、真横から突如、激しい息づかいが聞こえた。

構える間もなく、何か冷たいものが首筋に触れた。

跳ね起きようとしたが、まったく身体が動かない。それどころか、上体を起こすのさえままにならず、何とか肘を使って身体の姿勢を変えたとき、ぐいと視界に黒い影が入りこんだ。

馬だった。

改めて周囲を確かめた。ずいぶんと広々としているが、厩（うまや）のようである。今も泣き声を上げている赤子に馬が鼻を近づけ、その口から額にかけて一度にぺろりと舐めた。ぴたりと泣くのを止め、目を見開き硬直している赤子を馬から遠ざけ、何とか立ち上がった。

すでに馬具を背中につけた状態で、馬はつながれていた。厩の入り口から、母屋が派手に燃えているのが見える。主人はとうに屋敷を去っているようだ。

じっと俺の顔を見つめていた馬が、ぶるふ、と鼻を鳴らした。

とても大きな馬だった。全身が黒く、足の先だけが白い。毛並みがよいことは、母屋の炎を照らし返す尻の輝きを見ただけで一目瞭然だった。

柱に取りつけられた金輪から垂れた綱を解き、馬の横に立った。

首筋のたてがみに手を置いてみるも、嫌がる様子は見えない。

そのまま手綱を引くと、馬はおとなしく俺について厩を出た。

ふと、これらすべてが因心居士の置きみやげなのではないか、と思い至ったが、もはや確かめる術はない。庭に出ると、本丸を覆う雲が赤々と照らされ、ほとんど血のように染まっていた。あれほどうれしそうな馬鹿笑いとともに去っていったのだ。さぞ、もののけひょうたんどもは、気分も晴れやかにどこぞの世界に旅立ったことだろう。

鐙(あぶみ)に足をかけ、馬に乗った。

打物は何も持っていない。本丸の死体から拾っておくべきだったかもしれぬが、左手で手綱を握ったら、どうせ右手では何もできないのだから同じことである。

俺が鞍(くら)にまたがるなり、馬はいきなり前脚を跳ね上げた。慌てて手綱を引き締め、太ももで鞍を挟む。しかし、左足に力は入らないわけで、少しでも身体を支えるため、馬の首にしがみつくように上体を沈めた途端、馬がいななき、走り始めた。

火の粉を吐き出し、今にも焼け落ちそうな門を潜るや、馬は一気に加速し細い路地を駆け抜けた。どこをどう進んでいるのかわからず、ただ必死でしがみついているうちに、突如、大きな通りに飛び出した。

正面で、雑兵連中が盾を並べ、陣立てを整えていた。誰もがギョッとした表情を向け、慌てて槍を構えるが、そのときにはすでに黒馬は盾を飛び越え、軽々と陣を突破していた。

どこもかしこも炎を噴き上げ、その半ばがすでに倒壊した屋敷の並びに沿って馬は疾走する。右手には堀が、その向こうに本丸の石垣が見える。馬の背に貼りつきながら、もしも頭の中の絵図が正しく描けているなら、これからとんでもないところに出るのではないか、という怖れどおり、馬は何の躊躇いもなく、俺が蟬や黒弓とともにくぐった、二の丸の城門へと続く道に突っこんだ。

俺たちが城に乗りこんだときをはるかに凌ぐ数の軍兵が、進む先を埋め尽くしていた。俺と馬の姿を認めるなり、すべてが追っ手になり変わった。逃がすなだの、追えだの、殺せだの、荒々しい声が方々から聞こえてくる。しかし、全速で向かってくる馬に敵う人間などいない。実際に馬が眼前に迫るや、誰もが先を争って道を空けた。逃げ遅れた奴は、容赦なく前足で背中を蹴られ、鈍い音を立てて踏み潰された。土を蹴る音を背後に置き去りにして、馬はいっさい速度を落とすことなく城門を突破した。

三の丸では、まばゆいばかりに篝火が焚かれ、さらに大勢が動き回っていた。行く手を果敢に塞ごうとした侍大将を問答無用で跳ね飛ばし、黒馬はたてがみを左右に振り乱し、大きくいなないた。

それを合図にしたかのように、荷駄を運んでいた馬が、急に暴れ始めた。手綱を握る人足を振りきり、ともに興奮のいななきを上げる。さらには城内に入れず、木柵につながれていた何十頭もの馬がいっせいに騒ぎだし、うち一頭が自ら綱を切って走り出すと、どういうわけか次々と馬が柵から離れ、止めようとする連中を後ろ脚で蹴り上げ、突き飛ばし、てんで勝手に篝火を倒し、場は瞬く間に大混乱に陥った。

その中央を突っ切り、黒馬は矢のように走り去る。一太刀すら受けることなく、篝火の届かぬ暗闇へ潜りこんだ馬は、まるで行き先は承知していると言わんばかりに、ときに藪を抜け、ときに畑を横断し、ときに往来で雑兵らに出くわしつつ、駆け続けた。馬上に深く伏せ、雑兵連中の喚き声が一瞬にして遠ざかるのを聞きながら、ときどき目をつぶった。こんな差し迫った状況にもかかわらず、眠くて仕方がなかったのだ。

ほんの少しの間、目を閉じた隙に、本当に眠ってしまったらしい。

起きろと下から突き押すような感覚に、ハッと顔を起こす。膚が風を感じない、と思ったら、すでに馬は動きを止めていた。俺は上体を起こし、赤子の様子をうかがう。それに反応して、赤子がもぞもぞと腕を伸ばす。

目の前には、見覚えのある木が立っていた。

俺はふらつきながら、馬を下りた。

「すごいな、お前」

長い顔の真ん中を撫でてやると、相手は俺の顔に鼻を近づけ、ぶふう、と得意げに息をぶつけ、短くいなないた。

いかにも機嫌のよさそうな軽快な足取りで、闇へと溶ける黒馬を見送った。

俺は赤子を抱え直し、ゆっくりと歩を進めた。

木の根元に小さな祠が置かれ、一本の灯明がちらちらとか弱い光を放っていた。その明かりの奥に、鏡をはめこんだ白蛇の彫り物があるのを確かめ、俺は木の幹を背に腰を下ろした。

見上げると、今にも雨が降りだしそうな低い雲が垂れこめる空に、槐の枝葉が黒い影を走らせていた。あの馬は俺より頭がいいな、と遠ざかる蹄の音を耳で追いながら、俺は巳(みい)さんの祠との間に赤子を置き、やっと腹の底から息を吐き出した。

＊

また、しばらく眠ってしまったのか。

ただ単に意識が朦朧としていただけなのか。それとも、実は三度、四度と瞬きしただけのことなのか。過ぎた時間を遡って確かめようとしても、砂のようにぽろぽろと指の間からこぼれ落ち、つかみどころがない。

されど、完全に注意が失われていたことは確かなようで、いつの間にか、正面に人が立っていることに気づき、咄嗟に隣の赤子の前に腕を差し出したとき、

「風太郎」

と聞いたことのある声が降ってきた。

視線を上げると、格子模様の小袖を纏った百（もも）が硬い表情を晒し、俺を見下ろしていた。

「何で——、あんたがここにいるの」

何で、と己でも問いかけてみるが、すぐにはすべてを説明できない。それよりも声が出ない。何度か咳払いし、ようやくかすれた音を発することができるようになって、

「どうして……、俺が来たと、わかった？」

と訊ねることができた。

「いきなり馬の声が聞こえて、様子を見にきたら、あんたが座っていて——」

百は急に言葉を止め、俺の身体をしばらく凝視していたが、「何、その右手」と低い声を発した。

俺は右腕をわずかに持ち上げ、「ああ」と血のあとが黒く滲んだ布を見つめ、

「残菊に、やられた」

と詰まりながら答えた。

残菊の名が出た途端、百はびくりと身体を震わせ、素早く左右に視線を走らせた。

「心配するな……、あいつはもう、いない。俺が、殺した」

「殺したって——、残菊を？」

「残菊だけじゃ、ない。月次（つきなみ）組の、連中も、全員殺した。その代わり、常世（とこよ）も死んだ。

蝉も死んだ。黒弓は——」

舌がうまく回らず、俺はいったん口を閉じた。散々煙に燻（いぶ）されたからか、鼻や口のまわりの煤が混じって、息を吸うたびに焦げた匂いが肺に運ばれてくる。

「黒弓から……、聞いた。ここで、お前と待ち合わせしている、ってな。あいつより、俺のほうが、早く着いてしまったみたいだが——。もう少し、待ってくれ。きっと……、奴は来る」

堀の上を風に吹き飛ばされ越えたとき、黒弓らしき人影が堀に浮かんでいなかったか、と記憶を探るが何も引っかからなかった。それでも、黒弓のことだ。何とか生き延びてくれているはずだ。いや、奴にはどうしても帰ってきてもらわねばならない。そうでないと、赤子のことを正確に伝えられる人間が、この世からいなくなってしまう——。

「百市（ももいち）」

横で大人しくしている赤子を左腕で抱き上げ、太ももの上に置いた。

「この子を、頼めるか」

祠から漏れた灯明の光が、百の膝のあたりまでをか弱く照らし出す。まったく足を動かす気配を見せず、

「何なの、それ」

と百は冷たく問い返した。

「約束したんだ」

「約束？」

「ああ……、この子を無事、城から連れ出す――、とな。乳の出る女を、探してやって、くれないか。そろそろ、腹を空かす頃だ」

百は赤子から視線を移し、しばらく無言で俺の顔を見つめていたが、

「だから、常世も、蟬も死んだの？　あんたもそんな目に遭ったの？」

とやはり一歩もその立ち位置を変えず、小さく口を動かした。

「百市」

槐の枝葉の影を背に、ぼうっと蒼白く浮かぶ顔に向かって、俺は声を放った。

「この子を、生かしてやってくれ。親は、おらぬ。だから、どこに連れていこうと、構わぬ。もしも、これから船に乗って南海に出るのなら、それでも、よい。いっしょに、連れていってやってくれ――」

奴の目を見て伝えているつもりでも、どうも焦点が合わなくなってきた。何度も目を瞬(しばた)かせ、また少し、ぐずり始めた赤子の尻を揺すったとき、百が急に背後に視線を向けた。

「おい――、女がいるぞ」

闇の向こうから、押し殺した声が聞こえてくる。ほどなく、雑な足音を響かせ、槍を構えた雑兵が二人、薄ら影となって現れた。思わず腰に手を回すも、もちろん触れるものはない。

「気をつけろッ。木の根元に、もうひとりいるぞッ」

その甲高い声に驚いたか、間の悪いことに、赤子がふぎゃ、と泣き声を上げた。

「やっぱり、赤子じゃねえか。そんな声が聞こえた気がしたんだ」

百を挟むようにして、二本の槍がじりじりと近づいてくる。

「間違いねえッ。こいつ、城方だ。汚ねえ面しやがって。煤だらけじゃねえか」

「女ッ。死にたくなければ、さっさとこっちに歩いてこい。まず、そのくたばり損ないのほうから始末してやる」

片方が俺から離れるようにと、百の胸の前に槍先を突きつけ脅す。

「お、おいッ、赤子を横に置けッ」

興奮しきった声で、もう片方がいきなり赤子に手を伸ばそうとしたとき、それまでぴくりとも動かなかった百が横に跳んだ。瞬時に槍を構える男の間合いに入り、相手の顔の前で袖を翻した。そのまま、半円を描くように身体を回転させ、俺の前に迫ろうとする男の首を、音もなく背後から撫でつけた。

二人の雑兵の動きが止まった。

ねじれたような声を出しながら、男たちは首筋から黒いしぶきを放ち、その場に倒れこんだ。

何事もなかった顔で小刀を鞘に収める百に、「ひどい奴だ」とつぶやいた。

「いつまでも、ここで愚図愚図はしていられない。仲間が来るかも」

と祠の灯明を手のひらで扇いで消した。

「なら、こっちが先だ」

俺は左腕に抱えた赤子を、奴の前に突き出した。

なかなか、百は手を伸ばそうとしなかった。

槐から上体を起こし、その身体に触れるまで赤子を押しつけた。

それに刺激されたか、赤子が相手を求めるようにその小さな手を宙に差し伸べ、ふやけた声を上げた。

「女の子？」

そうだ、とうなずくと、ようやく百は膝をつき、ぎこちない動きで赤子を受け取った。

腕に収めた赤子をじっと見下ろす百の顔をしばらく眺めてから、俺はふたたび木の幹に頭を預けた。

まだ、ことは何も終わっていない。俺たちは、いくさ場の真っただ中にいる。それでも、赤子が手を離れただけで、何か大きなものがひとつ抜けたように心が軽くなり、同時に身体じゅうがこれまでの無茶を思い知らせてやるとばかりに、ぎりぎりと痛みだした。

息を止め、痛みをやり過ごしながら空を仰いだ。

そもそもが、こんなはずじゃなかった。

何がどう間違って、こうもにっちもさっちもいかぬ羽目に陥ってしまったのか。

改めて、どこで道を選び違えてしまったのだろう、と記憶の底を探ってみる。なぜか真っ先に、「ぽっ」と浮かんだのはにんにくの絵だった。ああ、そうだ、黒弓の奴が伊賀上野の宿に、らっきょうの代わりににんにくを買ってきたのが、そもそものケチのつき始めだったのだ――、とむかしのことを思い返したとき、いきなり頰を叩かれた。

「こんなところで、何、寝てんの」

寝ているつもりはまったくなかったが、叩かれた拍子に確かにまぶたを開いたのだから、知らぬ間に目をつぶっていたのは間違いない。

「あのときのお返し。よくも、平気で女をぶったものね。しかも、あんな思いきり――。だいたい、二度と姿を見せるな、とか言っておいて、本当に都合のいい奴」

赤子を片手に抱き、今度は反対の頰を容赦のない力で張ってきた。

「風――、寝ちゃ駄目ッ」

荒々しい声が耳を打ち、またひとつ、派手な音とともに頰を張られる。

「何のために――、何のため、あんたを二回も生かしてやったと思ってんのよ」

「生かした？　殺そうとした、の間違いだろ？」

ひりひりとする頰の感覚がやけに遠い、と思いながら、かつて己を焼き殺そうとした女を見返した。

「ちがう、風だったから」

百は妙に揺れる声で、右手を挙げた。また張られるかと、思わず目をつぶったが、今度は頬にそっと添える、かすかな感触が訪れた。

「あんたには、死んでほしくなかった。だから、柘植屋敷のときも、先に目を覚ますよう、薄めた薬を食事の前に飲ませた」

「嘘を……つけ。先に俺を使って、薬を試しただけ、って言ってただろ」

「風だけは、生きていてほしかった。上野からついてきた目付がずっと側にいたから、そうするしかなかった」

「どうして……だ」

「どうして？　そんなの言わなくてもわかるじゃない」

「わからん」

「じゃあ、あんたみたいな阿呆は、一生わからなくていいわよ。残菊にやられて死にそうになっているあんたの世話をするの、楽しかった——、とても」

最後まで俺はこの女に騙されるのか、と思いながら、重いまぶたを持ち上げ、左手を頬に持っていった。まだ百の手がそこにあったのを確かめ、急速に頬の感覚が消えつつあることを知った。

「百」

「何？」

いや、何でもない、と俺は首を横に振った。

「何よ」

「何だ。お前、泣いているのか？」

「泣いてなんかいない」

「その赤子の、親に、なってやってくれ」

奴の手に添えた俺の手が、強く握り返されるのを感じた。百の手はとてもあたたかく、少しだけ触れた俺の頰はひどく冷たかった。

「阿呆の風太郎」

「何だ」

「遠い南海の国に連れていくかもしれない」

「ああ、構わん」

「得体の知れぬ異国の言葉だけ話すようになるかもしれない」

「ああ……、構わん」

「でも、いつになるかわからないけど、必ずここに戻ってくる。この子を連れて、また戻ってくる。そのときに風太郎のことを教える。この場所で、どうしようもない阿呆から、あんたを渡されたって」

心配ない、黒弓も戻ってくるはずだ、と伝えたかったが、舌が思うとおりに動いてくれなかった。

ひさご様との約束は、何とか果たすことができそうだった。しかし、もうひとつの約束はどうやら反故（ほご）になりそうだ。俺は芥下（げげ）の色の黒い膚と、その真ん中で光る、きれいな白目を思い返した。ほんの一日前に言葉を交わしたばかりなのに、まるで一年も顔を合わせていないように遠く感じられた。今日も芥下は、文机に頬杖をつき、物憂げな様子で店番をしていたのだろうか。因心居士の奴が、天守内での去り際に、ひょうたん屋が繁盛するよう願かけしておく、と言っていたが、俺にできることといったら、あてにはならぬ、あのもののけひょうたんの霊験が、どうかあらたかになるようついでに祈るくらいだった。

店先に置いてきた竹流しは、本当の置きみやげになってしまった。すまぬ芥下、と心で謝った。俺は都には戻れない。

「なあ、百市」

「何、風太郎？」

声の感じから、相手はだいぶ顔を近づけているはずだったが、目を開けているのに、ただぼうっとした白いものしか、前に映っていなかった。

もう一度、「百市」と奴の名を呼んだ。果たして、それに対し百が呼び返してくれたのかどうか、わからなかった。ただ、こうして最後に呼びかけられる名前がある、というのはとてもいいものだ、と思った。そう言えば、俺は海というものを結局、一度も見ることがなかったな――、と今ごろになって気づきながら、身体の深いところからゆっくりと這い上がってきたあたたかいものに、なるほどこういうものか、とひどく腑に落ちた気分になって、誰にも気づかれぬよう静かに目を閉じた。

初出　週刊文春　二〇一一年六月二十三日号～
二〇一三年五月三十日号
単行本　二〇一三年九月　文藝春秋刊
文庫化にあたり、上下二分冊としました。

本書の無断複写は著作権法上での例外を除き禁じられています。
また、私的使用以外のいかなる電子的複製行為も一切認められておりません。

文春文庫

とっぴんぱらりの風太郎（ぷうたろう）　下

定価はカバーに表示してあります

2016年9月10日　第1刷

著　者　万城目（まきめ）　学（まなぶ）

発行者　飯窪成幸

発行所　株式会社　文藝春秋

東京都千代田区紀尾井町 3-23　〒102-8008
TEL　03・3265・1211
文藝春秋ホームページ　http://www.bunshun.co.jp

落丁、乱丁本は、お手数ですが小社製作部宛お送り下さい。送料小社負担でお取替致します。

印刷・凸版印刷　製本・加藤製本

Printed in Japan
ISBN978-4-16-790690-0

プリンセス・トヨトミ
万城目 学
文春文庫
定価（本体790円＋税）
豊臣が滅びし
「大坂の陣」から
400年後
長き歴史の封印が
解かれる
5月末日、
木曜日、
プリンセス・トヨトミ
万城目学

大阪全停止
東京から来た三人の
会計検査院調査官、
大阪の商店街に生まれ育った
二人の少年少女、
物語はあの「巳(みい)さん」から始まる。
前代未聞、驚天動地の
超エンターテインメント!!
画・石居麻耶

（　）内は解説者。品切の節はご容赦下さい。

森 絵都
架空の球を追う
生きている限り面倒事はつきまとう。でも、それも案外わるくないと思える瞬間がある。日常のさりげない光景から人生の可笑しさを切り取った、とっておきの十一篇。（白石公子）
も-20-4

森 絵都
異国のおじさんを伴う
仕事に迷う。人生に迷う。旅先で出会う異質な時間に心がゆれる……。いまを生きる人たちの健気な姿を、短篇の名手が愛惜をこめて描きました。いとおしい十の物語！（瀧井朝世）
も-20-7

森 博嗣
STAR SALAD
星の玉子さま2
好評『STAR EGG』に続く、書き下ろし絵本。今回は野菜と果物の星をめぐる玉子さんと愛犬ジュペリの旅。知のはじまりは世界を自由にみつめる眼差しだということを実感できる。
も-22-3

森 博嗣
少し変わった子あります
都会の片隅のそのお店は、訪れるたびに場所がかわり、違った女性が相伴してくれるいっぷう変わったレストラン。そこで出会った一人の女性に私は惹かれていくのだが。（中江有里）
も-22-2

矢作俊彦
ららら科學の子
殺人未遂に問われ、中国へ逃亡した男が三十年ぶりに日本に帰還した。五十歳の少年は、一九六八年の『今』と未来世紀の東京を二本の足で飛翔する――。話題沸騰の三島由紀夫賞受賞作。
や-33-2

山本文緒
プラナリア
乳がんの手術以来、何もかも面倒くさい二十五歳の春香。矛盾する自分に疲れ果てるが出口は見えない――。現代の〃無職〃をめぐる心模様を描いたベストセラー短篇集。直木賞受賞作。
や-35-1

山本文緒
群青の夜の羽毛布
丘の上の家で暮らす不思議な女性に惹かれる大学生の鉄男。彼女は母親に怯え、他人とうまく付き合えない――。恋愛の先にある家族の濃い闇を描き、熱狂的に支持された傑作長篇。
や-35-2

（　）内は解説者。品切の節はご容赦下さい。

山本幸久
凸凹（でこぼこ）デイズ
エロ雑誌もスーパーのチラシもなんでもござれ、弱小デザイン事務所〝凹組〟に未曾有のチャンス？　遊園地のリニューアル、成功なるか。キュートなオシゴト系小説。（三浦しをん）
や-42-1

山本甲士
わらの人
不思議議な理容店で女主人の巧みなマッサージに眠りこみ、とんでもない髪形に。やがて気持ちのほうも強くなってきて日々のリベンジを果たす主人公達。痛快な変身譚六話。（香山二三郎）
や-45-1

柳　広司
ロマンス
退廃と享楽に彩られた昭和の華族社会で、秘かに葬られた恋と事件――。ロシア人の血を引く白皙の子爵・麻倉清彬の悲恋譚と、極上の謎解きゲームを融合させた傑作。（宇田川拓也）
や-54-1

柳　広司
虎と月
父は虎になった。ただ一篇の詩を残して――。変身の謎を解くため旅に出た僕は、真相を探り当てることができるのか？　中島敦の名作「山月記」を、斬新な解釈で読み解く異色ミステリ。
や-54-2

山口雅也
狩場（カリヴァ）最悪の航海記
あの冒険家、ガリヴァーが日本に?!　将軍綱吉の治世、密命を帯びてガリヴァーは波乱の航海に。海賊、宝探し、殺人。これぞ文学の冒険、『ガリヴァー旅行記』続編。（鳥飼否宇）
や-57-1

夢枕　獏
空手道ビジネスマンクラス練馬支部
飲んだ帰りにヤクザに絡まれてしまった中年男、木原は一念発起して練馬の空手道場の門を叩く。夢とは？　真の強さとは？「強くなりたい」と願う、すべての男に贈る痛快格闘技小説。
ゆ-2-23

唯川　恵
泣かないで、パーティはこれから
会社が突然倒産し、恋人にも振られてしまった琴子。就職活動は難航、でもパーティでついに運命の出会いが？「私を求めてくれる場所」を探し、懸命に生きる女性の物語。（中川和子）
ゆ-8-3

（　）内は解説者。品切の節はご容赦下さい。

唯川　恵
テティスの逆鱗
女優、主婦、キャバクラ嬢、資産家令嬢。美容整形に通う四人の終わりなき欲望はついに、禁断の領域にまで――女たちが行き着く極限の世界を描いて戦慄させる、異色の傑作長編。（齋藤　薫）
ゆ-8-4

柚木麻子
終点のあの子
女子高に内部進学した希代子は高校から入学した風変わりな朱里が気になって仕方ない。お昼を食べる仲になった矢先、二人に変化が……。繊細な描写が絶賛されたデビュー作。（瀧井朝世）
ゆ-9-1

柚木麻子
あまからカルテット
女子校時代からの仲良し四人組。迫り来る恋や仕事の荒波を、稲荷寿司やおせちなど料理をヒントに解決できるのか――彼女たちの勇気と友情があなたに元気を贈ります！（酒井順子）
ゆ-9-2

吉田篤弘
空ばかり見ていた
小さな町で床屋を営むホクトは、ある日、鋏ひとつを鞄におさめ、好きな場所で好きな人の髪を切るために、自由気ままなあてのない旅に出た……。流浪の床屋をめぐる十二のものがたり。

よ-28-1

吉田修一・角田光代・石田衣良・谷村志穂
甘糟りり子・林　望・片岡義男・川上弘美
あなたと、どこかへ。
ここではない、どこかへ。あなたと、ふたりで。かつての愛を、あるいはいまの熱い愛を確かめに、ドライブに行こう。八人の人気作家による、八つの愛のかたちを描く短篇小説アンソロジー。

編-2-36

銀座百点　編
銀座24の物語
短篇小説のアンソロジーでここまで豪華な顔ぶれの作家陣の競作は他に例をみない。出会い、愛、友情、死……24人の作家が銀座を舞台に各々の切り口で描き出す贅沢な一冊。（松　たか子）
編-16-1

阿川佐和子・石田衣良・角田光代　ほか
あなたに、大切な香りの記憶はありますか？
「あなたには決して忘れない香りの記憶がありますか？」人間の記憶の中で〝香り〟は一番忘れ難いもの。遠いあの日を想い出す八人の作家が描く〝香り〟を題材にした短篇小説集。

編-20-3